MW01632718

NOS FRÈRES INATTENDUS

Né à Beyrouth en 1949, Amin Maalouf vit en France depuis 1976. Il est l'auteur de plusieurs livres dont *Léon l'Africain*, *Samarcande*, *Le Rocher de Tanios* (prix Goncourt 1993), *Les Identités meurtrières* et *Origines*. Il a reçu en 2010 le prix Prince des Asturies pour l'ensemble de son œuvre. Il est membre de l'Académie française depuis 2011.

Paru au Livre de Poche :

ADRIANA MATER
L'AMOUR DE LOIN
LE DÉRÈGLEMENT DU MONDE
LES DÉSORIENTÉS
LES ÉCHELLES DU LEVANT
LES IDENTITÉS MEURTRIÈRES
LES JARDINS DE LUMIÈRE
LÉON L'AFRICAIN
LE NAUFRAGE DES CIVILISATIONS
ORIGINES
LE PÉRIPLE DE BALDASSARE
LE PREMIER SIÈCLE APRÈS BÉATRICE
LE ROCHER DE TANIOS
SAMARCANDE
UN FAUTEUIL SUR LA SEINE

AMIN MAALOUF
de l'Académie française

Nos frères inattendus

ROMAN

GRASSET

ISBN : 978-2-253-10388-2 – 1re publication LGF

Pour Nicky et Jean-Claude Fasquelle

Pour Hind, in memoriam, 1947-2016

"Les romans naissent des manquements de l'Histoire."

NOVALIS, *Les Fragments*

PREMIER CARNET

Brouillards

"So foul a sky clears not without a storm[1]."

SHAKESPEARE, *King John*

1. "Un ciel aussi chargé ne s'éclaircit pas sans une tempête."

Mardi 9 novembre

Ma lampe de deux cents watts a tremblé au plafond comme un chétif cierge d'église, et elle s'est éteinte.

J'ai retenu mon souffle. J'étais en train de tracer à l'encre de Chine le trait ultime d'un dessin, ma main s'est immobilisée. Puis elle s'est élevée lentement à la verticale pour éviter de tacher.

Dehors, c'était la tempête annoncée. La chose n'est pas rare en cette saison, au voisinage de l'Atlantique. Pluies, rafales, éclairs. Et, en bruitage de fond, le tonnerre. Qui, d'un grondement à l'autre, bougonne encore.

Au début, je n'étais pas inquiet. Je n'étais même pas irrité. Ma journée, de toute manière, allait s'achever. Il devait être dix-neuf heures trente, ou un peu au-delà. Mon dessin était fait. Un dernier coup d'œil, demain matin, quelques retouches, ma signature, et je l'expédierais.

J'ai retrouvé à tâtons le capuchon du stylo, que j'ai refermé de peur que la pointe ne se dessèche. Puis, à tâtons encore, d'un geste qui m'est familier, j'ai tendu la main vers ma radio, en bout de table.

Elle est toujours réglée sur la même station, *Atlantic Wave*, qui émet sur longues ondes à partir des Cornouailles. Ses choix musicaux me déçoivent rarement, et à chaque heure elle diffuse un bulletin d'information que je qualifierai de fiable, vu qu'il s'intéresse à tout ce qui affecte notre planète, pas seulement aux exploits de l'équipe de rugby de Bournemouth.

C'est exactement de cela que j'avais besoin en cette fin de journée. Une musique amie pour me tenir compagnie dans l'obscurité forcée. Ensuite, au bout de dix minutes, ou de vingt-cinq, des nouvelles du reste du monde, lues d'une voix limpide et rassurante par Barbara Greenville.

De ma radio, un sifflement. Ni musique ni Barbara. Rien qu'un sifflement en deux temps, qui s'amplifiait puis s'atténuait, tel un signal d'alarme. Mais sans le côté strident. Plutôt lénifiant, je dirais… Je balayai patiemment toute la bande LW, puis MW, puis FM. Partout ce sifflement, invariable, comme si toutes les ondes s'étaient fondues en une seule.

Une panne de ma radio ? Je pris une torche électrique sur l'étagère, au-dessus de ma tête, pour aller vers ma chambre, où j'ai une autre radio près du lit. Plus ancienne, plus lourde. Je l'allumai. Le même sifflement. Je triturai quelques boutons, sans conviction. Non, ce n'était pas une panne. J'aurais dû m'en rendre compte tout de suite. Une radio marche, ou bien elle se tait quand les piles sont à plat. À la rigueur, si elle a subi un choc, elle peut émettre un bourdonnement continu. Jamais ce sifflement modulé. De toute manière, j'étais fixé, pas deux radios avec la même panne au même instant !

Mais alors, de quoi s'agit-il ? Que s'est-il passé ?

Soudain, j'ai compris. Du moins, j'ai cru comprendre. Et je me suis écroulé sur mon lit, la tête dans les mains.

Seigneur ! Se peut-il qu'ils aient fait ça ?

Les salauds ! Les fous !

J'ai dû répéter dix fois de suite "Les salauds ! Les fous !" à voix basse, à voix haute. Puis je me suis redressé. J'ai pris mon téléphone dans le creux de la main sans savoir encore qui appeler. Ma filleule, peut-être, Adrienne, qui vit à Paris… Pas de réseau, évidemment. Le téléphone aussi est mort.

Quatre ou cinq heures se sont écoulées, mais j'ai toujours les mêmes mots à l'esprit.

Les salauds ! Les fous ! Ils ont osé faire ça !

Car à l'instant où j'écris ces lignes, j'ai des raisons de croire qu'une tragédie vient de se produire. Non pas une calamité naturelle, mais une apocalypse brutale façonnée de main d'homme. Le cafouillage ultime de notre espèce. Qui conclura nos quelques milliers d'années d'histoire. Qui fera tomber le rideau final sur nos vénérables civilisations. Et qui, incidemment, nous fera tous périr. Ce soir même. Ou peut-être demain aux aurores…

J'arrête d'écrire. Je me relis. Et je secoue la tête avec effroi et incrédulité. Jamais je n'aurais pensé que je pourrais consigner une telle abomination d'une main presque ferme !

Ce qui me soutient quelque peu dans l'épreuve, outre la rage, c'est l'incertitude qui subsiste. Oui, j'espère encore que les prochaines heures viendront démentir mes pressentiments. Mais il est vrai que les événements des dernières semaines, pour ceux qui les ont suivis, faisaient craindre le pire. Il est vrai aussi que les diverses pannes ne présagent rien de bon. Pas tant celle du courant électrique, qui est habituelle dans les périodes d'intempéries ; ni celle du téléphone portable, qui a toujours fonctionné ici de manière erratique ; ni même celle des émissions radio ; mais plus que tout la concomitance des dysfonctionnements. Simplement le hasard ? J'ai du mal à le croire.

Si je voulais donner à ces pages plus de rigueur, je devrais prendre le temps de parler en détail des événements auxquels je viens de faire allusion. Je m'y attellerai lorsque j'aurai la tête plus sereine… Pour l'heure, je ne me sens capable ni d'organiser mes pensées, ni d'échafauder des hypothèses. Je peux tout juste dire ce que j'entends ou n'entends plus, ce que je vois ou ne vois plus, ce que j'éprouve, et les réminiscences qui m'agitent.

Je demeurai un long moment étendu sur mon lit, dans une obscurité d'encre. Contre mon oreille, le téléphone muet. Et à la radio, ce sifflement modulé. Dehors, la tempête s'était quelque peu assagie. La pluie ne pianotait plus sur les tuiles de mon toit ni sur la baie vitrée que la nuit avait transformée en un miroir teinté.

Soudain l'envie me prit de parler à quelqu'un, tout de suite. Plus qu'une envie, une exigence impérieuse. Comme si ma solitude s'était mise à peser physiquement sur ma poitrine. Et pour la toute première fois depuis douze ans, j'ai regretté de ne plus résider dans une ville ou dans un village comme l'ensemble des mortels.

Car je vis sur une île. Une île minuscule, la plus petite d'un archipel de quatre, appelé "les Chirons".

Le reste de la population vit sur Gros-Chiron, où se trouve la seule agglomération digne de ce nom, Port-Atlantique. L'île la plus étendue, appelée Fort-Chiron, est depuis trois siècles une base pour la marine française ; je ne l'ai jamais visitée. Val-Chiron est une réserve naturelle, marine et ornithologique, où seuls séjournent des savants. Mon île à moi, la plus modeste, se nomme curieusement Antioche.

J'ai longtemps cru que j'en étais l'unique propriétaire. J'ai un peu honte de parler de cela maintenant, avec tout ce qui arrive. Mais si ces pages devaient être celles d'un ultime témoignage, et si quelqu'un devait les lire un jour, je me dois d'y raconter un peu de mon histoire : mes origines, mon itinéraire, ma solitude librement choisie… et pourquoi j'ai à présent pour voisine une romancière prénommée Ève.

*

Je suis né à Montréal d'une mère américaine et d'un père qui vénérait ses origines françaises. Lors de la Seconde Guerre mondiale, il avait participé en tant que jeune officier au débarquement en Normandie. Comme des milliers d'autres Canadiens, mais pour lui la chose était plus chargée de sens. Il avait effectué des recherches sur ses ancêtres, pour découvrir qu'ils étaient originaires d'ici, justement, des Chirons, et qu'ils s'étaient embarqués de Port-Atlantique trois siècles plus tôt. Revenir sur "sa" terre en libérateur était pour lui la plus belle des récompenses.

Quelques mois après le débarquement, il avait demandé une permission de quelques jours pour se rendre dans l'archipel. Je l'imagine là, géant moustachu aux allures trompeusement britanniques, touchant et humant tout ce qui l'entourait, des larmes le long des joues.

On l'emmena sur Antioche. Cette île minuscule a la particularité d'être rattachée à Gros-Chiron par un passage appelé "le Gouay", qui est submergé à marée haute mais dégagé à marée basse, ce qui permet de le traverser à pied sec deux fois par jour.

Alors qu'il était encore sous le charme, mon père eut la surprise d'apprendre que les autorités locales venaient de mettre en vente les terres d'Antioche. Comme il en avait les moyens, et qu'il était passablement impulsif, il acheta tout, sur-le-champ. Puis il annonça avec solennité qu'il reviendrait avant longtemps construire une maison sur l'île pour s'y installer.

Il ne put tenir sa promesse. Au lendemain de la guerre, notre famille connut, hélas, de graves revers de fortune. Mon grand-père maternel, un industriel du Vermont, s'était trouvé en difficulté, et mon père, en tentant de le renflouer, se ruina à son tour. Mes parents furent contraints de vendre leur maison de West Mount pour emménager dans un appartement sans âme. Mon père reprit un petit travail de bureau, qui devait sûrement l'ennuyer puisqu'il n'en parlait jamais. Il était devenu taciturne, secret, je le devinais amer. Les seuls moments où son visage s'éclairait, c'était lorsqu'il parlait de l'île qu'il possédait.

Antioche !

Il avait tout vendu au Canada pour éteindre ses dettes, mais il avait gardé sa terre lointaine, jamais il n'avait songé à la vendre. Il espérait économiser un peu d'argent afin que nous puissions traverser un jour l'Atlantique, lui, ma mère et moi, pour construire sur notre île une maison.

Ce rêve a habité mon enfance, mon adolescence, et bien au-delà. Face à la vie urbaine, au train-train et aux tracasseries, il y avait ce paradis à nous, à nous tout seuls, Antioche. Nous pourrions y vivre des fruits de notre sol et de ceux de la mer.

S'il n'avait tenu qu'à moi, j'y aurais emmené mes parents tout de suite. J'aurais vendu tout ce qui nous restait, les meubles, la moitié des habits, je serais venu sur l'île, j'aurais construit une cabane avec des branchages.

La solution Robinson tentait parfois les miens, surtout mon père, aux heures de grande rêverie ou de grande détresse. Mais aussitôt, ils se ravisaient. On ne peut vivre sous les branchages en bordure de l'Atlantique nord, même sur un littoral caressé par le

Gulf Stream. Et puis, surtout, il y avait mes études. Pour ma part, je m'en serais passé, j'aurais choisi l'aventure. Mes parents ne voyaient pas les choses de la même manière. "Si nous réussissons à te faire admettre dans une bonne université, nous t'aurons légué mieux qu'une fortune", disaient-ils.

Mon père n'a jamais revu Antioche. Il ne m'a jamais vu diplômé non plus. J'avais seize ans quand il est mort, et lui cinquante-sept.

Je crois avoir fait, depuis, ce qu'il aurait aimé que je fasse. J'ai obtenu des bourses pour poursuivre mes études à McGill, puis à Harvard ; j'ai étudié le droit, l'économie, l'histoire des civilisations ; j'ai enseigné deux ans à Seattle, dans l'État de Washington ; j'ai travaillé trois ans à Ottawa, dans un cabinet d'avocats... Avant de découvrir que j'avais une seule passion, et un seul talent, qui allait devenir mon gagne-pain : dessiner. Comme je me prénomme Alexandre, j'ai pris pour nom de plume *Alec Zander*, ce qui n'a requis de moi qu'une très légère altération graphique.

Il y a douze ans, ma mère est morte à Montréal, prématurément vieillie. Elle était déjà morte deux fois : la première en quittant sa maison de West Mount, la deuxième en disant adieu à mon père. J'ose croire que j'ai égayé ses dernières années, mais elle était déjà atteinte, elle avait bien plus d'attaches "de l'autre côté de la vie"...

Le jour de ses funérailles, il faisait blanc et la terre du cimetière était gelée. J'ai contemplé le paysage autour de moi, puis un à un tous les visages – les collègues pressés qui regardaient furtivement l'heure ; les voisins compassés ; les cousins oubliés. Et j'ai eu soudain envie de voir le scintillement du soleil sur une mer amie. Alors j'ai murmuré à l'adresse de mes deux géniteurs disparus : "Par mes études, j'ai accompli vos désirs convenables. À présent, je vais accomplir votre rêve fou."

"Antioche ?" Mes amis ont souri. Tous. "Tu tiendras six semaines !" Les plus intrigués se mirent à fouiller dans les atlas, les encyclopédies. *Antioche, aujourd'hui Antakya, ville de Turquie, sur l'Oronte*... Non, ce n'était pas cela. *Pertuis d'Antioche : nom donné au détroit qui sépare l'île de Ré de celle d'Oléron, à l'ouest de la France*... Là, on était plus proche, mais il ne s'agissait toujours pas de "mon" Antioche, laquelle ne figurait que sur des cartes marines extrêmement détaillées. Et surtout – c'est le plus important ! – sur l'acte d'achat que mon père avait précieusement conservé.

Mes amis avaient souri, dis-je, et haussé les épaules ? J'avais souri moi aussi, à ma manière. Chiche ! Je suis parti. Seul, souverainement seul. Muni de mon acte de propriété, de mes maigres économies, mais aussi, fort heureusement, d'une source de revenus non négligeable : un contrat de "syndication" avec divers organes de presse. Le personnage que j'ai créé, "Groom, le globe-trotter immobile", a su obtenir dès sa naissance une certaine popularité, qui ne s'est plus démentie ; ainsi, l'année dernière, mes dessins ont été publiés dans les pages *comics* de quatre-vingt-deux journaux en Amérique du Nord, en Europe, en Australie et ailleurs. Selon les clauses de mon contrat, je suis censé fournir chaque jour une courte bande de trois dessins. Bien entendu, je ne les envoie pas jour après jour, mais par paquet de douze, une semaine sur deux.

Mes dessins, j'aurais pu les expédier de New York, de Honolulu, ou de Singapour, quelle différence ? Sur mon île, je travaillais plus et mieux. Ainsi, je dois avoir dans mes tiroirs, à l'heure actuelle, des bandes déjà prêtes pour les quatre prochains mois. Et j'ai le temps de faire bien d'autres choses encore, tel ce dessin d'opinion que je publie chaque semaine dans *Le Moniteur littéraire*.

*

La première année, j'avais logé dans une auberge, à Port-Atlantique. Le temps de faire construire ma maison.

Même ici, sur l'archipel des Chirons, on avait souri en apprenant que j'avais réellement l'intention de vivre sur Antioche. Il y avait bien eu, autrefois, un village de pêcheurs, mais cela faisait plus de soixante-dix ans qu'il était abandonné.

À moi tout seul, j'allais changer le statut de l'île. D'inhabitée, elle devenait habitée. Population : un.

J'étais persuadé, en arrivant, d'en être aussi l'unique propriétaire. Grave erreur ! Mon père avait bien tout acheté, mais seulement ce qui était mis en vente, soit un peu plus de trente-huit hectares sur une superficie totale de quarante-six. Le reste, la commune se l'était réservé, ne sachant pas encore si elle devait s'en séparer ou non. Je crois aussi que, pour des raisons de principe, on ne voulait pas qu'un homme, de surcroît étranger, sujet de Sa Gracieuse Majesté, puisse s'approprier une île entière. Tant qu'on en gardait une partie, on ne lui cédait qu'un terrain, pas un territoire.

C'est sans doute pour cette même raison qu'on omit de me prévenir quand, il y a sept ans, les autorités de l'archipel, pressées par des besoins d'argent, décidèrent de vendre le reste. Qui fut acquis au prix fort par une romancière avide de solitude, Ève Saint-Gilles.

Je ne sais si ce nom fait encore tinter une clochette, comme on dit en anglais... Le livre qu'elle avait publié à vingt-quatre ans avait été qualifié de chef-d'œuvre. Il avait pour titre *L'avenir n'habite plus à cette adresse*. Considérée comme le porte-flambeau d'une génération dépossédée de tous ses idéaux, dépossédée même de cette merveilleuse raison de vivre qu'est l'attente des bonheurs à venir, Ève Saint-Gilles s'était retrouvée sous les feux scrutateurs. Célébrée, courtisée, idolâtrée, mais également très contestée, et parfois sauvagement vilipendée, elle fut contrainte de quitter son poste à l'université, et finit par se brouiller avec tous ses amis comme avec sa famille. Puis elle sillonna le monde pendant trois ans. Partout acclamée, encore et encore. Mais partout violemment attaquée.

Lasse des polémiques comme des pérégrinations, elle décida un jour qu'il était temps pour elle de se replonger complètement dans l'écriture. On l'attendait, on attendait son second livre, celui de la consécration. Il n'est jamais venu. Alors, elle s'était mise à boire, abondamment. Certains journaux ont parlé aussi de cocaïne et d'amphétamines…

Je ne la connais pas assez pour savoir ce qui l'a persuadée de venir s'installer sur "mon" île. Ce dont je suis certain, c'est que, treize ans après son premier livre, elle n'a toujours pas publié le suivant. J'imagine qu'elle y travaille… En tout cas, elle ne semble avoir aucune autre activité.

Ni aucune vie sociale. Sur l'archipel, on connaît son nom, mais la plupart des gens ne l'ont jamais vue. Seuls se rendent parfois chez elle les livreurs – ceux de l'épicerie du port, du poissonnier-traiteur et de la pharmacie ; et aussi, de temps à autre, le plombier, le maçon ou l'électricien.

Quant à moi, je lui avais rendu visite une seule fois, il y a cinq ans, peu après son arrivée. Je m'en voulais d'avoir pesté en apprenant que mon île ne serait plus exclusivement mienne. Je croyais de mon devoir de souhaiter à cette jeune femme la bienvenue, en voisin courtois, et de lui dire que si jamais elle avait besoin de quoi que ce soit…

Ne connaissant pas son numéro de téléphone, j'y étais allé sans prévenir, un dimanche vers cinq heures de l'après-midi. J'avais sonné, attendu, sonné encore. Je m'apprêtais à repartir quand la porte s'était enfin ouverte. Ma voisine était en chemise de nuit. Sur le moment, j'avais eu l'impression d'avoir interrompu une sieste tardive ; depuis, j'ai appris qu'elle se réveillait toujours vers six heures du soir, et qu'elle s'endormait à dix heures du matin. Inversion parfaite des habitudes humaines.

Débutée ainsi, la visite était compromise. Je tentai cependant de m'en sortir au mieux.

"J'arrive à un mauvais moment, excusez-moi, je reviendrai une autre fois."

"Ce ne sera pas la peine. Que vouliez-vous au juste ?"

Bel accueil ! Je faillis tourner les talons et partir sans un mot. Je préférai me montrer patient... Que je suis patient depuis que je vis au rythme de mon île ! Je lui débitai donc, de mauvaise grâce :

"Ce n'est rien d'important. Je m'appelle Alexandre, je suis votre voisin, et je voulais seulement vous souhaiter la bienvenue sur l'île. Voilà, c'est fait !"

Puis j'avais salué légèrement de la tête, je m'étais retourné dignement.

J'avais bien fait trente pas quand je l'entendis marmonner dans mon dos un mot bref que je voulus bien prendre pour un "Merci !". La porte se referma aussitôt.

Nous ne vivons pas la même solitude, me dis-je pour me calmer. Elle fuit les humains, qu'elle a manifestement en horreur ; je me suis, quant à moi, écarté du monde pour l'observer plus sereinement. Et peut-être pour mieux le comprendre, mieux l'embrasser.

Je n'en ai pas voulu à cette femme, préférant me persuader qu'elle se débattait dans un labyrinthe de problèmes, et qu'elle souffrait ; je n'allais pas l'accabler davantage. Dieu la prenne en miséricorde !

À mesure que je m'éloignais de sa maison pour réintégrer ma propriété, mes sentiments s'adoucissaient encore. J'en vins même à me réjouir d'avoir pour voisine une romancière muette, fantomatique et quasiment inexistante, plutôt qu'un fâcheux, une bavarde envahissante, ou un clan de contrebandiers…

Seulement, pour éviter de mettre ma sérénité à trop rude épreuve, je me promis de ne plus jamais pénétrer sur l'autre partie de l'île.

Plus jamais ? Jusqu'ici, j'avais tenu sans état d'âme cette sage promesse faite à moi-même. Mais ce soir, pour la première fois, j'hésitais.

D'habitude, quand je me sens d'humeur sociable, je me rends à Port-Atlantique, au bistrot des marins, j'y bois un verre ou deux, j'engage quelques conversations, puis, réconcilié avec le monde de mes semblables mais conforté, aussi, dans mon désir de solitude, je rentre me calfeutrer dans mon île.

Aujourd'hui, il n'était pas question d'y aller. Port-Atlantique dort tôt, ses rues sont livrées aux chiens et aux chats errants qui viennent humer les poubelles. De toute manière, par une mer si forte, je n'aurais même pas pu traverser le Gouay.

Je tournais donc en rond, mâchonnant mes angoisses, me répétant que j'étais sûrement l'un des derniers survivants du cataclysme, que la mort invisible rampait vers moi comme un brouillard, que bientôt elle m'atteindrait, m'envelopperait de son poison, me dévorerait comme les ogres de mon enfance, que je vivais peut-être ma dernière nuit, que je ne reverrais plus jamais le soleil ni le bleu de la mer, qu'il y avait, dehors, dans le vaste monde, tant d'êtres en sursis, tenaillés par la même angoisse, qui pleuraient ou hurlaient ou se murmuraient des paroles rassurantes en se serrant les uns contre les autres pour se sentir plus forts contre l'inéluctable…

Face à cela, que valaient mes réticences, mon amour-propre de voisin éconduit ?

J'irai donc revoir Ève Saint-Gilles ! Elle doit être bien réveillée, sa journée vient à peine de commencer. Si elle me recevait froidement, cette fois encore, et qu'elle avait des mots désagréables, je lui répondrais par d'autres mots tout aussi désagréables, je l'insulterais, je lui cracherais des imprécations immémoriales – qu'ai-je encore à perdre ?

Lorsque j'étais enfant, le pire qualificatif que je pouvais entendre de la bouche de mon père était "grossier". C'était, à ses yeux, la faute impardonnable pour une personne, un geste, une attitude, une parole. Il avait le culte de la courtoisie, de la politesse, de l'élégance d'âme. Et j'en ai hérité à l'excès.

Mais que voulaient dire cette nuit la politesse ou la courtoisie ? Et que vaut l'élégance d'âme quand la mort universelle est là, qui va tout transformer en chair à vermine ?

Cette nuit, me dis-je, s'il le faut, je serai grossier. Je sauterai à pieds joints par-dessus les convenances, par-dessus mon amour-propre aussi. J'irai voir cette femme et lui parlerai de mortel à mortelle.

Dehors, il pleuvait toujours. Je mis mon ciré jaune de faux matelot. Je pris la plus puissante de mes torches électriques, qui a l'apparence d'une lampe-tempête. Je sortis.

*

Arrivé chez ma voisine, je frappai, pour la forme, et tournai aussitôt la poignée. À l'intérieur, une pâle lueur, sans doute celle d'une bougie. Je poussai la porte, accrochai mon ciré ruisselant, déposai mes claques mouillées par terre dans l'entrée, éteignis ma torche, puis marchai vers l'origine de la lumière.

La romancière était assise en tailleur sur un fauteuil, emmitouflée dans un vaste châle. Seule sa main dépassait, tendue vers le haut comme une plume de squaw, tenant un verre. Sur la table, une bouteille de whisky, et une radio qui émettait le même sifflement que les miennes.

Elle regardait devant elle, fixement, la radio, la bouteille, son poignet, ou son verre. Elle ne bougea pas, et ne manifesta d'aucune manière qu'elle m'avait vu entrer. C'est au bout d'une longue minute qu'elle finit par dire, en secouant son verre :

"Si vous le prenez avec des glaçons, dépêchez-vous, bientôt ils auront tous fondu."

Je remarquai près d'elle, à portée de sa main, un de ces petits réfrigérateurs qu'on trouve dans les chambres d'hôtel. Je contournai ma voisine en son fauteuil, et trouvai sans difficulté, à la lumière de la bougie, un verre retourné et des glaçons encore fermes, tout juste dégivrés.

"Ils mettront du temps à fondre, il fait glacial chez vous."

Elle marmonna d'une voix de fumeuse :

"Le chauffage électrique ne chauffe pas bien sans électricité !"

Je souris, et il me sembla la voir sourire. À l'évidence, il faisait moins glacial chez elle cette nuit que lors de ma précédente incursion.

Je m'assis en face d'elle, sur un fauteuil identique au sien, et me versai du whisky en cascade sur mes trois ou quatre glaçons. Un silence. Qui aurait pu se prolonger. Alors je dis, histoire d'entamer une conversation :

"Vous avez pu apprendre quelque chose ?"

"D'après ma radio, il semble que wizzuwizzuwizz..."

Et elle se mit à imiter le sifflement caractéristique. Je souris encore. Finalement, ce n'était pas une si mauvaise idée d'être venu voir ma voisine.

"Vous êtes toujours aussi flegmatique ?" demandai-je avec un brin de mauvaise foi.

"Non. Seulement en période de cataclysme nucléaire."

Mon sourire se figea. Ainsi, ce qui n'était pour moi qu'une hypothèse et une crainte était pour elle une certitude.

"Vous croyez vraiment qu'ils ont pu faire ça ?"

Ma voisine me répondit sans se tourner vers moi :

"Avez-vous jamais joué au volley sur la plage ? On se lance le ballon de main en main, on saute pour l'atteindre, on le renvoie, on plonge pour le rattraper, on rit, on crie, on se démène. Mais à un moment, tôt ou tard, quoi que l'on fasse, le ballon touche terre. Boum."

Nos glaçons cliquetèrent en même temps, tandis que nous portions les verres à nos lèvres.

"On devrait peut-être faire un feu."

“Si vous y tenez”, dit-elle. “Il y a des bûches et des brindilles près de la cheminée, et des vieux journaux sous la table.”

Dès que les flammes se mirent à monter, j’éteignis la bougie, puis revins m’asseoir en disant, comme à moi-même :

“Quand je pense qu’un tel cataclysme a pu se produire alors que j’étais là, chez moi, penché au-dessus de ma table à dessin, ne me doutant de rien. Il y a sans doute eu d’énormes déflagrations, de gigantesques champignons, je n’ai rien entendu ni rien vu. Une sinistre journée, n’est-ce pas ?”

“Les hommes n’ont eu que ce qu’ils méritaient.”

Je me ménageai une pause avant de rétorquer :

“J’en connais qui n’ont pas mérité cela.”

“Moi, je n’en connais pas.”

Elle avait à présent dans les yeux une cruauté quasiment enfantine. Ce qui m’amena à esquiver le débat de fond, et à lui répondre sur un ton enjoué.

“En cherchant bien, il y a tout de même quelques personnes que j’aimerais sauver. Des amis, une filleule, quelques voisins…”

“Moi pas. Ni amis, ni famille, ni filleuls. Quant aux voisins…”

Elle esquissa de la main et du bras un geste obscène. Je lui rétorquai, sur un ton de reproche :

“Moi, les gens de l’archipel, je les sauverais bien si je pouvais. En commençant par la population d’Antioche…”

À vrai dire, ce n’était pas très sincère. Je jouais, c’est tout, je titillais gentiment ma voisine. Mais cette gentillesse, pour quelque raison, fit mouche. Elle se tourna vers moi avec, pour la première fois, un sourire de femme. Qu'elle se hâta d'ailleurs de chasser, comme s'il l'avait trahie. Puis elle grommela, tout juste audible :

"Mieux vaut finir sa vie sur une note aimable. Fût-elle mensongère."

Ève Saint-Gilles a dû être belle. J'en suis même certain, j'ai vu quelques images d'autrefois : une chevelure rougeoyante, un corsage fier et des lèvres espiègles. Mais l'amertume et l'alcool l'ont prématurément flétrie. Moi qui ai cinquante-trois ans, je parais, de l'avis de tous, flagornerie à part, en avoir tout au plus quarante-cinq ; elle, qui n'a pas encore trente-huit ans, semble plus proche de la cinquantaine. Et pourtant ses yeux, que je m'attendais à voir éteints, pétillent encore. Si elle remettait un peu d'ordre dans sa tignasse et qu'elle en rehaussait les couleurs, si elle redressait les épaules et tendait son buste vers l'avant – par provocation, par générosité, par coquetterie, peu importe –, si elle…

Je m'étais laissé aller à jouer ainsi, en pensée, les redresseurs de silhouette, les chevaliers sauveurs. Ma voisine, pensai-je en l'enveloppant du regard, n'est pas irrémédiablement perdue. À ceci près que, cette nuit, nous sommes tous irrémédiablement perdus.

"Je crois que je vais prendre un cachet et dormir", annonça-t-elle abruptement.

Elle décroisa les jambes, fit taire la radio, puis craqua une allumette qu'elle approcha de la bougie.

"Si vous n'avez plus la force de marcher, vous pouvez rester ici, sur ce canapé. Il commence à faire chaud dans cette pièce."

Je me levai d'un trait, et posai mon verre.

"Non merci, j'ai besoin de retrouver mon lit, ma chambre, ma salle de bains, et toutes mes manies de vieux célibataire."

"Je comprends. Alors, à une autre fois. Si nous ne sommes pas morts demain, repassez me voir !"

*

Sur le chemin du retour, je m'étais persuadé de faire comme elle : prendre un somnifère et dormir. Cette nuit, je ne pourrais pas trouver le sommeil autrement. Il est vrai que cette visite m'avait apaisé, et que je me sentais plus serein pour affronter la suite. Cependant, je savais qu'à l'instant où j'éteindrais les lumières, où je me retrouverais seul, étendu sous mes couvertures, avec cette radio sifflant à mon côté, je ne pourrais m'empêcher de faire défiler dans ma tête ma vie entière, mes amis, mes parents surtout. Je serais tenté de me laisser envahir par toutes les amertumes du passé, à n'en plus fermer l'œil…

Lorsque je rentrai chez moi, ma maison était devenue glaciale. Mon chauffage fonctionne au fuel, dont j'ai des réserves pour deux hivers successifs ; mais la chaudière démarre, s'arrête, puis redémarre grâce à un mécanisme qui, lui, requiert de l'électricité. En temps normal, quand une panne de courant se prolonge, j'appelle un certain numéro pour me plaindre, et les choses s'arrangent vite. N'ayant pas la possibilité de téléphoner, je n'avais plus d'autre choix ce soir que de faire, comme chez ma voisine, un feu dans la cheminée...

Me sentant bien au chaud près des bûches, je ne voulais plus quitter le séjour pour m'aventurer dans l'atmosphère polaire de ma chambre à coucher. Je restai donc là, immobile, les paumes et les yeux tournés vers les flammes. Et c'est en regardant se consumer et se tordre les pages d'un vieux journal que j'eus soudain, comme par bravade, l'envie d'écrire.

Ce n'est pas mon mode d'expression naturel, et si j'excepte ce témoignage, que je me sens poussé à consigner dans des circonstances étranges et inédites, je ne pense pas qu'à l'avenir j'écrirai autre chose.

Voilà que je me surprends à parler d'avenir. Que la chose paraît soudain présomptueuse !

À la lueur du feu, assis dans un fauteuil, appuyant mon petit carnet contre un gros volume illustré – sur Norman Rockwell, incidemment –, j'ai écrit ces quelques pages d'une traite, sans chercher à les relire, à les embellir, ni à revenir en arrière.

Dehors, la pluie a cessé. Tout paraît paisible. Dans cette pièce, il fait agréable, même si le feu n'est plus qu'un tapis de braise.

Je n'ai rien relaté encore de tout ce qui me préoccupe. Mais je commence à avoir sommeil, ma main s'alourdit et mes idées se brouillent. Il est temps d'arrêter d'écrire, et de m'abandonner à l'engourdissement. Au réveil je verrai si je dois garder ces pages, leur ajouter quelques autres, ou bien simplement m'en servir pour allumer le prochain feu.

Mercredi 10 novembre

À mon réveil, la radio émettait toujours ce même sifflement modulé, l'indicatif du drame. Je vérifiai aussi la lumière, le téléphone et la connexion internet. Toujours rien.

Relevant le store, je constatai que la tempête s'était calmée. Un beau soleil séchait déjà les feuilles et les brins d'herbe. Sur une roche noire, au bout de mon jardin, s'était posée une mouette. Elle se tourna vers moi, nos regards se croisèrent, et elle ne bougea pas. Il est vrai que j'étais loin.

Se pourrait-il que la fraîcheur de l'air soit si mensongère ? Se pourrait-il qu'au-delà de cette étendue bleue, ce soit déjà l'horreur ? Pourtant, je fis glisser la porte vitrée et respirai l'air du large. Je m'étirai des quatre fers, et ma mouette s'envola dignement avec un ricanement de reproche.

Je me surpris à devenir joyeux, alors que rien, strictement rien, n'avait changé, à ma connaissance. Je ne savais toujours pas si cet oxygène qui s'engouffrait dans mes poumons ne portait pas les particules de mort. Mais il y avait le soleil, la clarté du soleil, la chaleur du soleil, je me laissai chauffer et éblouir. Il y avait l'herbe humide que je foulais de mes pieds nus. Il y avait cette mouette dont j'entendais encore le ricanement au loin – le sien ou celui de sa sœur. Et il y avait l'Atlantique, il était au plus haut et léchait parfois les pierres qui bordent mon jardin. Je m'avançai vers lui, insensible au froid, et me déshabillai en marchant. Arrivé près de l'eau, je me prosternai, jusqu'à y plonger mon visage.

Je vivais. Je vivais encore. Un jour de plus ? Une semaine ? Si le mal venait à m'atteindre, me dis-je, c'est à l'océan que je viendrais me confier. Qu'il me prenne ! Qu'il m'emporte où bon lui semble ! Qu'il m'engloutisse, surtout, et ne rende jamais mon corps !

Je revins vers la maison plus serein. Je rallumai le feu, près duquel je m'étendis, encore nu, comme pour me dorer.

D'habitude, en me levant chaque matin, je m'interroge sur ce que je dois faire de ma journée. J'énumère, je dresse des listes, sur papier ou bien dans ma tête. Comme du temps où j'avais un travail régulier. Mais aujourd'hui, j'ai réussi à ne pas me poser cette question. Je me suis demandé plutôt quelles sensations j'avais envie d'éprouver, à l'instant même. Quelles sensations dans mon corps, dans chaque territoire de mon corps, quelles sensations dans ma tête. L'humide et le sec, le glacé le brûlant, la tension le relâchement, l'effort, les pleurs, le rire, l'abandon, le doux et subtil engourdissement près du feu...

Et je me suis de nouveau assoupi, alors que je venais tout juste de me lever.

À mon second réveil, j'avais renoué, hélas, avec mes instincts d'énergumène responsable. Je me donnais des ordres, je me fouettais à coups de "je devrais", "il faut que", "j'aurais déjà dû"...

Je retrouvai mon bracelet-montre, que je m'attachai au poignet. Il était quatorze heures trente. Je consultai sur le mur la charte des marées. Aujourd'hui, c'est à seize heures dix-neuf qu'elle allait être au plus bas. Si je voulais me rendre à Port-Atlantique, je devais partir tout de suite et revenir dans trois petites heures.

J'enfourchai donc ma monture, un canasson de vélo couleur brique, avec une corbeille en osier sanglée par mes soins à l'arrière. Je roulai en direction du Gouay.

Le passage luisait encore d'innombrables flaques, mais l'eau ne le couvrait plus. J'avançai cependant avec circonspection. À la moindre glissade, on se retrouve le bec dans l'océan, l'isthme n'a pas six mètres de large, et sa surface est par endroits boueuse. De plus, le Gouay n'étant ni un pont ni une passerelle, mais un sentier long de trois milles marins, à certains moments on ne voit plus terre, on a la sensation de pédaler sur l'Atlantique, vers nulle part.

En atteignant l'autre rive, j'éprouvai le besoin de poser les pieds quelques instants sur le sol ferme. Avant de reprendre ma course jusqu'au port.

Les rues étaient désertes. Mais au bistrot où j'ai mes habitudes, il y avait la foule des journées sans pêche.

L'endroit s'appelle *La cap-hornière*, souvenir du temps où les marins de l'archipel des Chirons partaient à l'autre bout du monde, quelques rares fois en compagnie de leurs femmes, qui méritaient alors, pour l'éternité, le prestigieux titre de "cap-hornière".

La dernière de cette race, j'ai eu la chance de la connaître, elle est morte il y a dix ans à peine. C'est son petit-fils qui trône aujourd'hui derrière le comptoir. Sur le mur, au milieu des trophées, des reliques marines, des vieux matricules, des étiquettes de bouteilles venues de Valparaíso ou de Macassar, une imposante photo sépia, agrandie jusqu'à taille humaine, de notre cap-hornière en robe longue avec son capitaine de mari sur le pont. Un beau visage sévère des temps anciens.

Cette présence exceptée, il n'y a jamais de femmes dans ces murs. Les marins viennent ici justement pour les fuir. Avec elles, c'est une triste histoire d'éloignement et de lassitude, qui se répète une génération après l'autre. Les hommes partent en mer, pour des semaines et des mois, les femmes restent seules souveraines chez elles. Eux se déshabituent de vivre avec une épouse, elles se déshabituent d'obéir à l'époux. Quand celui-ci revient, la maison est devenue trop étroite. Alors le mâle se sauve. Les plus intrépides s'échappent vers d'autres cieux, pour toujours ; la plupart se contentent de longues escapades quotidiennes. Au bar, bien entendu. À *La cap-hornière*.

Pour boire, taper la carte entre hommes, et rire de leurs frayeurs d'autrefois.

La salle du bistrot étant habituellement sombre, l'absence d'éclairage aujourd'hui s'y remarquait à peine. Très vite, mes yeux se sont adaptés. Je reconnaissais des visages, je serrais des mains, et avant même que je me sois assis, les questions fusaient à l'adresse du “Canadien” que je suis, agrémentées des jurons usuels. Se peut-il que tout soit détruit, bon sang, “même Paris”, et que nous, sur l'archipel, ayons été oubliés ? Pourquoi nous, crénom ? Et pour combien de jours, pour combien d'heures ce sursis ?

Je n'avais évidemment aucune réponse, je ne pouvais qu'ajouter à leurs angoisses les miennes. N'avions-nous pas tous suivi les mêmes événements, et nourri les mêmes inquiétudes ? Nous faisions tous à présent le même diagnostic, chacun avec ses propres mots et ses propres pudeurs.

“Nos bonnes femmes ont peur”, me chuchota le vieux Gautier sur un ton de stricte confidence.

Il avala sa salive et redevint muet. Je louchai vers ma montre. Bientôt dix-sept heures. Je vidai le fond de mon galopin de bière – la ration des sages ! – et me levai. J'avais encore une visite à faire.

Il est rare que je vienne à Port-Atlantique sans m'arrêter quelques minutes, soit à l'arrivée soit au retour, chez celui qu'on appelle ici “le passeur”. Autrefois, le passeur disposait d'une barque pour aider les gens à passer, justement, entre les îles d'Antioche et de Gros-Chiron aux heures où le Gouay était impraticable. Aujourd'hui, ce fonctionnaire municipal a seulement pour charge de surveiller l'isthme et de l'entretenir. Mais l'appellation de "passeur" est restée.

Si je me fais un devoir de lui rendre visite, ce n'est pas seulement parce qu'il se trouve être mon voisin le plus proche, Ève exceptée, mais parce que c'est un peu pour moi qu'il est là. Au temps où Antioche n'était plus habitée, la fonction de passeur avait été abolie. Un large panneau rouillé retenu par des chaînes barrait l'entrée du Gouay : *Traversée strictement interdite.*

Ayant dû lever l'interdiction après mon installation sur l'île, les autorités de l'archipel estimèrent, fort consciencieusement, qu'elles avaient désormais l'obligation de faire surveiller le passage. Cependant, pour ne pas grever le maigre budget de la commune, on imagina une solution astucieuse : proposer à quelqu'un de se loger dans la maison qui avait été celle du passeur, et de cultiver à son profit les terrains attenants, en échange du service rendu. Un service peu contraignant, à vrai dire : garder un œil sur le Gouay dans l'heure qui précède la marée haute, pour vérifier que personne ne s'y aventure étourdiment.

J'ai connu en douze ans cinq ou six passeurs successifs : un sergent à la retraite ; un jeune couple appâté par le logement gratuit ; deux marins assagis… Le dernier en date, arrivé il y a près de deux ans, est un étranger. Ici, sur l'archipel, on appelle étranger l'homme qui vient de Manille tout autant que du littoral en face. Mais ce passeur est un vrai étranger, si l'on peut dire. Un Grec. Enfin, pas tout à fait ; il semble avoir des origines multiples et entremêlées, et préfère se dire “de lointaine ascendance grecque” ; du moins le nom qu’il porte, Agamemnon, est-il le plus hellénique qui soit, même si les gens d’ici l’ont tout de suite abrégé en Agam.

Un personnage étonnant, que l’on ne s’attendrait pas à rencontrer en ce lieu, ni surtout dans de si modestes fonctions. Grand dévoreur de livres, il est pétri de savoir, et pétillant d’intelligence. Une relation forte s’est instaurée entre nous, qui va bien au-delà des rapports simplement polis que j’entretenais avec les passeurs qui l’ont précédé.

*

En m’engageant dans le petit sentier qui mène à sa maison, je l’entendis ouvrir une fenêtre à l’étage, et je lui lançai aussitôt :

“Pas trop de circulation, aujourd’hui ?”

“Passage d’un cycliste il y a deux heures. Un autre passage est prévu, en sens inverse, avant la nuit.”

Nos premières paroles sont toujours des variations badines sur ce même thème : la rareté du trafic sur le Gouay. Même aujourd’hui, nous n’avons pas dérogé à la règle.

Le temps, pour moi, de garer mon vélo près du sien, Agamemnon était en bas, devant sa porte.

L’homme est grand, les épaules massives, et ses traits du plus pur sang-mêlé : des pommettes saillantes, des yeux légèrement bridés, une peau brune entourée d’une abondante chevelure châtain clair, presque blonde. Au premier regard, il peut donner l'impression d'être un marin celte buriné par le soleil et le vent salé ; par son allure, sa casquette délavée, sa veste frappée d'une ancre dorée, il conforte cette impression. Mais dès qu'on l'observe de plus près, on ne parvient plus à le situer. On le dirait issu des amours de Sitting Bull avec une walkyrie.

Je ne suis pas plus sensible qu'un autre à la beauté masculine, mais je dois dire que ce personnage est infiniment agréable à regarder. Une fois que l'on a posé les yeux sur lui, il faut un effort pour les en détourner. La beauté, oui, sans doute, et aussi une certaine étrangeté.

"Je pensais que j'allais te voir à *La cap-hornière*."

"J'y suis allé un peu, vers midi", me dit-il. "Mais je n'y suis pas resté longtemps. J'avais du bricolage à faire. Quelques réparations. Ma radio est en panne."

Je faillis le reprendre… Je vis à temps qu'il souriait, avec un clin d'œil de pirate.

"C'est bien", soupirai-je, "tu trouves encore la force d'en rire !"

"Et pourquoi je n'en rirais pas ?"

"Avec tout ce qui se passe ?"

"Mais qu'est-ce qui se passe, bon sang ? Tout le monde tire des mines d'enterrement. Ce matin, au bistrot, c'étaient presque des condoléances. J'avais envie de demander : mais où est donc ce mort que vous pleurez ? Je ne le vois pas ! Je suppose que toi aussi tu vas me parler de cataclysme nucléaire."

"Comment pourrions-nous ne pas en parler ?"

Il regarda sa montre, puis le ciel.

“C’est l’heure de surveiller le passage. Montons à l’étage, et asseyons-nous dix minutes, je vais ouvrir ma meilleure bouteille. Il ne sert plus à rien de la garder pour demain s’il n’y a plus de lendemain !”

Quand nous fûmes assis à sa table de cuisine, lui face à la fenêtre large donnant sur l’isthme, moi face à l’autre, d’où je ne voyais que le sommet dégarni de quelques ormes secs, Agamemnon se mit à parler posément :

“Comme tout le monde, j’ai beaucoup écouté les nouvelles ces dernières semaines, et je redoutais un embrasement. Cette mystérieuse explosion dans le Maryland ; les Américains qui s’étaient mis en tête de ‘ramasser’, partout sur la planète, les armes nucléaires ‘tombées dans de mauvaises mains’… Comment pensaient-ils opérer un tel ‘ramassage’ ? Et les autres pays allaient-ils se laisser désarmer ? Il y avait là, c’est vrai, les ingrédients d’une très grosse crise. Mais de là à considérer qu’une apocalypse atomique s’est effectivement déclenchée hier soir, c’est tout simplement insensé !

“Et pourtant, tu me diras, quelque chose vient d’arriver. Des événements graves, extrêmement graves. Oui, je n’en doute pas. Mais lesquels ? Personne ne semble le savoir. La seule chose dont nous puissions être sûrs, toi et moi, c’est que nous sommes en vie, et que rien, autour de nous, n’a été détruit. Au lieu de se lamenter, il faudrait plutôt se réjouir et célébrer, tu ne crois pas ?”

Il remplit mon verre et le sien. Je l’en remerciai, et bus à notre santé. Ses paroles avaient quelque peu apaisé mes frayeurs, et je lui en savais gré. Cependant, je lui rétorquai :

“Mais comment peux-tu être sûr que nous ne sommes pas seulement en sursis ? Plus d’électricité, plus de téléphone, et toutes ces radios en panne au même moment, de la même manière. Comment tu l’expliques ?”

“Ici, sur l’archipel, il y a constamment des pannes, surtout en cette saison, et personne n’a jamais dit que c’était la fin du monde ! Cela dit, je ne voudrais pas minimiser ce qui est en train d’arriver. J’ai, comme toi, des inquiétudes. Il se passe des choses étranges, qu’il n’est pas facile de deviner. Mais un cataclysme nucléaire ? Sûrement pas ! Cette idée selon laquelle le reste du monde aurait été anéanti, et que nous seuls, les habitants de l’archipel des Chirons, aurions survécu en attendant qu’un nuage radioactif parvienne jusqu’à nous, ça ne tient pas la route.”

“J’aimerais tellement que tu aies raison, Agam ! Je ne demande qu’à croire que tout n’est pas anéanti. Mais la question demeure : que s’est-il passé ?”

“Parfait !” me dit-il. “Te voici revenu des mauvaises réponses aux bonnes questions ! Il est toujours préférable de commencer par là.”

Il regarda sa montre.

“Je ne veux pas avoir l’air de te chasser, mais je ne serais pas tranquille si je te voyais t’engager sur le Gouay dans l’obscurité.”

De fait, à l’extérieur, il faisait déjà moins clair. Moi qui n’ai pas une si bonne vue la nuit, je n’allais bientôt plus pouvoir distinguer la mer, bleue et grise, de la chaussée, grise et bleue. Je lançai un vague “à demain !”, avant de partir en courant.

Sur la route, je me mis à siffloter *Carmen*, l’air du toréador. Et c’est en entendant ma propre voix enjouée que je compris que cette expédition sur l’île voisine m’avait réconforté. Je demeurais perplexe, bien sûr, et me posais encore mille questions. Mais je sifflotais. Quoi qu’on en dise, “l’insupportable doute” vaut mieux que l’atroce certitude.

En rentrant chez moi, j’appuyai dûment sur l’interrupteur, puis sur le bouton de la radio ; je soulevai le combiné du vénérable téléphone mural, et prononçai même un absurde “allô !”. Bien entendu, pas la moindre réponse, ni le moindre son. Rien n’avait changé durant ma courte absence, à l’exception de mon humeur.

Alors je m’assis près de la baie vitrée pour prendre quelques notes sur mon expédition du jour.

*

Puisque j’ai retrouvé, grâce au passeur, un peu de gaieté, de relatif optimisme et de sérénité, je vais prendre le temps d’une brève digression pour rappeler les événements des dernières semaines.

J’y ai fait allusion plus d’une fois, et j’aurais probablement dû m’y étendre dès hier. Mais je ne savais pas trop comment m’y prendre. Fallait-il que je revienne sur des faits que tous mes contemporains connaissent ? Et à l’intention de quels lecteurs ? À vrai dire, je ne sais toujours pas répondre à ces questions, j'ai juste renoncé à me les poser. Je vais simplement faire confiance à mon instinct pour consigner, en quelques paragraphes, ce qui m'a traversé l'esprit à l'instant où mes radios se sont tues, et qui m'a fait craindre le pire.

Peut-être devrais-je commencer par rappeler que la question de la prolifération nucléaire "sauvage" était devenue, au cours des dernières années, une préoccupation obsédante pour les dirigeants politiques comme pour l'opinion. Du combustible radioactif, des pièces détachées, des missiles entiers peut-être, et aussi des ingénieurs, des techniciens, des militaires en rupture de ban – tout cela circule un peu partout à travers la planète, dans une cacophonie de rumeurs.

Un cartel de trafiquants se serait acheté, dit-on, trois bombes qu'il utiliserait sans hésiter si l'on s'avisait de donner l'assaut à son sanctuaire. Vérité ? Affabulation ? Qui va aller vérifier au cœur des jungles de Bornéo ou d'Amazonie ?

Un commando terroriste aurait été intercepté dans une ferme des environs de Dresde, alors qu'il mettait au point un engin explosif contenant des substances radioactives. Les autorités allemandes ont parlé d'exagération et de spéculation, puis l'affaire a été enterrée sous une chape de silence. Là encore, qu'y a-t-il de véridique, et quelle est la part de l'affabulation complotiste ? Pour ma part, je l'ignore.

Plus préoccupant encore, et plus immédiat : un chef de guerre fanatique et fantasque, le "maréchal" Sardar Sardarov, maître d'une petite satrapie montagneuse dans le Caucase, semble avoir acquis dans les dernières années un nombre substantiel de missiles ayant appartenu jadis à l'armée soviétique, et tout dans son parcours politique et psychiatrique donne à penser qu'il a hâte de s'en servir. Qui diable pourrait lui faire entendre raison ?

C'est dans ce contexte que s'est produite, il y a quelques semaines, dans une petite bourgade du Maryland, cette déflagration si inquiétante, si traumatisante, à laquelle Agamemnon a fait allusion, et qui est vraisemblablement à l'origine des événements qui s'abattent sur nous depuis hier.

Dans l'après-midi du 26 septembre dernier, il y a donc un mois et demi, une puissante détonation retentit à Indian Head, petit port fluvial sur les rives du Potomac, à une trentaine de kilomètres du centre de Washington. Au cours des premières heures, les autorités locales s'étaient enfermées dans le déni, n'osant pas mettre un nom sur ce qui venait de se produire : une authentique explosion nucléaire ! De faible puissance et d'ampleur limitée, certes, puisque la dévastation ne dépassa pas un rayon de mille mètres. Mais il y eut tout de même plus de six cents morts, et des milliers d'habitants des environs furent blessés ou contaminés. Les victimes auraient été bien plus nombreuses encore si le nuage radioactif n'avait pas été balayé par de providentiels vents d'ouest... Pour tenter de calmer les esprits, certains s'évertuèrent à parler d'une "déflagration accidentelle" ; ce qu'elle était, au sens strict, vu que les manipulateurs de l'engin n'avaient sans doute pas l'intention de le faire exploser à cet endroit et à ce moment-là.

Jusqu'à ces derniers jours, d'ailleurs, plusieurs médias continuaient à dire que les responsables du désastre étaient de jeunes étudiants fascinés par le nucléaire plutôt que des terroristes s'apprêtant à frapper la capitale fédérale ; hypothèse difficile à croire, mais tout aussi difficile à réfuter, vu que tous ces apprentis sorciers ont été pulvérisés sans laisser de traces.

Dès le lendemain de l'explosion, on commença à prendre conscience des implications de ce qui venait de se passer. C'est alors qu'est née, en Amérique et ailleurs, cette angoisse violente qui n'a cessé de s'amplifier depuis. On pourrait même dire que l'humanité entière est restée sous le choc, hagarde, désemparée. Cela peut paraître excessif, vu que des événements de ce genre avaient été imaginés depuis des décennies dans les romans, dans les films, comme dans les rapports des "services d'intelligence". Ne sait-on pas depuis longtemps que des manuels pour construire de tels engins circulent sur internet, avec des instructions détaillées et les croquis qui vont avec ? Pourtant, lorsque l'événement réel finit par se produire, ce fut à la fois la stupeur et l'incrédulité.

Dans cette atmosphère si angoissante, si traumatique, un mouvement armé dont personne n'avait entendu parler jusque-là fit parvenir à divers médias une vidéo montrant un homme masqué qui revendiquait l'acte. La plupart des experts en terrorisme étaient de l'avis qu'il s'agissait d'un faux, et que la mise en scène était l'œuvre d'un mythomane. Mais d'autres spécialistes estimèrent que la thèse d'un acte terroriste ne devait pas être écartée, et que le maréchal Sardarov avait bien pu en être le commanditaire.

Certaines rodomontades de l'autocrate caucasien deux jours après l'explosion pouvaient être interprétées comme un aveu de culpabilité.

Le président des États-Unis se sentit contraint d'agir. Au cours d'un discours relayé dans le monde entier – où il apparut très amaigri par son cancer des poumons, qui serait en phase terminale –, Howard Milton annonça avec solennité sa décision de "ramasser" chaque bombe, chaque ogive, chaque gramme de plutonium ou d'uranium enrichi qui se trouverait entre les mains d'individus incontrôlables. Non seulement aux États-Unis, mais sur toute l'étendue de la planète, et par tous les moyens. Si cette prise de position fut applaudie en Amérique du Nord, en Australie et dans certains pays d'Europe, elle fut accueillie ailleurs avec méfiance, et parfois avec colère. Notamment en Russie, en Chine, en Inde comme au Pakistan, les dirigeants déclarèrent sans ambiguïté que, si l'on osait s'en prendre à leurs installations ou à leur arsenal, ils ne resteraient pas les bras croisés.

L'extrême gravité de la situation n'échappait à personne, ni aux responsables ni aux simples mortels. Il est vrai que, dans la seconde moitié du vingtième siècle, lors de certaines crises, on avait redouté un conflit nucléaire entre l'Occident et la défunte Union soviétique ; mais les rares doigts qui auraient pu appuyer sur les boutons de la mort étaient ceux de politiciens chenus qui craignaient le jugement de l'Histoire et les regards effrayés de leurs petits-enfants.

Rien ne permet de croire qu'un personnage comme Sardarov éprouverait de semblables inhibitions. Si son doigt devait trembler en s'approchant des "boutons", ce serait plutôt sous l'effet de la rage, de la haine et de la folie meurtrière.

Comment ramener à la raison des énergumènes comme lui ? Comment les neutraliser ? Comment les désarmer ? Par des menaces ? Des embargos ? Des opérations de commandos ? Des bombardements ponctuels ? Aucun de ces procédés ne pouvait être employé sans risque grave, et tout le monde, à commencer par le président Milton, redoutait un dérapage dévastateur. Mais le dirigeant le plus puissant de la planète ne pouvait plus se dispenser d'agir.

Ces dix derniers jours, les médias parlaient de l'imminence d'une ou de plusieurs opérations de "nettoyage" du côté du Caucase et peut-être aussi en d'autres régions du globe, et nous vivions tous dans la hantise d'un conflit qui éclaterait à cette occasion. D'où ma réaction instantanée, hier soir, lorsque les pannes se sont produites.

Y a-t-il bien eu un dérapage de ce type, avec des affrontements armés et des explosions nucléaires ? Peut-être. Peut-être pas…

Le mois dernier, je m'étais inspiré de cette atmosphère de peur pour un dessin publié dans *Le Moniteur littéraire*, et qui allait être abondamment reproduit à travers le monde. J'y représentais notre brave Terre sous l'apparence d'une grenade, les latitudes et les méridiens en guise de stries. De la surface de la planète sortait une main qui cherchait à la dégoupiller.

Au bas de mes dessins, j'ai pris l'habitude de placer, près de la signature, un petit personnage en haut-de-forme, *Smart Alec*, qui dédouble le dessin, le commente, et parfois prend ses distances à son égard. Ce jour-là, mon personnage, résigné, se contentait de se boucher les oreilles, comme s'il ne craignait de la déflagration que son bruit.

*

Ayant fini de rapporter par écrit ces quelques données récentes qui constituent l'arrière-plan des événements actuels, et qui en renferment peut-être la clé, je fis un petit détour par la cuisine pour avaler sur le pouce un morceau de fromage de chèvre avec mon dernier bout de pain ; avant de m'engager à pied sur le chemin qui mène jusqu'à la maison d'Ève.

Je frappai trois coups de mon poing fermé, et aussitôt, comme hier, je tournai la poignée. Une fois entré, je claquai la porte derrière moi pour signaler ma présence, comme d'autres, plus discrets, se seraient raclé la gorge. Puis, en me dirigeant vers le salon, j'appelai :

“Y a-t-il quelqu'un ?”

Ma voisine me répondit instantanément :

“Je suis en haut, venez vite !”

Je cherchai des yeux l'escalier, puis montai à toutes jambes. Je devinais par une porte ouverte la lueur tremblante d'une bougie. Elle venait de la chambre d'Ève, que je trouvai assise en robe de bain sur le bord de son lit. Il est vrai qu'il n'était pas encore dix-neuf heures !

“Écoutez !”

Je tendis l'oreille. Il y avait une petite mélodie aux notes détachées, on l'aurait dite sortie d'une boîte à musique.

“C'est la radio”, dit ma voisine. “Je l'avais laissée allumée, le son au plus bas. Et juste au moment où vous refermiez la porte d'entrée, j'ai entendu cette musique.”

Je m'approchai du vieux transistor, haussai le volume, puis déplaçai le bouton marqué “tuning” pour retrouver ma station habituelle, *Atlantic Wave*. On y jouait le même air. Comme si toutes les radios, après avoir été condamnées à émettre un simple sifflement, venaient d'être réunies en une seule, et qu'elles diffusaient une même musique – apaisante, légèrement entêtante, plutôt répétitive, mais pas au point d'en devenir irritante.

D'une chose, au moins, j'étais sûr : cette mélodie, je ne l'avais jamais entendue auparavant. Je ne l'aurais pas oubliée.

Au bout de quelques minutes, Ève me proposa de la précéder au salon, avec la radio, et d'allumer un feu.

“J'éprouve soudain la stupide envie de me maquiller et de m'habiller avant de commencer ma journée”, me dit-elle pour me faire quitter sa chambre.

Je me levai, en prenant la radio blanche comme un caniche dans mes bras, et je descendis lentement les marches.

Quand la romancière me rejoignit au salon, on entendait encore la même musique. J'avais baissé le son, mais pas trop, car les brindilles grésillaient fort. Comme la veille, je m'étais servi un whisky – sans "rocks", cette fois, ils avaient tous fondu. Et je m'étais assis dans le même fauteuil. Elle vint prendre place dans le sien. Nous commencions à avoir nos habitudes.

"Je suis allé à Port-Atlantique, cet après-midi. J'ai bavardé avec quelques marins, puis avec Agamemnon, le passeur. Vous le connaissez, j'en suis sûr..."

"Il est venu me voir deux ou trois fois, sous divers prétextes. Je me suis toujours demandé ce qui avait bien pu l'amener jusqu'ici. Un crime qu'il aurait commis ? Un désespoir d'amour ?"

"Il cherchait peut-être, comme nous deux, la solitude, sans avoir les moyens de s'acheter son bout d'île. Être passeur est une solution commode : une maison gratuite, un terrain pour faire pousser ses légumes, la pêche pour se nourrir, et du temps libre pour faire ce qu'il lui plaît. Je crois qu'il lit beaucoup."

"Je sais, il a même lu mon livre, imaginez-vous ! Il m'en a cité des phrases entières qu'il avait retenues par cœur !"

Disant cela, ma voisine arborait une moue horrifiée. Je pris soin de ne manifester ni amusement ni surprise, et de poursuivre mon récit comme si je n'avais rien entendu.

"Il est persuadé que rien de ce que nous redoutons n'est arrivé. Ses arguments ne m'ont pas entièrement convaincu, mais en repartant de chez lui, j'étais de bonne humeur."

Ève haussa les épaules en laissant tomber :

"Tant mieux !" Puis, sans transition : "Êtes-vous sûr qu'il ne reste plus de glaçons ?"

"Absolument, hélas ! J'ai même plongé les doigts dans le bac. Plus une miette ! Voudriez-vous de l'eau à la place ? Si j'ouvre le robinet dix secondes, elle sera glacée."

"Je veux bien."

Alors que j'entrais dans la cuisine, la musique à la radio s'interrompit brusquement. Je revins vers le bouton pour hausser le son. Une voix féminine disait :

"Monsieur Howard Milton, président des États-Unis, vient d'adresser un message à son peuple. En voici l'enregistrement."

Une plage de silence, puis ce fut la voix prématurément vieillie de l'homme d'État :

"Mes chers concitoyens,

"Avant toute chose, je tiens à vous rassurer : le territoire de l'Union n'a fait l'objet d'aucune agression étrangère violente, nous n'avons à déplorer ni victimes ni destructions. J'ai voulu commencer par ces propos réconfortants, parce que des rumeurs alarmistes ont circulé ces dernières heures.

"Sans doute ces rumeurs ont-elles été alimentées par l'occurrence de certains phénomènes peu habituels, tels que l'interruption d'internet, l'arrêt des émissions de télévision et de radio, la perturbation des réseaux téléphoniques, ou le dérèglement de certains appareillages électroniques. Tout porte à croire que des incidents

similaires se sont produits un peu partout à travers le monde.

"L'explication de ces phénomènes nous est désormais connue, mais il ne serait pas judicieux d'en parler publiquement à ce stade. Je peux cependant vous annoncer que des contacts ont été établis, au plus haut niveau, avec ceux qui sont à l'origine de ces événements ; ils nous ont assuré qu'ils ne nourrissaient aucune animosité envers les États-Unis. J'ai bon espoir qu'à travers ces contacts, le retour à la normale se fera dans les plus brefs délais.

"Je ne veux pas vous dissimuler que nous faisons face, depuis hier, à une situation totalement inédite. Mais nous le faisons dans un esprit de responsabilité et de confiance en nous. Et je suis certain que, grâce à la vigilance, à la sagesse et au sens civique de tous les Américains, et en étroite collaboration avec nos amis et nos partenaires sur tous les continents, nous saurons traverser sans dommage cette phase délicate comme nous avons traversé plus d'une fois par le passé d'autres moments graves de notre histoire.

"Je vous tiendrai régulièrement informés de l'évolution des choses. Montrez-vous patients ! Et soyez confiants, tout se passera bien.

"Dieu vous bénisse !

"Dieu bénisse les États-Unis d'Amérique !"

Il y eut trois accords de l'hymne américain, puis la présentatrice reprit l'antenne : "Vous venez d'entendre l'allocution..." Je baissai le son, et dirigeai mon regard vers le feu de la cheminée. Ève se tourna dans la même direction.

“Tes impressions ?” demanda-t-elle, au bout d’un moment, me tutoyant pour la première fois.

Sa question venait trop tôt. Dans ma tête, mille interrogations se pressaient, je ne les avais pas encore triées. Je ne pouvais que réfléchir à voix haute.

“Il parle de ‘ceux qui sont à l’origine de ces événements’, sans les nommer. Qui sont-ils ? Une organisation ? Un gouvernement ? Tout cela me semble étrange, et opaque… Il dit aussi que les États-Unis n’ont pas été attaqués. Qu’ils n’ont à déplorer ni victime ni destruction. Mais ce n’est pas non plus un communiqué de victoire. Sardarov et ses acolytes, contre lesquels il avait promis de sévir, il n’en parle pas. Auraient-ils été anéantis ? Désarmés ? Il ne les mentionne même pas. Il ne parle d’ailleurs à aucun moment de conflit atomique. Ni pour dire qu’il a eu lieu, ni pour dire qu’il a pu être évité.”

À la radio, la musique s’était encore interrompue, on annonçait une rediffusion, dans quelques minutes, du discours de Milton.

“Aurais-tu par hasard un de ces bons vieux enregistreurs à piles ?” demandai-je.

“Ah oui, bien sûr que j’en ai un”, dit Ève d’un ton exagérément amusé. “Il doit être là, dans ce grand tiroir fourre-tout.”

Je le retrouvai sans difficulté, vérifiai qu’il était en état de marche, et l’installai tout près de la radio. À temps pour le discours. Que nous écoutâmes tous les deux plus religieusement encore que la première fois.

“Tu sais ce que nous venons d’entendre ?” me lança Ève pendant que Milton formulait ses “bénédictions” finales. “Une capitulation ! Parfaitement, un discours de capitulation !”

Se faisant imitatrice, elle épaissit la voix, et adopta un débit pesant et essoufflé :

“Nous devons faire face à un adversaire inattendu, qui a interrompu nos communications, détraqué nos appareillages, et de ce fait paralysé nos forces armées. Nous n’avons donc aucun moyen de résister, alors nous parlementons… Mais ne nous affolons pas, chers concitoyens, ces gens ne nous veulent aucun mal !”

Je dus reconnaître que c’était là une interprétation plausible. Mais pas la seule.

“Quelle autre interprétation ?” insista ma voisine, soudain plus alerte que jamais.

Je fus incapable de répondre, j’avais l’esprit tout embrouillé, et tiraillé, et ralenti. Il était temps de prendre congé. Je me levai.

“Pourrais-tu me prêter l’enregistreur, jusqu’à demain ? Ce genre de discours, il faut le réécouter plusieurs fois de suite pour saisir ce qui se cache sous chaque mot…”

“Tu me rendrais service si tu me débarrassais de ce machin pour de bon, je ne veux plus le voir. Je l’avais acheté l’année dernière, croyant qu’il m’aiderait à écrire. Au lieu de gratter du papier ou de pianoter sur un clavier, je n’aurais plus eu qu’à me promener sur la plage en parlant dans la petite boîte. La solution miracle ! Je me suis promenée pendant des heures, des journées entières, le micro sous mes lèvres, et je n'ai jamais pu dicter la première phrase. Alors tu peux le prendre, et le garder. Il aura au moins servi à quelqu'un."

*

Ève a raison, elle est étrange cette référence à un adversaire dont Milton omet de donner le nom. Il ne l'appelle d'ailleurs pas "adversaire", ni "ennemi", et il ne l'appelle pas non plus "partenaire" ; il l'évoque avec une sorte de déférence craintive. *Il ne serait pas judicieux d'en parler publiquement à ce stade*, nous dit-il. Une circonspection qui n'est vraiment pas dans le style du dirigeant le plus puissant de la planète.

Ce que nous venons d'entendre, ce n'est pas Hernán Cortés annonçant à son peuple sa rencontre avec Moctezuma, c'est Moctezuma annonçant à son peuple la rencontre avec Cortés…

De ce fait, si l'angoisse née hier s'est quelque peu dissipée, une autre s'est nouée, plus irréelle, plus insaisissable encore. Il n'y a pas eu de cataclysme nucléaire, la cause est entendue. Cependant, un autre événement s'est produit, un événement considérable et imprévu, dont je ne sais presque rien encore, et dont je ne mesure, à cet instant, ni l'ampleur, ni les implications.

Jeudi 11 novembre

Ce rôle de chroniqueur que je me suis assigné se révèle épuisant. Je passe mes heures à guetter les nouvelles, à vérifier, à prendre des notes, puis à rédiger. Du moins vais-je écrire cette nuit sous ma lampe…

Car la lumière est revenue ! Ce matin, quand j'ai ouvert les yeux, vers dix heures trente, des montres électriques clignotaient un peu partout dans la maison – sur mon ordinateur et son imprimante, sur ma chaîne à musique, sur le four, sur le congélateur… En rouge, en rose, en turquoise, toutes pépiaient qu'elles n'étaient plus à l'heure et qu'elles voulaient être ajustées.

Je saisis le téléphone pour former le numéro d'Adrienne, ma filleule, qui se trouve à Paris. Je n'eus droit qu'à un message enregistré, mais c'était bien sa voix. Le réseau semble rétabli. Les ondes ne sont plus “confisquées”.

*

Mon deuxième appel fut pour mon plus vieil ami – ou, pour être précis, pour le plus ancien de ceux avec qui j'ai constamment gardé le contact : Moro. J'aurai sans doute l'occasion de reparler de lui, mais peut-être devrais-je dire dès à présent pourquoi j'avais si hâte de le joindre.

Je l'ai connu à l'université, où il était déjà un mythe. L'érudit futé, et pétillant d'humour… C'est cela qui, en premier, m'avait attiré vers lui. Et aussi son physique, sa tête trop ronde, ses cheveux trop crépus sur une peau trop blanche, ses lunettes aussi épaisses qu'une vitrine de bijoutier, sa bouche carnassière d'enfant inassouvi. Myope et trapu, il ne répondait vraiment pas aux canons usuels de la beauté ; mais dans l'échelle de la séduction, qui ne s'embarrasse d'aucun canon, il trônait tout en haut.

Un lien s'est créé entre nous, de ceux que le temps et la distance n'affectent pas. J'ai gardé l'habitude de lui dire ce que je ne dirais à personne d'autre, et lui de même. Nous nous sommes pourtant peu vus ces dernières années. Chacun a suivi son orbite : moi, j'ai abandonné le droit pour le dessin, et déserté le Nouveau Monde pour vivre sur l'archipel de mes origines ; Moro est devenu un juriste hors pair, vers lequel remontent, de São Paulo, de Toronto, de Londres ou de Singapour, les litiges les plus complexes. Il ne s'est jamais encombré d'un grand cabinet portant son nom. Là – comme en amour, d'ailleurs – il papillonne, au gré des affaires en cours.

Une sommité, donc, aux yeux de ses confrères, et une divinité pour ses amis ; cependant, il est longtemps resté à l'abri des projecteurs. Oui, même dans une société aussi tapageuse que celle des États-Unis, il avait réussi l'exploit de devenir important tout en demeurant inconnu. Et puis, brusquement, il y a trois ans, son nom et son visage ont été révélés au grand public. Il eût été difficile pour lui d'y échapper, vu que l'un de ses amis proches venait d'entrer à la Maison-Blanche !

Je n'ai jamais rencontré le président Milton. Ni avant son élection, ni depuis. Son regard s'est peut-être attardé quelquefois sur l'un de mes dessins, mais il ne doit pas savoir qui se cache sous la signature d'*Alec Zander*, ni quelle parenté souterraine nous lie. Moro cloisonne ses amitiés. Moi non plus je ne connaissais guère leurs rapports avant que la chose ne soit étalée au grand jour.

Au cours de la campagne présidentielle, certains journaux mentionnèrent le nom de “Morris Oates, dit Moro”, sans trop s'étendre sur son rôle. C'est seulement après l'élection, quand tous les gestes du nouveau président commencèrent à être scrutés vingt-quatre heures par jour, que le pot aux roses fut découvert. On se mit à parler de conseiller très spécial, d'éminence grise, de confesseur, de magicien, de gourou… Je ne sais pas comment les autres amis de Moro ont réagi ; pour ma part, j'étais plus agacé que flatté.

Ce n'est plus le cas aujourd'hui. Je suis même enchanté que l'un de mes amis ait été propulsé vers les plus hautes sphères. Un gigantesque bouleversement est en cours, et les médias sont aphasiques. J'ai besoin de savoir ce qui se passe, et lui, forcément, il le sait.

Je formai donc son numéro. L'heure n'était pas des plus civilisées ; à Washington, il n'était pas encore cinq heures du matin. Mais, s'agissant de Moro, la question ne se pose pas vraiment. Je connais ses habitudes : tant que le téléphone ne le dérange pas, il le garde allumé ; s'il s'apprête à dormir, ou à se concentrer sur un dossier, il l'éteint. Il n'a pas tort. Parfois, à midi, on est plongé dans un travail, et le téléphone est un intrus insupportable ; parfois, à l'inverse, on est heureux de converser avec quelqu'un au milieu de la nuit. Comment pourrais-je savoir, d'ailleurs, si mon ami se trouve chez lui, plutôt qu'à Tokyo, à Athènes, à Sydney ou à Kuala Lumpur ? Lorsque je veux le joindre, je ne me préoccupe jamais du fuseau horaire, je téléphone, c'est tout.

À la deuxième sonnerie, il avait décroché.

“Alec ! Tu as été rapide. Cela fait à peine vingt minutes que les lignes sont rétablies.”

“Dis-moi que je ne te dérange pas !”

“Je suis à Santiago du Chili, il est sept heures du matin, et je viens de passer une nuit blanche. Toi, tu ne me déranges pas du tout, mais le reste de l'humanité m'irrite au plus haut point.”

Il eut son rire de collégien, qui abolit les années et le gris des tempes. Quelques saccades tonitruantes, puis il s'arrêta sec. L'autre Moro devait parler. L'observateur du monde, l'analyste des crises, le conseiller très spécial. Au ton toujours aimable, mais grave, aujourd'hui plus qu'à l'ordinaire. Qui va droit au but. Et qui répond aux questions qu'on se pose avant même qu'on ne les ait formulées.

"Quelque chose d'extrêmement inquiétant s'est produit. Un dérapage dont nous sommes en partie responsables, mais qu'il nous était impossible d'éviter."

Il me confirma les nouvelles qui avaient circulé dans la presse la semaine dernière, et selon lesquelles une opération de "nettoyage" avait été projetée contre le fief du maréchal Sardarov, dans le Caucase, afin de neutraliser son arsenal nucléaire.

"Les Russes n'allaient pas être contents, ni les Chinois, ni les Indiens, ni les Européens ; mais, après ce qui s'est passé dans le Maryland, ils savaient tous que nous étions contraints d'agir et personne ne songeait à se mettre au travers de notre route. Ce dément de Sardarov avait pratiquement revendiqué la responsabilité d'une explosion nucléaire sur le sol des États-Unis ! Est-ce qu'il l'a réellement commanditée ? C'est une autre paire de manches. Mais il s'en est vanté, et cela suffit pour qu'on ne le laisse pas impuni.

"La frappe était prévue pour la semaine prochaine, nos militaires étaient en train de peaufiner les ultimes détails. Mais lundi, nous avons appris de source sûre que Sardarov s'apprêtait à lancer ses missiles sur un certain nombre de villes. On a intercepté une conversation où il disait à son interlocuteur : 'Si l'on veut me prendre mes fusées, il faudra me tuer d'abord. L'Union soviétique s'est laissé vaincre et désintégrer sans jamais oser faire usage de ses armes. Moi, ils n'auront pas mes missiles intacts. Je les ferai tous exploser, et ce ne sera ni dans le désert, ni dans la mer.'

"J'étais dans l'avion présidentiel quand Howard a reçu de nos services une note extrêmement alarmiste : Sardarov allait lancer son attaque dans les vingt-quatre heures. Nous venions d'atterrir à Santiago dans le cadre d'une tournée sud-américaine, et le Pentagone demandait des instructions. Il fallait décider sur-le-champ.

"Je suis persuadé qu'aucun missile ennemi n'aurait atteint le territoire des États-Unis ; ils auraient tous été interceptés et détruits en plein vol. Mais d'autres cibles auraient été touchées, en Europe, au Moyen-Orient, en Asie du Sud, ce qui aurait causé une catastrophe majeure. Pouvions-nous prendre le risque de laisser dévaster des villes comme Athènes, Vienne, Rome, Jérusalem, Istanbul ou Dubaï ? Le président était absolument contraint d'agir.

"Le plan originel prévoyait des opérations commando pour s'emparer des bases du 'maréchal' et démonter précautionneusement ses missiles. Mais la situation avait évolué, et il n'y avait plus d'autre choix que de détruire toutes les fusées sur place par un bombardement massif avant qu'elles aient pu décoller.

"Cela allait sûrement provoquer un désastre dans le Caucase, au voisinage des rampes, nous en avions conscience. Mais que faire ? Soit on détruisait les missiles tout de suite, faisant inévitablement de nombreuses victimes, soit on courait le risque de les laisser décoller, pour qu'ils aillent s'abattre sur leurs cibles, faisant des victimes bien plus nombreuses encore, et chez nos propres alliés. Les militaires recommandaient une frappe immédiate, et ils insistaient auprès du président pour qu'il leur donne son accord sans plus tarder.

"L'avion venait de s'immobiliser sur le tarmac de l'aéroport. Alicia O'Brien, la présidente chilienne, était déjà au pied de la passerelle. L'ambassadeur des États-Unis venait de monter dans l'appareil. J'étais derrière notre président, je l'ai entendu dire : 'Je donne mon accord, vous pouvez y aller !' Il s'est tu quelques instants dans l'attente d'un 'Merci !', d'un 'À vos ordres !' ou d'un 'Au revoir !', puis il a dit : 'Allô ! Allô !' Il s'est tourné vers son aide de camp. 'J'ai l'impression que mon téléphone s'est éteint. Pourriez-vous rappeler le secrétaire à la Défense et me le passer ?' Mais le téléphone de l'officier ne marchait pas non plus. Ni le mien. Ni celui de l'ambassadeur. Tous en panne.

"Conformément au programme établi, la présidente nous a accompagnés jusqu'à son palais, La Moneda, où une réception était offerte en l'honneur de Howard. Nous attendaient là les hauts dignitaires locaux, les diplomates étrangers et quelques ressortissants américains installés au Chili. En arrivant sur place, nous avons pu constater que tous, sans exception, avaient les mêmes problèmes avec leurs téléphones portables, que les appareils fixes étaient également inutilisables, et que les ordinateurs n'étaient plus connectés. C'était, en soi, très inquiétant, et Howard était d'autant plus furieux qu'il ne savait pas si son autorisation de détruire les missiles de Sardarov avait été entendue au Pentagone ou pas.

“Il était prévu que les deux chefs d’État s’entretiennent d’abord en privé, qu’ils signent quelques conventions bilatérales qu’on leur avait préparées, puis qu’ils se rendent ensemble dans une grande salle pour prononcer les discours d’usage et boire un verre avec les invités. Nous sommes donc entrés dans le bureau de la présidente. Elle et Howard se sont assis. Les membres de leur entourage s’apprêtaient à se retirer pour les laisser quelques minutes en tête à tête, lorsqu’un événement étrange s’est produit.

“Sur l’un des rayons de la bibliothèque, il y avait une tablette électronique. Elle était là, adossée à des livres. Personne ne l’avait remarquée. Qui remarque aujourd’hui les écrans ? Il y en a partout, ils se fondent dans le paysage. Mais soudain, cet écran, jusque-là éteint comme tous les autres, s’est éclairé, s’est animé, et une voix forte en est sortie : ‘*Good afternoon, Mister President !*’

“Tous les regards se sont tournés vers le visage qui s’affichait. Les responsables de la sécurité se sont agités. Ils craignaient un attentat, ou tout au moins une intrusion perturbatrice. Certains d’entre eux ont, par réflexe, porté leur téléphone à leur oreille, ou bien l’ont placé devant leur bouche, comme s’il s’agissait d’un talkie-walkie. Avant de constater que, bien entendu, ils n’émettaient ni ne recevaient rien. Le personnage dit, en souriant, comme s’il les voyait : ‘Tous vos cellulaires sont en panne, je suis venu rétablir le réseau.’

“Les membres des deux délégations étaient à présent rassemblés en arc de cercle autour de l’écran, pour attendre des instructions. Qui n’ont pas tardé à venir. Cette fois en espagnol : 'Je me trouve actuellement dans ce palais, au milieu de vos invités, Madame la Présidente. Si l'un de vos collaborateurs pouvait venir à ma rencontre, et me conduire jusqu'à vous...'

"Je suppose que si ce personnage avait réussi à s'introduire au palais, malgré les contrôles rigoureux, il aurait également pu venir jusqu'au bureau sans qu'on aille le chercher. Mais il tenait manifestement à y mettre les formes. C'est donc l'aide de camp de la présidente chilienne qui a été chargé d'aller le chercher. Quatre ou cinq hommes de sécurité l'ont accompagné. Puis on a vu arriver le personnage, escorté par cette petite troupe, les dépassant tous d'une tête, et arborant le même imperceptible sourire que sur l'écran.

"Quelques personnes étaient tentées de l'empoigner pour le soumettre à un interrogatoire serré. Mais notre président s'est levé pour lui serrer la main, et Madame O'Brien a fait de même, avant de l'inviter à s'asseoir. 'Peut-être voudrez-vous ordonner qu'on referme la porte', dit poliment l'intrus. Bien entendu, c'est lui qui ordonnait.

"Il y a eu un flottement chez toutes les personnes présentes. Fallait-il demeurer dans la pièce ou bien se retirer ? C'est Howard qui a tranché pour tous. Il a enjoint à quatre de ses collaborateurs de rester à ses côtés, dont moi-même. Puis la présidente a désigné elle aussi quatre de ses proches. Les autres sont sortis.

"Dès que la porte a été refermée, le personnage s'est tourné vers Howard : 'Monsieur le Président, il y a deux heures environ, vous avez donné l'ordre de bombarder des bases militaires dans la région de Gaborny. Rassurez-vous, cet ordre n'a jamais été transmis.' Le président est devenu plus blême encore qu'il ne l'était. On sentait qu'il faisait un effort pour que sa voix demeure audible. 'Ce que vous dites ne me rassure pas du tout. J'avais effectivement ordonné la destruction d'un certain nombre de missiles que le maréchal Sardarov avait décidé de lancer sur plusieurs grandes villes à travers le monde. C'est pour éviter un cataclysme majeur, des centaines de milliers de morts, peut-être des millions, que j'ai dû prendre la décision de bombarder ces bases.' L'autre lui dit : 'Oui, Monsieur le Président, ce que vous dites est exact. Sardarov avait effectivement résolu de lancer ses bombes contre plusieurs métropoles, avec l'intention de causer le plus de victimes possible. Vous serez rassuré en apprenant que lui non plus n'a pas été en mesure de transmettre ses ordres, et que ses missiles n'ont pas pu décoller. Les bombes sont à présent hors d'état de nuire, et le maréchal également.'

"Howard a répondu : 'Ce que vous me dites maintenant me réconforte, croyez-moi. C'est la mort dans l'âme que j'avais ordonné l'attaque. Je n'ignorais pas que le bombardement des rampes de lancement allait causer de nombreuses victimes parmi la population civile qui habite dans le voisinage, mais si je ne le faisais pas, des villes entières allaient être détruites.' 'De nouveau, je confirme, Monsieur le Président. Avec le temps très court qui vous restait, et avec les moyens dont vous disposiez, vous n'aviez pas d'autre option que celle que vous avez choisie. C'est pour cela que nous avons été contraints d'intervenir.'

"Il y avait dans ses propos de l'assurance. Et de l'arrogance. Howard lui a demandé alors : 'Qui êtes-vous ?' C'était évidemment la question que chacun se posait. Tous les regards se sont tournés vers le personnage, avec une grande curiosité. Il a fait mine d'être plongé dans la réflexion, mais je suis sûr que sa réponse était déjà prête, avec l'intonation appropriée. 'Monsieur le Président, votre question est légitime, et je vous promets d'y répondre en temps utile. Mais dans l'immédiat, il y a des invités qui vous attendent, et moi j'ai quelques affaires urgentes à régler. Permettez-moi donc de m'éclipser, je vous retrouverai ici même vers onze heures du soir, après le dîner officiel, si cela vous convient.'

"L'homme s'est levé sans attendre l'avis des deux chefs d'État. Est-ce qu'il avait vraiment quelque chose d'autre à faire, de plus urgent que ces conversations ? Je ne le crois pas. Il voulait seulement nous faire sentir à quel point nous étions démunis sans nos téléphones, et sans nos sources d'informations. De fait, Howard était comme un fantôme. Il se trouvait dans un palais somptueux, au milieu d'une foule distinguée qui n'avait d'yeux que pour lui. Mais il n'avait plus aucun contact avec Washington ; son avion était cloué au sol ; et il ne savait rien de ce qui se passait dans le reste du monde. À vrai dire, nous avions uniquement les renseignements que ce personnage voulait bien nous fournir. Je suppose qu'il cherchait à nous mettre en condition d'accepter docilement toutes ses exigences."

“Et quelles sont-elles, Moro ?”

“Aucune idée, Alec. Jusqu’à cet instant, je ne les connais pas. Quand nous nous sommes retrouvés, après la réception et le dîner officiel, dans le bureau de la présidente, le personnage a seulement demandé à Howard s’il souhaitait adresser un message au peuple américain au sujet des derniers événements. À cette fin, il a proposé que nous nous retrouvions mercredi matin ; d’ici là, le président et ses collaborateurs prépareraient le texte de l’allocution, pendant que lui-même s’occuperait de rétablir les ondes. Il ne l’a pas dit clairement, mais il allait de soi que les propos du président ne seraient diffusés que s’ils convenaient à ce personnage et à ses amis. Apparemment, ce fut le cas, puisque Howard a pu parler et que le téléphone a recommencé à fonctionner. Pour le moment, du moins…”

“Mais qui sont ces gens ? Tu dois bien avoir ton idée là-dessus !”

“Détrompe-toi, je n’en sais rien du tout… L’homme dit simplement ‘nous’, et ‘vous’.”

“C’est leur chef, tu crois ?”

“J’en doute. Un chef ne se déplacerait pas en personne, et seul. Mais il est plus qu’un simple messager. Autrefois, on l’aurait appelé un plénipotentiaire… Il paraît très sûr de lui. Il s’est assis tranquillement dans un fauteuil, face aux deux présidents, on aurait dit le patron d’une multinationale en visite dans une succursale.”

“On ne sait rien de lui ?”

“Il prétend s’appeler Démosthène.”

“Un Grec ?”

“Ce n’est peut-être qu’un nom de guerre. En tout cas, il ne ressemble pas beaucoup aux Grecs que je connais. Il a la peau cuivrée, et il parle l’anglais comme s’il avait toujours vécu dans le Massachusetts.”

*

J’ai passé la journée à mettre en forme les propos de Moro. En m’efforçant de me souvenir des détails, n’ayant pas pris de notes pendant qu’il me parlait ; et en me demandant, à plusieurs reprises, si je devais tout reproduire mot à mot, avec des guillemets, et sans la moindre “censure”.

Je sais bien que la chose n’a pas beaucoup d’importance avec tout ce qui arrive, mais je dois dire que, tout au long de notre conversation, j’étais étonné qu’il puisse me rendre compte aussi librement de ce qui se disait dans l’entourage présidentiel, et à huis clos. Je ne voulais pas le lui faire remarquer, pour ne pas briser son élan, et aussi parce que je fais plutôt confiance à son jugement. En tant qu’avocat, et aussi, je suppose, dans son rôle de conseiller politique, il sait se montrer, d’ordinaire, fort discret. Mais il lui arrive aussi, lorsqu’il réfléchit à voix haute en compagnie d’un ami, de se laisser échauffer par son raisonnement, au point d’oublier que des oreilles malveillantes peuvent être à l’affût. C’est finalement lui qui a répondu, sans que j’aie eu à l’interroger, en me faisant observer, au détour d’une phrase, que la notion même de confidentialité n’avait plus de sens, “puisque les seuls à qui je devrais cacher quelque chose savent déjà tout”.

Je me suis donc employé à transcrire, en évitant de l’interrompre… Cependant, une autre question me titillait. Au début, elle m’apparaissait si incongrue, si ridicule, que j’ai eu honte de m’en ouvrir à Moro. C’est seulement dans la soirée que je me suis persuadé que je devais absolument lui en toucher un mot.

Je m’explique : lorsque mon ami a décrit le dénommé Démosthène, j’ai immédiatement pensé à Agamemnon. Parce qu’il s’agit, dans l’un et l’autre cas, d’un prénom grec des temps anciens, alors qu’aucun de ces deux personnages ne ressemble à un Grec ? Oui, forcément, une telle coïncidence ne pouvait que m’intriguer.

Au début, j’ai hésité, dis-je, par peur du ridicule. À juste titre. Que “ces gens-là” – j’emploie, faute de mieux, cette expression si vague – aient jugé nécessaire de dépêcher un émissaire auprès du chef d’État le plus puissant de la planète, cela se comprend aisément ; mais pourquoi diable auraient-ils placé un représentant sur l’archipel des Chirons, à cette jonction éminemment dérisoire qui mène de Port-Atlantique à l’îlot d’Antioche ? La chose est insensée, oui, et ridicule. Pourtant, j’étais troublé, je voulais en avoir le cœur net. Il était minuit passé quand je repris le téléphone pour rappeler Moro.

“Une question encore. Ce Démosthène, il est comment ?”

“Grand, les épaules larges, la tête un peu plus volumineuse que la moyenne des gens. La couleur difficile à décrire, disons huile d’olive. Les pommettes saillantes. On dirait un Indien d'Amérique. Tu es déjà en train de le dessiner ?"

"Ça ne va pas tarder. Mais c'est pour une autre raison que je t'ai demandé de me le décrire. Il y a ici quelqu'un..."

Je lui parlai d'Agamemnon. Prénom grec et visage de Comanche. Lui aussi semble venir de nulle part.

Moro demeura silencieux. Je l'imaginais grattant sa ronde tête de ses gros doigts aux ongles rongés.

"Ce que tu me dis, Alec, n'a peut-être aucun rapport avec notre affaire, mais peut-être que ça en a. Dans la situation où nous nous trouvons, nous ne pouvons négliger aucune piste. Si ces gens se sont répandus à travers le monde, chacun d'eux peut nous apprendre des choses significatives. Dis-toi bien qu'à l'heure actuelle nous sommes complètement dans le noir. Ils sont là, quelque part, au-dessus de nos têtes ; ils nous voient, ils nous écoutent, ils surveillent chacun de nos gestes, nous interdisent ceci, nous autorisent cela, comme bon leur semble. Nous ne pouvons plus faire un geste sans leur assentiment. Et nous, nous ne savons rien d'eux, ni qui ils sont, ni d'où ils viennent, ni comment ils opèrent, ni quelles sont leurs véritables intentions. Alors, si tu veux mon avis, n'hésite pas. Va voir cet Agamemnon. Ne t'embarrasse pas de préambules, le temps presse, va droit au but. Lance-lui le nom de Démosthène, et le mien, et même celui du président ! Jette toutes les cartes sur la table, mais qu'il te dise quelque chose. Tout ce que tu pourras glaner sera précieux."

Je lui promis de m'en occuper dès demain, et de lui en reparler aussitôt.

DEUXIÈME CARNET

Clartés

“Car la lumière est précieuse, mais non point si je dois la payer de mes deux yeux crevés.”

ARAGON, *La Diane française*

Vendredi 12 novembre

J'ai commencé cette journée avec le sentiment d'avoir, envers Moro, une dette morale. Il s'est montré si fraternel, hier, en prenant le temps de me raconter ce qui s'était passé, et avec tant de détails ! Grâce à son amitié et à sa confiance, j'ai l'illusion de me trouver au cœur des événements du monde, alors que je vis en marge, loin de tout, sur mon minuscule caillou chauve.

Afin de lui témoigner ma gratitude, je me suis promis de vérifier, dès la première heure, si "mon" Agamemnon avait un lien quelconque avec "son" Démosthène.

Ladite "première heure" ne fut pas particulièrement matinale. M'étant endormi à l'aube, je ne me suis réveillé qu'aux environs de midi. J'ai consulté aussitôt la charte des marées. L'océan était haut, le Gouay n'était plus praticable. Impossible, donc, de me rendre chez le passeur. Mais je pouvais tenter de l'appeler.

À la deuxième sonnerie, il répondit, de sa voix enjouée de toujours. Vu les circonstances, j'avais décidé d'adopter, quant à moi, un ton plus retenu.

"Il faut que je te parle de certaines choses que je viens d'apprendre. Pourrions-nous nous retrouver un moment aujourd'hui ?"

"Si c'est pressé, je peux traverser avec mon canot."

"Je t'en serais reconnaissant."

"Je range mes outils et j'arrive."

Une demi-heure plus tard, j'entendis les crépitements d'un moteur. Le passeur aborda au fond du jardin, enroula son amarre autour d'un poteau, et vint se planter devant ma porte vitrée, sa casquette à la main, la tête penchée sur le côté. Signe de déférence ? De modestie ? Un peu matois, peut-être ?

Je l'invitai à s'asseoir, puis entrai sans détour dans le vif du sujet.

"Connaîtrais-tu par hasard un certain Démosthène ?"

Un silence. Agamemnon me dévisageait. Il semblait peser le pour et le contre. Au bout d'un moment, il lâcha :

"C'est un nom de chez nous."

Réponse ambiguë. Sourire ambigu. Je m'efforçai d'arborer, quant à moi, la mine la plus assurée qui fût. Mais ma gorge était serrée. Je pris sur la table basse un petit cigarillo, que j'allumai pour me donner une contenance.

"Je parle d'un homme qui s'est manifesté mardi, à Santiago du Chili, porteur d'un message pour le président des États-Unis..."

Le passeur se remit à me dévisager. Une dernière hésitation, sans doute. Puis une lueur de détermination s'alluma dans son regard.

"J'avais compris", dit-il. "C'est bien un homme de chez nous."

J'étais un peu désemparé. Je m'attendais à une réponse évasive, puis à une longue poursuite dans un labyrinthe. Les aveux étaient arrivés presque trop vite. La balle était désormais dans mon camp, je ne pouvais la laisser s'immobiliser.

"Les hasards de l'existence ont fait que l'un de mes amis de jeunesse s'est retrouvé dans l'entourage du président américain. J'ai pu l'avoir, hier, au téléphone. Il m'a raconté sa version des événements."

Et je rapportai au passeur, assez fidèlement, les renseignements que Moro m'avait communiqués : l'opération qui se préparait contre le bastion de Sardarov ; les menaces proférées par ce dernier ; l'ordre d'attaque donné par Howard Milton ; la coupure abrupte des communications ; puis l'apparition du nommé Démosthène au palais de La Moneda…

Le passeur m'écouta intensément, sans m'interrompre ni m'interroger. Lorsque je me tus, il revint à son ton enjoué.

"Je t'avais bien dit que le monde avait échappé au désastre, et que les condoléances étaient prématurées !"

Je répondis poliment par un sourire, mais sa boutade ne me satisfaisait pas. Je le pressai :

"Est-ce que mon récit t'a appris quelque chose que tu ne savais pas encore ?"

Il parut hésiter. Comme s'il cherchait pour sa réponse la formulation adéquate.

"Ce que tu viens de me raconter confirme et complète ce que je savais."

Je choisis de demeurer ostensiblement silencieux, en le regardant fixement, pour bien montrer que j'attendais la suite. Agamemnon commença par reprendre ce que je venais de lui relater, en y ajoutant son propre commentaire.

"Tout porte à croire que le maréchal Sardarov avait effectivement décidé de lancer des missiles à tête nucléaire contre un certain nombre de villes à travers le monde. Et que, pour prévenir cette attaque, le président des États-Unis avait ordonné un bombardement massif des bases militaires caucasiennes. Un double dérapage..."

Sa phrase demeura en suspens. J'attendis. Il n'ajouta plus rien. Alors je me fis accoucheur.

"Ce double dérapage, comme tu l'appelles, il fallait donc l'empêcher, c'est ça ?"

"Oui, très certainement."

"Et *vous* êtes intervenus pour l'empêcher, c'est bien ça ?"

"Oui, c'est ça."

"Encore fallait-il avoir les moyens de l'empêcher."

Mon interlocuteur acquiesça de la tête. Je repris, patiemment :

"Encore fallait-il avoir la capacité d'interrompre instantanément toutes les communications, empêchant Sardarov de transmettre ses ordres à son armée, empêchant Milton de communiquer avec le

Pentagone, et paralysant de la sorte tous les belligérants.”

Il acquiesça encore.

“Et vous avez cette capacité…”

“Il faut croire que nous l’avons”, dit-il en pliant légèrement la tête vers la gauche, comme si cette admission de la formidable puissance des siens devait s’accompagner d’un geste d’humilité.

Au fil de l’échange, j’avais progressivement haussé la voix. La phrase suivante, je dus me retenir pour ne pas la hurler :

“Qui êtes-vous ?”

J’aurais peut-être mieux fait de commencer par là. Ne m’avait-il pas tendu la perche en admettant que le nommé Démosthène était l’un des leurs ? La question ne pouvait donc le surprendre, il s’y était forcément préparé. Pourtant, il sembla embarrassé ; et, tout comme son “compatriote” lorsque le président Milton lui avait posé cette même question, il chercha à gagner du temps.

“Aujourd’hui, il m’est difficile de te parler aussi ouvertement que je le voudrais. Nous vivons un moment délicat, et il n’est pas question que nous nous laissions aller à dire ici, sur l’archipel, entre amis, des choses qui pourraient compromettre les négociations en cours. Garde seulement à l’esprit que les miens ne sont au service d’aucune nation ni d’aucune puissance, et qu’ils n’ont qu’un seul objectif : éviter un cataclysme planétaire. Ils auront hâte de revenir à leur rôle de spectateurs dès que le danger aura été écarté.”

“Et toi, tu redeviendrais ‘le passeur d’Antioche’…”

“Je n’ai jamais cessé de l’être.”

Un sourire convenu, de part et d’autre. Quelques secondes de silence. Puis je lâchai, avec un brin d’exaspération :

“Tu ne veux vraiment rien me dire de plus ?”

Agamemnon s’apprêtait à me répondre lorsqu’on frappa à la porte. Chose banale, en d’autres lieux ; sur cette île, chose incongrue ; et, à ce stade de notre conversation, passablement inopportune. Mais il fallait ouvrir. C’était Ève – forcément, devrais-je dire, vu que le Gouay était impraticable à cette heure-là, et que la romancière se trouve être la seule autre habitante. Pourtant, c’était la toute première fois qu’elle me rendait visite. Une visite matinale, au regard de son mode de vie, puisqu’il n’était pas encore quatorze heures.

Voyant que je n’étais pas seul, elle proposa gauchement de revenir plus tard ; je lui assurai poliment qu’elle ne nous dérangeait pas.

À vrai dire, je ne savais pas si j’étais gêné de son arrivée, ou soulagé. D’un côté, je pouvais supposer qu’Agamemnon ne serait pas prêt à se dévoiler de la même manière devant une tierce personne ; d’un autre côté, je me sentais mal à l’aise dans ce tête-à-tête, je n’étais pas mécontent que ma voisine soit venue l’interrompre.

Quant au passeur, il semblait ravi de cette intrusion. J’ai eu même le sentiment qu’il l’espérait. Il devint aussitôt plus loquace, et c’est d’ailleurs à Ève qu’il s’adressa d’emblée.

“J’étais allé chez vous un jour, Madame Saint-Gilles, et j’avais évoqué un passage de votre beau roman. Vous ne devez plus avoir ce texte en mémoire ; moi, je ne l'oublierai pas."

Pendant qu'il parlait, je regardais ma voisine. Ne paraissant aucunement flattée, elle se montrait plutôt absente, ou sourde. J'ai déjà remarqué qu'elle s'irritait exagérément dès qu'on faisait référence à son roman. Elle fait partie de ces auteurs qui n'ont jamais écrit qu'un seul ouvrage reconnu, qui s'efforcent toute leur vie de le dépasser, de le surmonter, sans succès, et qui finissent par le haïr comme s'il était le plafond de leur geôle. À cet égard, ma voisine est une vivante caricature. Dès que le passeur eut mentionné son livre, elle détourna le visage. Puis elle saisit au hasard sur une étagère un gros catalogue d'exposition qu'elle se mit à feuilleter ostensiblement en faisant semblant d'y être complètement absorbée et de ne plus rien entendre de ce qui se disait autour d'elle. Cependant, l'autre poursuivait, imperturbable.

"Vous disiez ceci : *Sur les chemins de la vie nous butons sans arrêt sur les encombrants cadavres de notre histoire. Mais si un jour l'humanité, lasse de se débattre avec son passé, rencontrait son avenir, saurait-elle le reconnaître ? Saurait-elle se reconnaître en lui, et poser ses mains à plat sur son corps puissant et chaleureux ?* Eh bien, Madame, si c'était une prémonition, elle s'est vérifiée ; si c'était un vœu, il est exaucé."

Je venais d'esquisser, en direction d'Agamemnon, un geste d'excuse pour l'impolitesse de ma visiteuse, lorsque, soudain, elle laissa tomber son catalogue – littéralement, sur le sol ! Elle se tourna vers le passeur avec un visage transfiguré, et s'avança vers lui, rayonnante comme si elle se trouvait en présence d'une apparition miraculeuse. Je crus qu'elle allait se jeter dans ses bras, ou à ses pieds. Mais elle s'immobilisa à quelques pas de lui pour demander, en le regardant droit dans les yeux :

"Qui êtes-vous ?"

La question, la seule. Celle que les événements des derniers jours contraignent la terre entière à se poser. Celle que Howard Milton avait posée à Démosthène, et que je venais moi-même de poser à Agamemnon, sans obtenir de réponse. Mais cette fois, le passeur se montra embarrassé. Il demanda la permission de prendre l'un de mes cigarillos, craqua une allumette, laissa la flamme s'installer, s'allonger, avant de l'approcher du bout. Je crus voir ses doigts trembler. Et je compris, en un éclair, pourquoi on l'avait posté en ce lieu improbable, sous ce déguisement. À cause d'Ève, bien sûr ! Afin de veiller sur elle ! Manifestement, ces gens éprouvent pour elle de l'affection, et même de la vénération.

De ce fait, je n'étais plus du tout désolé de l'intrusion de ma voisine. Grâce à elle, l'embarras avait changé de camp. Ou, du moins, il s'était réparti plus équitablement.

"Par où commencer ?" s'interrogea Agamemnon.

Et cette fois, je pense, son hésitation n'était pas feinte.

"Par votre nom", lui suggéra fermement Ève. "Que signifie cette référence à la Grèce antique ?"

"Oui, c'est la bonne approche, commençons par là ! Les miens ne portent pas par hasard des noms grecs. Nous nous réclamons de cette civilisation, et nous vénérons en particulier ce que certains historiens ont appelé 'le miracle athénien', ce moment grandiose où l'esprit humain s'est épanoui, dans tant de domaines à la fois, où l'on a 'inventé', en quelque sorte, le théâtre, la philosophie, la médecine, l'histoire, la sculpture, l'architecture, ainsi que la démocratie. Tout cela en quelques dizaines d'années, et par un petit nombre d'hommes. Un foisonnement créatif qui n'a jamais eu d'équivalent, ni dans les siècles qui l'ont précédé, ni dans ceux qui l'ont suivi ; qui a surgi de manière imprévue, puis s'est estompé tout aussi brusquement. Après, il a fallu deux millénaires avant que le monde ne connaisse un semblant de renaissance.

"Que serait-il arrivé si l'humanité, au lieu de sombrer dans un long Moyen Âge, avait continué à progresser comme au temps béni du miracle grec ? Que seraient devenus les arts, les sciences, la pensée ? À quelle hauteur se serait élevé l'esprit humain s'il avait continué à s'épanouir au même rythme, et dans tous les domaines ? Toutes ces questions, Madame, vous les posez clairement dans votre livre. Et vous exprimez votre nostalgie pour cette époque sans pareille qui nous a donné Socrate, Platon, Euripide, Hérodote, Hippocrate, Phidias, Aristote et tant d'autres.

"À présent, écartons-nous un instant des livres d'histoire pour prêter l'oreille à une belle histoire ; que mes parents m'ont racontée, et que mes lointains ancêtres ont vécue, paraît-il, ou rêvée, ou imaginée.

"Au moment où la flamme du miracle commençait à vaciller, quelques êtres plus audacieux que d'autres auraient décidé de réagir. Combien étaient-ils ? Une poignée. Ils avaient compris que leur civilisation allait faire naufrage, et qu'il fallait, coûte que coûte, préserver les idéaux qu'elle portait. Alors ils sont partis. Ils ont quitté l'Attique, la Béotie, la Thessalie ou le Péloponnèse, en n'emportant avec eux, dit la légende, 'que le contenu de leurs âmes'. C'est ainsi qu'aurait commencé l'aventure des miens.

"En ce temps-là, l'exil était vécu comme un châtiment, une mutilation, et quasiment comme un suicide. C'est sans doute ce qui explique que ces hommes se soient réclamés d'un personnage disparu quelques décennies plus tôt en se laissant tomber dans le cratère d'un volcan."

"Empédocle d'Agrigente", dit Ève avec solennité.

"Lui-même. Mes ancêtres ont pris pour nom 'les amis d'Empédocle'. Et c'est toujours ainsi que nous nous désignons."

J'étais content de l'apprendre, ne serait-ce que pour cesser d'employer, à leur propos, des vocables vagues, et passablement désobligeants, tels que 'ces gens-là'…

"Et les autres", demanda ma voisine, "le reste des hommes, quel nom vous leur donnez ?"

"Il y a diverses appellations, Madame. Nous disons parfois 'les autres', justement, ou bien 'eux'. Nous disons souvent aussi 'les peuples', ou 'la multitude', ou encore…"

"La multitude ! La multitude !" répéta Ève d'une voix chantante, comme pour signifier qu'elle avait fait son choix.

Le passeur renonça à poursuivre son énumération.

“Et votre pays, Agam”, demandai-je à mon tour, “vous l’appelez comment ?”

“Nous disons simplement ‘Empédocle’… Mais ne cherchez pas ce nom sur vos cartes !”

Il sourit, et je compris que, sur cet aspect des choses, il ne nous en dirait pas plus. Je revins donc au thème d’avant.

“Cet exode de tes ancêtres hors de la Grèce, c’est un mythe ou une histoire vraie ?”

“L’histoire est vraie, puisque nous y croyons”, dit-il en riant. “En tout cas, mes parents me l’ont présentée comme le récit authentique de nos origines, et cela m’a permis, ma vie entière, de savoir qui j’étais, d’où je venais, dans quelle direction je devais aller, et quel but avait mon existence.”

Il s’efforçait de se montrer sincère, sans pour autant lever l’ambiguïté.

“Et comment ces rescapés de la Grèce antique se sont-ils débrouillés pour acquérir une telle puissance ?” demanda Ève.

“C’est, en effet, la question primordiale que les derniers événements peuvent susciter”, dit Agamemnon. “Je vous promets d’y répondre bientôt. Mais pas encore. La situation est trop délicate aujourd’hui pour que je vous parle à cœur ouvert comme j’en aurais le désir. Dans quelques jours, si tout va bien, je pourrai étancher votre soif.”

Il n’avait pas fini sa phrase quand son téléphone se mit à sonner. Il se leva, s’excusa d’un geste, et quitta la pièce. Il n’y revint que pour nous dire :

“Désolé, il faut que je m’en aille. Nous reparlerons longuement de tout cela.”

Il s’inclina devant ma voisine pour un baisemain du temps jadis, avant de s’éclipser, nous laissant l’un et l’autre abreuvés de paroles étranges, et cependant inassouvis.

*

Je me tournai vers Ève, espérant d’elle quelque commentaire qui vienne faire écho à tout ce qui s’agitait en moi. Mais elle avait dans les yeux comme le reflet d’un cierge. Par respect pour son recueillement, pour son évidente joie intérieure, je ne dis rien non plus ; rien à voix haute, du moins, car en moi-même je me remémorais chacune des phrases que j’avais entendues. Je voulais être sûr d’avoir tout retenu, pour pouvoir tout reproduire sans erreur.

Agamemnon venait de nous faire, avec des mots simples, ce qu’il faut bien appeler une révélation. Oui, une révélation, après laquelle rien ne sera plus comme avant. Ni l’humanité, ni la Terre, ni l’Histoire, ni nos propres vies quotidiennes.

“J’ai besoin de marcher dehors, près de la mer”, dit soudain ma voisine. “Tu m’accompagnes ?”

Nous sommes allés vers cette portion de plage que l’on appelle ici “Les sables mauves”, pour la raison qu’une algue de cette couleur vient s’y déposer lors des grandes marées. La pente est des plus douces à cet endroit, et nous nous sommes avancés assez loin à la rencontre de l’océan. Ève marchait comme une somnambule, toujours silencieuse, toujours contemplative, mais le pas allègre, parfois sautillant. Une sorte d'euphorie, que le commun des mortels atteint en respirant de tout autres substances que l'air marin…

Arrivée au bord de l'eau, ma voisine continua de marcher à la même allure. Je la saisis par le bras, pour la ramener fermement en arrière. Elle se laissa faire. Elle n'était pas d'humeur suicidaire, seulement euphorique, et comme triomphante ; mais l'océan ne se serait pas embarrassé de ses états d'âme, il l'aurait dévorée tout autant. Chaque plage de l'archipel des Chirons a son chapelet d'imprudents et de présomptueux, les vieux marins de *La cap-hornière* ne se lassent pas d'égrener les noms et les circonstances.

L'empoignant des deux mains, je la ramenai plus en arrière encore, vers les sentiers bordés de fougères naines et de mûriers sauvages. À présent, elle tournoyait comme une fillette en robe à fleurs, trébuchant parfois. D'une main ferme, je la retenais, je ne la lâchais pas. Elle ne cherchait d'ailleurs pas à m'échapper, ses doigts étaient agrippés aux miens, sa tête venait de temps à autre se poser sur mon épaule, et ses cheveux me voletaient dans les yeux.

Quand je la ramenai chez elle, elle m'invita d'un mot à entrer ; puis, sans attendre ma réponse, elle se mit à allumer toutes les lumières de la maison.

“Assieds-toi un peu, nous n'allons pas laisser s'éteindre une soirée comme celle-ci. Je vais apporter du champagne.”

Pour fêter quoi, bon sang ? Ce que j'ai appris aujourd'hui m'incite à la méditation, pas aux réjouissances.

J'éprouve le besoin de réfléchir sereinement à mon avenir, à notre avenir à tous, à notre place dans le monde.

Une ère nouvelle vient manifestement de s'ouvrir, dont je ne sais rien. C'est comme si je venais d'être déporté malgré moi vers un continent dont j'ignorais même l'existence. Que vais-je y trouver ? Je n'en ai pas la moindre idée ! Et je ne sais certainement pas encore s'il faut applaudir ou se lamenter.

Cela dit, je n'étais pas insensible, en cette soirée, à l'humeur de ma voisine, je la couvais du regard avec une bienveillance toute fraternelle, je n'avais pas envie de rabattre sa joie, elle qui l'avait si rare. Alors je levai ma coupe. Après tout, il y avait bien une raison, au moins une, de célébrer. Je dis, avec toute la gaieté qu'il m'était possible de feindre :

“À notre survie ! Ce soir, nous aurions pu être morts, nous deux et des millions d'autres, si ce stupide conflit avait éclaté !”

Ève avait la coupe prête, pétillante jusqu'au bord, et déjà levée. Mais elle ne la porta pas à ses lèvres. Si j'avais cru m'associer ainsi à sa joie, l'effet était raté. Son bras s'abaissa, son visage se rembrunit puis se détourna vers la cheminée, où des restes de braises rougeoyaient encore. Et quand elle leva à nouveau son champagne, ce ne fut pas dans ma direction, mais seulement au-dessus de sa tête, pour elle seule.

“Moi, c'est à autre chose que je bois. Ce n'est pas parce que les hommes sont sauvés que je bois, pas parce qu'ils l'ont échappé belle, une fois de plus, en dépit de leur folie. Je bois et je me réjouis parce que les hommes ont enfin trouvé leurs maîtres ! Je bois aux amis d'Empédocle ! Toute l'arrogance des hommes est à terre !"

Elle monta pieds nus sur la table basse, sa coupe devant la bouche comme un micro, pour haranguer une foule imaginaire :

"Nous pensions être les rois de l'univers, le plus haut sommet de la Création, l'Éverest de la Création. Nous, notre passé glorieux, notre science prodigieuse, nos vénérables religions..."

Elle vida sa coupe d'une gorgée, avant de poursuivre :

"Même quand nous disions que nos civilisations étaient mortelles, nous arrivions encore à être pompeux et arrogants ! Nous étions persuadés d'avoir accompli l'Histoire. Il s'avère que nous n'étions même pas sortis de la préhistoire !"

Elle tendit sa coupe vers moi, pour que je la remplisse. Et je bus de nouveau avec elle, sans dire un mot.

"Nous aurions été moins vexés si les autres étaient seulement plus puissants. Mais ils sont meilleurs ! Meilleurs en tout ! Plus libres, plus honnêtes, plus purs !"

Qu'en sait-elle ?

"Et nos croyances ? Et nos traditions ? Et notre savoir-faire ? Je suis sûre qu'ils s'en moquent comme nous rions en secret des rites indigènes !"

Je finis quand même par lui dire :

"Ma si chère voisine, qu'est-ce que tu en sais ?"

Elle se tourna vers moi avec un étonnement horrifié, comme si j'étais le dernier au monde à n'avoir pas appris, à n'avoir pas compris. Et elle me redit, à sa manière, la fable que le passeur venait de nous conter.

"Un jour, il y a très longtemps, l'humanité s'est divisée. Certains sont partis, comme des émigrés qui seraient allés bâtir une cité nouvelle. Les autres sont restés. Depuis, il y a deux humanités parallèles. L'une vit dans la lumière, mais elle est porteuse d'ombre. L'autre vit dans l'ombre, mais elle est porteuse de lumière. Chacune a avancé sur son propre chemin, et à son propre rythme…"

La même fable, la même révélation, revisitée, interprétée et embellie par ma voisine romancière. Mais Ève la racontait comme s'il s'agissait d'événements réels, consignés depuis toujours dans des livres que j'étais le seul à n'avoir pas lus.

Il se peut qu'elle soit dans le vrai… Pour ma part, je demeure sceptique. Quelle serait donc cette autre humanité ? Où vivrait-elle ? Où seraient ses maisons, ses usines, ses laboratoires ? Pourquoi n'aurions-nous jamais soupçonné son existence avant le début du troisième millénaire ? Ne pouvant adhérer à ce qu'elle disait, mais n'ayant pas non plus les arguments pour la contredire, je choisis de garder le silence. Tandis que ma voisine continuait sur sa lancée.

"Les amis d'Empédocle ont marché droit devant eux, sans se laisser empêtrer dans nos querelles, sans se laisser distraire par nos stupides croyances. Et ils se trouvent aujourd'hui loin devant nous, dans tous les domaines de la connaissance, et aussi dans l'art du bonheur… C'est à eux que je veux boire ! À nos frères retrouvés !"

De guerre lasse, j'ai bu, je l'ai accompagnée. Nous avons vidé une bouteille, puis deux autres, même si je n'ai bu de chacune qu'un petit quart. Pour une désespérée, je n'aurais jamais pensé qu'elle garderait tant de champagne en réserve !

"Buvons à Empédocle !"

Je n'étais pas mécontent de la voir si joviale, si exubérante. Et j'ai trinqué à tout ce qu'elle voulait. Mes pensées partaient, néanmoins, dans trente directions différentes. Parfois, les paroles d'Ève me séduisaient, j'y souscrivais, je les aurais volontiers prononcées moi-même ; après tout, si j'ai choisi de me retirer sur mon île, c'est bien par défiance envers le monde tel qu'il est devenu. Mais à d'autres moments, je me ravisais : à supposer que les "compatriotes" d'Agamemnon et de Démosthène soient vraiment ce qu'ils semblent être, si omnipotents, si parfaits, une humanité nettement supérieure, qu'allons-nous devenir, mes congénères et moi ? Des indigènes querelleurs, cloîtrés dans leurs réserves, cernés de barbelés ? Une espèce inférieure, un dernier brouillon de la création sur lequel se pencheront demain les archéologues, les paléontologues et les chercheurs d'exotisme ? Que vont devenir nos sciences, nos langues, nos religions, nos légendes, nos héros, toutes ces choses dont nous sommes fiers et dont le souvenir nous anime ? Comment pourrions-nous continuer à vivre quand nous ne serons plus fiers d'être nous-mêmes ? Nous avons nos défauts, me disais-je, nous sommes même souvent insupportables, et criminels, et barbares. Mais c'est nous !

Pour reprendre la comparaison que j'ai faite avant-hier : si j'avais été un dessinateur aztèque, et que l'un de mes amis avait été un proche conseiller de Moctezuma, me serais-je réjoui de l'avancement des Espagnols, de l'efficacité de leurs armes, et de l'habileté des conquistadors ?

À Ève, je n'ai rien dit de tel. Elle était trop enflammée pour m'entendre et, en fin de soirée, trop éméchée. Il est vrai aussi que j'ai perdu, en tant d'années d'isolement, toute habitude et toute envie de polémiquer. C'est dans ma tête que je débats, c'est dans mes dessins que je hurle, je jubile ou bien je me rebiffe.

*

Pendant que je me trouvais chez ma voisine, je m'étais isolé quelques instants dans la salle de bains pour envoyer un message à Moro, lui demandant de me contacter dès qu'il le pourrait, afin que je puisse lui raconter ce que j'avais appris.

C'est seulement vers minuit qu'il me rappela, en s'excusant : il avait passé la journée entière dans les airs.

"Nos tuteurs magnanimes nous ont autorisés à quitter Santiago pour regagner Washington", m'apprit-il en s'efforçant d'en rire. Malgré l'humiliation, il était soulagé. "Howard ne supportait plus de se trouver à l'étranger. Je ne sais pas si tu l'as remarqué, il avait soigneusement omis de dire, mercredi, dans son discours à ses compatriotes, qu'il s'adressait à eux à partir du Chili ; il avait le sentiment qu'ils en auraient été gravement perturbés. De plus, son état de santé nécessite des soins quotidiens qu'on ne peut lui prodiguer de manière adéquate que dans ses appartements à la Maison-Blanche."

"Jusque-là, 'ils' vous avaient interdit de partir ?"

"Pas de manière explicite. Mais tu comprends bien que nous n'allions pas prendre l'avion présidentiel si les communications avec les aéroports risquaient d'être coupées. Quand on a demandé hier à Démosthène s'il garantissait que le vol se déroulerait sans encombre, il a tout simplement proposé de monter lui-même à bord, ce qui constituait, en effet, la meilleure garantie possible."

"Et il a pris l'avion avec vous ?"

"Oui. Je te raconterai... Mais c'est à toi, d'abord, de me dire ce que tu as pu apprendre."

Je lui rapportai donc ma conversation avec le passeur, en m'efforçant de ne rien oublier. Moro me laissa aller jusqu'au bout, sans dire un mot ; mais je sentais à sa respiration qu'il était impressionné. Quand j'en eus fini, il me gratifia d'un "wow !" tonitruant à l'américaine.

"Presque tout ce que tu viens de me dire, Alec, je ne l'avais jamais entendu jusqu'ici. Avec Démosthène, on n'a parlé que de stratégie, de nucléaire et de désarmement. Personne d'entre nous ne l'a interrogé sur ses origines, et lui-même n'en a rien dit. J'ai juste entendu une fois de sa bouche, au détour d'une phrase, le nom d'Empédocle.

"C'était dans l'avion. J'avais réussi à m'asseoir à côté de lui pendant cinq minutes au tout début du voyage. Inutile de te dire que la place était convoitée par une bonne partie de la délégation. Pour engager une conversation, je lui ai dit, un peu par politesse, et un peu pour tester sa réaction, que lorsque cette crise serait terminée, j'aimerais beaucoup me rendre dans son pays. Il m'a souri. 'Pourquoi pas ? Est-ce que vous aimez les très longs voyages ?' J'ai répondu : 'Oui, ils ne m'effraient pas.' 'Et les voyages extrêmement courts ?' J'ai senti qu'il se moquait gentiment de moi, mais j'ai quand même répondu : 'Je ne les déteste pas non plus.' 'Alors, vous serez le bienvenu au pays d'Empédocle !' J'ai demandé : 'En Sicile, vous voulez dire ?' Il a ri. 'Notre territoire est en Sicile comme moi, je suis grec.' Il m'a serré la main. Cynthia, la Première dame, était debout, dans le couloir, tout à côté de nous, manifestement impatiente. Je me suis levé, elle s'est assise à ma place."

Comme à son habitude, Moro prend les choses avec humour et élégance. Mais il est, à l'évidence, désemparé.

*

À la fin de cette longue journée, je relis les pages que j'ai écrites, tous les propos étranges que j'ai dû consigner, et je ne sais quoi penser. On m'a raconté une belle histoire, une trop belle histoire. Une fable, peut-être… Dans la détresse où je me trouve, je suis tenté d'y croire, quitte à faire taire en moi la voix de la raison.

Ainsi, l'humanité serait double… La terre serait le théâtre de deux pièces simultanées, l'une apparente, l'autre souterraine ; l'une caractérisée par l'inconscience, et qui est notre histoire ; l'autre porteuse de sagesse et de salut, mais également, pour les miens, porteuse d'abaissement. Devrais-je, à l'instar de ma voisine, célébrer au champagne ? Ne devrais-je pas plutôt porter le deuil ?

Pour l'heure, je réserve mon opinion.

Samedi 13 novembre

Sur l'île d'Antioche, il pleut souvent toute la nuit, pour qu'au matin les nuages vides s'écartent, et que revienne la clarté. Telle est la courtoisie du ciel atlantique.

La nuit dernière, la pluie est venue tard, puis elle a empiété sur le commencement de la matinée. Pourtant, vers onze heures, le soleil était là, chauffant peu mais éclatant sur les murs chaulés et faisant scintiller gouttelettes et flaques.

J'avais été réveillé par le téléphone. C'était ma filleule, Adrienne, qui répondait à mon message, en s'excusant du retard. Elle venait de passer à l'hôpital trois journées et trois nuits, dans la fébrilité. Huit personnes sont mortes dans son secteur depuis mardi parce que l'interruption des communications a empêché de les secourir à temps. Charles, son compagnon, également médecin urgentiste, est d'humeur vengeresse. Elle, en revanche, prend les choses avec philosophie. “Si ce qui est arrivé nous a évité le cauchemar nucléaire”, me dit-elle, “ces malheureux ne seront pas morts pour rien !”

Ayant raccroché, je sautai hors du lit, enfilai mes jeans, préparai mon thermos de café, puis m'assis à ma table de dessin. Depuis quatre jours, je n'avais plus tracé une ligne, et je ne voulais pas m'installer dans l'oisiveté. Le temps ne s'est pas arrêté, il n'est que suspendu. Tôt ou tard, les journaux recommenceront à paraître, sur papier comme en ligne ; il faudra bien que je les alimente comme avant. J'ouvris donc mon cahier de dessin à la première page vierge. Puis j'empoignai mon gros crayon à mine. C'est par lui que les éclairs d'inspiration me viennent. Sa capuche argentée les attire comme un paratonnerre.

Brusquement, le silence. C'était déjà le silence, mais il y a dans le silence des étages, des épaisseurs. Je serais incapable de dire à quoi je ressentis ce silence différent. J'appuyai sur le bouton de ma radio : de nouveau le sifflement modulé…

Peste ! C'est reparti !

Sans trop réfléchir, je courus vers le garage, enfourchai mon vélo, et me mis à rouler, à grandes enjambées rageuses, en direction du Gouay. Il fallait que je voie le passeur, que je lui fasse part de ma colère, et surtout que je réussisse à lui faire dire pourquoi nous sommes "punis" une fois encore.

Dieu qu'il est grisant de pédaler ainsi sur l'océan ! Grisant, mais également apaisant. Cette couleur ! Cette odeur d'algues ! Cette immensité proche ! Cette symphonie de clapotis ! Tous les soucis de la terre se trempent, se disloquent, puis se noient. Il a fallu que je m'accroche pour ne pas perdre toute ma fureur en chemin !

Agamemnon n'était pas chez lui, et son canot n'était pas à la place où il l'attache d'habitude. J'ai sonné, j'ai frappé, j'ai tourné la poignée. La porte s'est ouverte. Je l'ai poussée et je suis entré, en appelant encore : "Agam !" Puis, de fil en aiguille, sans l'avoir préalablement décidé, je me suis retrouvé en train d'inspecter les étagères, les placards, les tiroirs, les boîtes, en train de fouiller sous les tables, sous le lit, au-dessus de l'armoire. À la recherche de quoi ? De quelque objet – un appareil, une image, un livre, une carte, une statuette – portant la marque du pays d'Empédocle. Jamais encore, de toute ma vie, je ne m'étais comporté de la sorte. Mais il est vrai que jamais, non plus, je n'avais ressenti une angoisse de cette nature.

Je n'ai rien trouvé dans la maison du passeur. Rien qui trahisse sa "patrie" d'origine. Pas même ses deux radios marines, à l'aspect pourtant futuriste ; vérification faite, toutes deux ont été fabriquées "chez nous", si je puis m'exprimer ainsi, puisque l'une vient du Danemark, et l'autre de Corée.

Je partis ensuite faire un tour du côté de Port-Atlantique. Rien à signaler non plus. La salle de *La cap-hornière* était pleine, comme toujours. Les clients habituels – Gautier, le vieil Antonin et les autres. Juste un peu moins bruyants, plus chuchoteurs. J'ai récolté auprès d'eux une brassée de questions attendues. De réponses, point.

Quelques rumeurs circulent à mi-voix, que je préfère ne pas rapporter. À quoi bon ? Bientôt je recevrai des informations vérifiables. Peut-être devrais-je signaler toutefois qu'un jeune marin mal rasé, qui me serre parfois la main et me tutoie mais dont j'ignore le nom, vint me demander, cigarette au bec, si je n'avais pas comme lui l'impression que "notre passeur" était un personnage louche. Autour de nous, les oreilles se tendaient. Je répondis prudemment qu'Agamemnon m'était toujours apparu honnête et serviable. Pas un mot de plus. Le jeune homme s'éloigna. Les autres ne dirent plus rien. L'atmosphère allait devenir lourde. Je ne tardai pas à prendre congé.

*

En fin d'après-midi, je me rendis chez ma voisine. Elle pense, comme moi, que des choses graves se produisent, aujourd'hui encore, dans le reste de la planète. Mais pas plus que moi elle ne sait lesquelles. Ce qui ne semble pas l'inquiéter. Elle arbore toujours son sourire de victime vengée, ou de prisonnière libérée avant terme.

Elle insista pour me retenir à dîner, en m'assurant qu'elle n'aurait rien à préparer et que le repas serait des plus sommaires. De fait, elle se contenta d'ouvrir un bocal de thon confit, spécialité de l'archipel, et une bouteille d'entre-deux-mers. Mais au moment de passer à table elle annonça, gamine, en se mettant au garde-à-vous comme un aboyeur de palace :

"Souper maritime aux chandelles !"

Quand les privations deviennent privilèges…

C'est la première fois que je dîne à la table d'Ève, mais ce n'est pas la première fois que je partage un repas avec elle.

Lorsque je n'ai pas la patience de cuisiner, ce qui m'arrive très souvent, j'ai l'habitude d'appeler l'unique traiteur de l'archipel, qui s'est donné pour nom *La dorade coryphène*, et qui propose en permanence sept ou huit plats différents. Son enseigne est pompeuse, mais je ne lui en tiens pas rigueur, car tout, chez lui, est savoureux et d'impeccable fraîcheur. Si bien qu'à chaque fois j'hésite. "Le bar de ligne ou le confit d'agneau aux mogettes ?" me susurre, d'une voix tentatrice, l'épouse du chef. Quand je suis sur le point de choisir, elle ajoute : "Ou alors les gambas à la sauce armoricaine…" Pour surmonter mon indécision, je demande : "Et ma voisine, qu'est-ce qu'elle a pris ?" Deux fois sur trois, je prends la même chose qu'elle. C'est la même estafette qui nous livre nos repas à l'heure de la marée basse, et nous les dégustons, chacun seul à sa table…

Ainsi décrite, mon existence peut paraître terne. Mais pour qui vénère, comme moi, le silence et la sérénité, au point de vouloir vivre et dessiner sur une île quasiment déserte, il n'y a dans cette routine aucune tristesse, aucun remords, ni aucune amertume.

Après tout, de quoi l'homme a-t-il *vraiment* besoin ? S'il possède une bonne santé et une bonne connexion internet, le reste importe peu. Je n'irais pas jusqu'à dire, comme le philosophe existentialiste, que les autres sont l'enfer. Mais ils ne sont pas le paradis non plus.

Cela dit, j'étais sincèrement enchanté, ce soir, de me retrouver en compagnie d'Ève. Même si le menu n'était pas à la hauteur de ce que nous mitonne d'ordinaire notre traiteur commun…

Notre conversation au cours du dîner ne se limita pas aux événements en cours. Je pris le temps de parler à ma voisine de mes parents, de mes origines, et de ce qui m'avait poussé à quitter Montréal pour venir vivre sur l'île d'Antioche ; à son tour, elle me parla des siens, et de ce qui l'avait amenée elle aussi en ce lieu. Sa mère était une cantatrice moitié irlandaise, moitié jamaïcaine, qui avait connu son heure de célébrité mais également de longues périodes de dépression et d'internement. Son père était un pilote de ligne originaire de Toulouse. Il voyageait forcément beaucoup, et il avait sans doute des maîtresses aux escales. Ève avait passé son enfance à l'attendre ; en me le disant, elle soupira lourdement comme si la chose l'affectait encore trente ans après.

Chaque fois qu'il se rendait d'Europe en Amérique, le commandant Saint-Gilles passait à la verticale de notre île, et il évoquait souvent avec envie ce "caillou rose relié à la côte par un fil d'argent". Il se promettait de s'y poser un jour, un rêve qu'il ne devait jamais réaliser mais qu'il allait laisser en héritage à sa fille. Un peu comme avait fait pour moi mon père… Du fait de cette "transmission de rêve", mon itinéraire et celui d'Ève, malgré leurs différences, présentent finalement une certaine similitude.

Ma voisine s'est exprimée ce soir avec une sérénité qu'elle n'avait plus connue depuis des années. L'irruption des “amis d'Empédocle” l'a réconciliée avec son passé, comme avec son roman demeuré unique, qu'elle avait longtemps pris en grippe et qu'elle recommence à aimer depuis qu'elle l'a entendu citer avec vénération de la bouche d'Agamemnon.

Il me semble d'ailleurs que la réaction d'Ève aux événements en cours influence chaque jour davantage mes propres attitudes, et me rend plus conciliant, plus compréhensif, à l'endroit de “nos superviseurs”. Même si je n'approuve pas tout ce qu'elle dit, même si je la reprends, la critique et la moque un peu, sa gaieté retrouvée me rend moins méfiant envers eux que je ne le serais si j'étais laissé à moi-même.

Sans elle comme marraine, comment aurais-je pu célébrer dans l'allégresse, une coupe à la main, l'abolition de notre Histoire et la mort de notre civilisation ?

*

Je m'étais assoupi, et voilà que je me relève et que je rallume ma bougie pour reprendre ce journal. Parce qu'il y a un sujet que j'avais préféré passer sous silence et que j'éprouve à présent le besoin d'évoquer sans délai : ce soir, j'avais fortement envie de passer la nuit auprès d'Ève, et il me semble qu'elle y a songé également ; elle a eu, tout au long, des regards, des gestes, des allusions…

Il ne fait aucun doute que, depuis le début des événements en cours, depuis ma première incursion nocturne dans sa maison glacée et sans lumière, je me sens chaque jour un peu plus proche d'elle. Mon changement d'attitude transparaît forcément à travers mon journal, et la réalité de mes sentiments va encore au-delà. Il m'est arrivé de décrire ma voisine en termes peu flatteurs, et même carrément désobligeants, mais aujourd'hui je la regarde tout autrement. Je ne reviendrai pas en arrière pour expurger mon texte, pour biffer l'expression "prématurément flétrie" et quelques autres mots malheureux que j'ai pu écrire à son propos. Ce ne serait là qu'une mesquine falsification. La seule manière honnête de corriger mes fautes d'appréciation, c'est d'écrire à la date d'aujourd'hui que je ne vois plus du tout ma voisine de la même manière. Je ne sais si ses rides se sont effacées, mais je ne les remarque plus, elles n'ont plus aucune importance à mes yeux. Les révélations que nous a faites Agamemnon ont littéralement "transfiguré" Ève Saint-Gilles. Et complètement changé le regard que je lui portais. Même quand je ne partage pas ses opinions, je la contemple désormais avec affection, avec tendresse. Et ce soir donc, j'avais envie de la serrer fortement dans mes bras.

Pourquoi me suis-je retenu de le faire ? Parce qu'une voix intérieure me sermonnait sans arrêt : si je laissais entrer dans ma vie la seule autre habitante de l'île, c'en serait fini de ma royale quiétude ! Pour peu que les choses tournent mal dans notre relation, la vie sur Antioche deviendrait infernale, l'un de nous deux serait contraint de s'en aller – moi, sans doute. Suis-je prêt à courir un tel risque ?

Ce dilemme, que je viens d'avouer si candidement, me fait apparaître comme un froid calculateur, insensible à ce que mes congénères se plaisent à nommer "la magie de l'amour". Je ne suis pas ainsi. Mais il est vrai que je suis prêt à tous les sacrifices comme à toutes les souffrances pour préserver ce territoire béni, ma solitude.

Dimanche 14 novembre

Hier, j'avais si peu d'informations sur ce qui se passait à travers le monde que j'en étais réduit à consigner dans ce carnet mes moindres déplacements, le menu du dîner aux chandelles, et jusqu'à mes états d'âme de vieux célibataire. Aujourd'hui, j'ai reçu quelques nouvelles, mais seulement au compte-gouttes. Car les pannes se produisent à présent de façon irrégulière, sautillante, aléatoire. La radio fonctionne pendant quinze minutes, s'interrompt pendant une heure, revient, puis s'interrompt encore. Pour le téléphone et l'internet, c'est pire : on dirait que le réseau fonctionne une minute sur deux – de quoi rendre fous les usagers les plus placides.

S'agirait-il d'une torture subtile que "nos tuteurs" auraient conçue pour nous sanctionner ? J'y vois plutôt une démonstration de force visant à nous impressionner, à nous intimider, et à nous soumettre. Ils veulent nous montrer qu'ils ont la capacité de moduler les sanctions selon leur bon plaisir. Comme s'ils avaient à leur disposition un vaste planisphère, et qu'ils s'amusaient, ici à éteindre les lumières, là à les rallumer ; ici à interrompre les conversations, et là à les autoriser…

De fait – pourquoi le nier ? –, je suis impressionné. Mais je me sens surtout humilié, et mon cœur s'emplit d'un ressentiment que je ne lui connaissais pas.

Dans ce contexte si angoissant, je ne sais vraiment pas quel sens donner au discours optimiste, exagérément optimiste, qu'a prononcé aujourd'hui le président Howard Milton – sa deuxième intervention depuis le début de la crise. Sa voix frêle a été précédée d'une brève annonce, précisant clairement, cette fois, qu'il s'exprimait “à partir de la Maison-Blanche”.

“Mes chers concitoyens,

“Je me suis adressé à vous mercredi dernier pour vous tenir informés de la situation nouvelle à laquelle nous devons faire face. Depuis, nous avons eu à traiter avec les représentants de la puissance intervenante. Les discussions n'ont pas toujours été faciles, mais nous avons pu surmonter cette épreuve par une attitude de franchise, de dignité, et de respect mutuel. Et à cet instant, le ciel me semble moins chargé d'orages.

“Durant ces journées de pourparlers, nous avons évoqué longuement la situation inquiétante qui résulte de l'accumulation des armes nucléaires et des matières fissiles radioactives. Celles-ci ne peuvent être, à l'heure actuelle, efficacement neutralisées, et nos savants estiment qu'elles devraient être stockées, dans un état précaire, pour un temps pratiquement illimité. En plusieurs endroits des États-Unis,

des produits extrêmement dangereux sont amassés en quantités substantielles, et je me suis souvent demandé ce qu'il adviendrait si des personnes malveillantes, des groupes de fanatiques, par exemple, ou des déséquilibrés, ou encore des personnes mues par l'avidité, faisaient exploser un engin de mort dans un de ces lieux de stockage. Ailleurs dans le monde, notamment sur le territoire de l'ancienne Union soviétique, des armes et des matières radioactives sont empilées dans des conditions préoccupantes. D'autres produits dangereux se trouvent entre les mains de personnes notoirement irresponsables.

"Au cours de nos discussions avec les représentants de la puissance intervenante, nous avons acquis la conviction qu'ils ne nourrissaient aucune hostilité envers nous, et que, bien au contraire, ils n'avaient que de la considération pour notre pays, pour les principes de notre Constitution, pour notre mode de vie, et qu'ils reconnaissaient notre place prépondérante parmi les nations. Nous avons également acquis la conviction qu'ils disposaient d'une technologie de paix permettant de traiter les matières radioactives de façon efficace, afin de les rendre inoffensives pour les hommes comme pour l'environnement.

"Mes chers concitoyens,

"Le développement des armes nucléaires a été, pendant une phase de notre histoire, un mal nécessaire. Nous avons toujours su que c'était là une énergie hasardeuse, et potentiellement maléfique, mais il nous fallait mettre fin à la Seconde Guerre mondiale, et faire face ensuite à une menace nouvelle, celle du communisme. Aujourd'hui, les pires menaces pour notre

civilisation viennent précisément de la prolifération des armes nucléaires, qui pourraient tomber entre des mains criminelles, comme nous en avons eu la preuve tout récemment, hélas. Ce fauve qui s'est échappé, et qui est devenu indomptable, il est donc urgent de le reconduire prudemment vers sa cage, pour l'y enfermer à jamais.

"Les amis que la Providence a placés sur notre route ont promis de s'en charger au cours des jours qui viennent. Avec l'accord du gouvernement des États-Unis, et dans le respect de nos institutions, ils vont procéder à un assainissement intégral, visant à débarrasser notre planète de tout engin, de tout instrument et de tout matériau pouvant menacer la survie de l'espèce humaine.

"Je voudrais demander ici solennellement à tous les membres de nos forces armées, notamment ceux qui sont en poste sur des sites sensibles, et aussi à tous nos concitoyens et à tous les hommes et femmes de bonne volonté partout dans le monde, de laisser nos amis effectuer ce travail délicat dont nous sommes convenus avec eux.

"Dans quelques jours, nous aurons dépassé cette période éprouvante, pour nous retrouver, je l'espère, dans un monde plus sûr, plus paisible, plus stable, et dans un environnement plus sain.

"J'ai confiance, et je vous demande à tous d'avoir confiance. Confiance en notre grand pays, confiance en notre capacité à réaliser des choses aussi merveilleuses que celles qu'ont réalisées nos pères. Confiance en nos amis. Confiance en l'avenir.

"Dieu vous bénisse !

"Dieu bénisse l'Amérique !"

J'ai écouté le discours du président Milton, je l'ai enregistré, puis réécouté encore. Comme la dernière fois, il veut se montrer rassurant, mais ce qu'il sous-entend ne me rassure guère. Comment ne pas voir dans ses paroles un aveu d'impuissance ? Pas seulement de la part du pays qu'il dirige, mais aussi de nous tous qui sommes devenus, du jour au lendemain, les vassaux d'un nouveau suzerain.

J'aurais tant voulu recueillir les commentaires de Moro. J'ai essayé de le joindre, sans résultat. Mon téléphone fonctionne, pourtant, mais le sien ne donne aucun signe de vie.

Si je devais livrer mes impressions à ma manière habituelle, c'est-à-dire par la plume d'*Alec Zander*, mon autre moi-même, je ferais trois dessins qui se suivent. Dans le premier, je représenterais le président américain en gros plan, son visage émacié derrière un microphone à l'ancienne ; dans le deuxième dessin, le plan étant plus large, on verrait ses bras reliés à des tuyaux, et à une pochette de perfusion ; dans le troisième dessin, le plan serait plus large encore, et l'on verrait un petit homme très malade encerclé par une cohorte de soldats farouches qui pointent leurs armes sur lui. Car c'est manifestement sous la contrainte que Milton a parlé, et qu'il s'est montré si optimiste.

Cela dit, je ne reproche rien à l'ami de Moro. Je compatis avec lui, plutôt, et même, en un sens, je l'admire. Il faut du courage et de l'habileté pour maquiller la débâcle d'une nation et d'une civilisation en motif d'espérance.

*

Dans la soirée, après avoir consciencieusement rempli mes devoirs de chroniqueur et de diariste, puis ébauché au crayon à mine les dessins dont je viens de parler, je me suis rendu chez ma voisine afin de commenter le discours avec elle. Je ne l'ai pas trouvée. Sa porte était encore fermée à clé, et sa maison était sombre. Il y avait une seule lampe allumée, mais à l'extérieur, comme pour s'éclairer le chemin au retour. J'ai sonné et tourné la poignée, sans succès. Je suis allé ensuite marcher du côté des Sables mauves, dans l'espoir de la croiser à l'endroit où, avant-hier, nous avions ri ensemble. Personne !

La lune était légèrement voilée par les nuages, mais elle semblait pleine, ou presque, et elle blanchissait le sol et la peau de la mer. J'ai flâné au bord de l'eau en songeant de nouveau à Ève et à moi, à ce qui nous unit, à ce qui nous sépare. À nos rencontres et à nos réticences. À mes dilemmes peu honorables, et à mes sentiments désarticulés.

Ce qui est certain, c'est que j'ai constamment le désir de la voir, de l'écouter, de lui confier les mille pensées qui me parcourent l'esprit. Même quand je suis seul, je m'adresse mentalement à elle, l'imaginant qui sursaute, qui s'enflamme, ou qui fait la moue.

J'étais triste, ce soir, de l'avoir manquée. Et je souffrirais, sans aucun doute, si demain je cessais de la voir. Néanmoins, je ne puis ignorer que je suis devenu, après toutes ces années sur mon île, un solitaire endurci, et que c'est également le cas de ma voisine. De ce fait, je n'imagine pas qu'il puisse y avoir entre nous un attachement durable, ou quoi que ce soit qui ressemble à de l'amour.

J'écris des phrases comme celle-là, puis j'ai honte. Honte de ce que ces longues années tranquilles ont fait de moi. Suis-je encore capable d'un "attachement durable", ou de "quoi que ce soit qui ressemble à de l'amour" ? Suis-je encore capable de vivre une rencontre, pleinement, la tête sous l'eau, et sans qu'elle devienne aussitôt l'avant-dernier sujet de ma chronique courante ?

Si je veux être sincère, la réponse est "non". Non, je ne suis plus capable d'aimer. Et le plus triste, c'est que je n'en suis même pas triste. À la place du cœur, j'ai un hérisson bourru. Ève n'y est pour rien.

*

Parlant d'elle, encore d'elle, je me dois de signaler qu'après l'avoir cherchée en vain chez elle puis sur la plage, j'avais passé le reste de la soirée à chercher son livre dans ma bibliothèque, sans succès non plus.

J'ai déjà mentionné à plusieurs reprises ce roman, *L'avenir n'habite plus à cette adresse*, qu'à ma grande honte je n'ai jamais lu. Pourtant, le jour même où j'avais appris, il y a cinq ou six ans, que la romancière projetait de s'installer sur mon île, je m'étais empressé de le commander. Je m'étais promis de le lire sans tarder afin de mieux connaître ma future voisine.

Cependant, après ma première tentative de visite, lorsqu'elle m'avait si mal accueilli, mon irritation était telle que j'avais renoncé à ouvrir son livre. Je n'avais même plus voulu l'extraire de son emballage. Je ne sais d'ailleurs toujours pas sous quelle pile informe j'ai bien pu l'enterrer. Il est sûrement là, quelque part dans le fouillis de ma bibliothèque, il faudra que je cherche à nouveau sur les étagères, sous les entassements, dans les caisses, et même dans le grenier.

En ce temps-là, j'avais boudé le roman comme j'avais boudé la romancière, je l'avais même "puni" comme j'aurais aimé la punir pour son indéniable goujaterie. Maintenant que je suis dans de tout autres dispositions envers "la génitrice", je me dois de l'être également envers "l'enfant".

Cela dit, s'il est grand temps pour moi aujourd'hui de lire le livre d'Ève, ce n'est pas seulement en raison du changement dans mes propres rapports avec elle. C'est d'abord parce que son ouvrage a été lu et admiré par "les amis d'Empédocle", qui y ont vu, s'il faut en croire le passeur, une œuvre prémonitoire et visionnaire. Dès que cette appréciation de nos tuteurs se sera ébruitée, l'humanité entière va se précipiter sur ce livre pour y chercher quelques clés, quelques réponses, et quelques raisons d'espérer. Surtout s'il contient, comme j'ai cru le comprendre, l'évocation d'un monde parallèle au nôtre, avec lequel notre rencontre serait, en quelque sorte, une rencontre avec notre propre avenir…

Demain, je fouillerai encore, à la lumière du jour, et je finirai sûrement par le retrouver.

Lundi 15 novembre

C'est le vacarme, depuis ce matin, et c'est également le calme. Les éléments sont déchaînés, tandis que les appareils se taisent. Les ondes sont fermement "bâillonnées".

Rien de cela n'est surprenant. Ni les intempéries, qui correspondent bien à ce que cette saison nous réserve ici tous les ans ; ni le black-out qui, en toute logique, se doit d'être "intégral", je présume, si "l'assainissement intégral" dont a parlé Milton est en cours, et que des opérations délicates sont menées sur d'innombrables sites afin de reconduire le "fauve" nucléaire dans sa cage.

Je comprends donc qu'on nous laisse dans l'ignorance. Ce qui ne m'empêchera pas de pester chaque fois que, par réflexe, j'allume la radio, et que je tombe sur l'indicatif des pannes, ou sur une énième rediffusion de l'appel lancé par le président des États-Unis afin que ses concitoyens, civils et militaires, facilitent la tâche de "la puissance intervenante".

Dieu merci, il y a Ève ! Qu'hier j'avais cherchée en vain, et qui est revenue. Elle ne m'a pas dit où elle se trouvait, et je me suis bien gardé de le lui demander. Peut-être tout bonnement chez elle, calfeutrée, ne voulant voir personne…

Son humeur, en tout cas, n'a pas varié d'un cil depuis cet instant de grâce que j'ai rapporté il y a trois jours, quand, suite à ce que le passeur venait de nous apprendre, elle avait laissé tomber à terre le gros volume qu'elle feuilletait, et qu'elle était apparue soudain transfigurée. La lueur qui s'est allumée dans ses yeux à cet instant-là ne s'est plus éteinte. Je n'ai d'ailleurs pas envie qu'elle s'éteigne, même si je ne partage pas les illusions qui l'animent.

Ce soir, elle m'a redit, quand je me suis rendu chez elle, la confiance sans limites qu'elle plaçait dans "les amis d'Empédocle". Mes propres instincts me recommandent plutôt la circonspection. Ce qui ne veut pas dire que je rejette son attitude. Toute une partie de moi m'incite même à lui donner raison.

Il m'est arrivé d'écrire dans ces pages que sa vision des choses était à l'opposé de la mienne ; que ma voisine s'était éloignée des humains parce qu'elle les détestait alors que je m'en étais éloigné "pour mieux les embrasser". La distinction ne me paraît plus très pertinente. Le jugement que nous portons sur la marche du monde est similaire, même si chacun de nous deux l'exprime avec ses propres mots, et en fonction de son tempérament.

La différence entre elle et moi est ailleurs. Ève, qui est femme, qui est partiellement jamaïcaine, et qui ressent quasiment dans sa chair toutes les injustices subies depuis des millénaires par ses “sœurs”, ne s’estime tenue à aucun loyalisme envers ceux qui, jusqu’à ces derniers jours, dominaient la planète ; elle considère qu’elle ne leur est redevable de rien, et qu’elle a parfaitement le droit de leur préférer “les amis d’Empédocle”.

Une attitude qui ne me heurte pas, mais que je ne puis adopter moi-même. Jamais je ne pourrai vitupérer comme elle contre “les hommes”. Aussi critique que je sois envers eux, aussi conscient que je sois de leurs travers, je suis bien obligé d’admettre que j’en fais partie, et que leur histoire est la mienne. Leurs fautes me font honte, leurs réalisations me rendent fier, et leurs échecs m’attristent. Je ne peux pas me réjouir de les voir déclassés. Or, ce qui arrive depuis le début de ces événements, c’est très exactement cela.

Mes semblables ont-ils mérité cette humiliation ? Oui, sans doute – sur ce point, je suis tenté de donner raison à Ève. La différence entre nous, c’est qu’elle s’en félicite alors que je m’en désole.

Cependant, nous avons, ce soir encore, bu du champagne ensemble, et levé nos coupes. Elle, pour bénir ceux d’Empédocle et le chamboulement qu’ils sont en train de causer ; moi, pour saluer dignement le souvenir du miracle grec antique, en espérant qu’il saura éclairer notre route sans pour autant nous aveugler.

Cette différence de sensibilité entre ma voisine et moi a été constamment présente à mon esprit depuis que nous avons commencé à observer, l’un comme l'autre, les bouleversements en cours. Je n'ai cessé de comparer ses réactions aux miennes, pour souligner parfois nos convergences, parfois nos divergences. Mais aujourd'hui, j'en parle avec plus d'assurance. Parce que je viens enfin de retrouver son livre dans un recoin de ma bibliothèque. J'ai aussitôt commencé à le lire, et il m'éclaire sur bien des choses qui ne m'apparaissaient jusqu'ici que d'une manière confuse et approximative.

Mardi 16 novembre

Ce matin, vers dix heures, profitant d'une éclaircie, je suis allé me promener dans l'un de mes sentiers favoris. Il commence à deux pas de ma chambre à coucher, serpente au milieu des fougères, puis s'arrête au pied d'une roche plate sur laquelle je vais parfois m'asseoir, par temps clair et sec. Aujourd'hui, tout était mouillé, le sentier, la végétation et la pierre, mais il ne pleuvait plus, le vent était tombé, et un soleil timide tentait même de frayer son chemin à travers les nuages. La promenade promettait d'être délicieuse.

Soudain, je crus entendre le timbre d'un vélo. Un son très inhabituel sur mon île. Il est vrai que la bicyclette y est souveraine – moi-même je n'ai utilisé, depuis douze ans, aucun autre moyen de transport. Cependant, un cycliste ne croise jamais ici de piétons ni de véhicules, et jamais donc il n'éprouve le besoin de faire tinter son avertisseur.

Montant sur la pierre plate, et tournant mon regard du côté du Gouay, je remarquai au loin un personnage en uniforme, que je pris d'abord pour un gendarme. C'était le garde champêtre. Il était venu, de la part du maire de l'archipel, avertir “la population d'Antioche” d'un danger imminent : un nuage radioactif aurait été détecté dans le secteur. Le fonctionnaire à vélo n'avait pas d'autres détails à me fournir. Il me recommandait de demeurer sous abri, de fermer portes et fenêtres, de ne surtout pas me déplacer à l'extérieur en cas de pluie ou de brouillard, et d'attendre les instructions. Il m'apportait, dans une banale enveloppe, une poignée de pastilles d'iode, en m'enjoignant d'en avaler une sur-le-champ, puis d'en reprendre chaque soir afin de prévenir toute irradiation mortelle.

Ainsi donc, le fameux “fauve”, que l'on cherche à dompter pour le ramener dans sa cage, est encore en cavale. Et il serait même venu rôder du côté d'Antioche !

Pendant que le messager s'éloignait, je me mis à éprouver une étrange sensation d'asphyxie. J'avais du mal à respirer, comme si l'air s'était soudain chargé de particules meurtrières dont je devais impérativement me protéger – alors que, l'instant d'avant, je respirais encore à pleins poumons. Un désarroi que je savais irrationnel, mais auquel je ne pouvais m'empêcher de céder. Ce que la visite du garde champêtre avait d'anodin et d'agreste ne faisait qu'ajouter à ma confusion et à mon anxiété.

J'avais le sentiment d'être revenu huit jours en arrière, vers mes toutes premières frayeurs, quand je redoutais encore que le monde ait été victime d'un cataclysme nucléaire. Sur ce point, j'avais été rassuré par la suite ; mais à présent, le sol se dérobait à nouveau sous mes pieds. D'où venait ce nuage ? Comment avait-il pu se former ? Et d'ailleurs, me demandai-je, qu'est-ce qu'on entend par "nuage radioactif" ? À contempler le ciel, il n'est tout entier qu'un amoncellement de nuages. Y aurait-il, dans le tas, *un* nuage suspect ? Ou bien n'est-ce là qu'une façon de parler ? "Nuage" n'est-il pas, de nos jours, une notion commode que l'on met à toutes les sauces ?

Pendant que je faisais tourner ces questions dans ma tête, il se remit à pleuvoir. Et cet événement parfaitement banal me parut soudain alarmant, comme s'il faisait partie d'un dispositif d'encerclement. Je rentrai aussitôt sous mon toit, pour ne plus ressortir.

À l'heure où j'écris ces lignes, la pluie continue de tomber, pernicieuse, teigneuse. Le ciel n'arrose pas, il suinte.

*

Pour conjurer mes irrationnelles frayeurs, je me replonge dans le livre d'Ève.

Je ne le lis pas comme j'aurais pu le lire à sa sortie, quand je ne connaissais pas ma voisine, quand je n'avais pas encore sa voix dans mes oreilles ; et quand, surtout, je ne savais rien de ses énigmatiques admirateurs. Une question rôde maintenant autour de moi : pour quelle raison cet ouvrage a-t-il séduit à ce point "les amis d'Empédocle" ? Car l'hypothèse que j'ai émise il y a quelques jours s'est muée peu à peu en certitude intime : si Agamemnon a été posté par les siens en ce coin perdu du globe, c'est uniquement en raison de la présence d'Ève, pour veiller sur elle et la protéger des turbulences du monde.

S'agissant du roman lui-même, il m'apparaît, de ce que j'en ai lu jusqu'ici, bien moins "prémonitoire" que je ne l'attendais. Il n'annonce pas l'avènement d'une humanité parallèle, ni rien de ce qui est arrivé dans les huit derniers jours. Cependant on devine, entre les lignes, que la romancière est persuadée que "les hommes" ont perdu leur route ; qu'elle-même s'en réjouit plutôt qu'elle ne s'en lamente ; et qu'elle espère que "l'avenir", puisqu'il "n'habite plus à cette adresse" comme l'affirme le titre, sera un jour repris en main par d'autres. Quels autres ? Elle ne le savait évidemment pas quand elle a écrit son livre. Néanmoins, elle se réfère constamment à la Grèce ancienne, et elle mentionne même, sur un ton affectueux, la figure d'Empédocle. Un détail qui paraît remarquable au vu des événements actuels, mais je suis sûr qu'à la sortie du livre il est passé inaperçu. Sauf, semble-t-il, pour les "amis" du philosophe d'Agrigente.

S'agissant de l'inspiration du roman, elle est clairement autobiographique, et Ève ne s'en cache pas. Elle a baptisé sa narratrice Lilith, du nom de la beauté rousse qui, selon certaines légendes, aurait été la première compagne d'Adam, créée en même temps que lui et non de l'une de ses côtes ; et qui, de ce fait, ne se sentait pas tenue de lui obéir.

Une femme révoltée éminemment emblématique, revendiquant l'égalité d'une voix sereine, conquérante, triomphante, implacable, plutôt que plaintive, quémandeuse ou geignarde – c'est assurément ainsi qu'Ève Saint-Gilles se perçoit elle-même. Ce qui n'est probablement pas sans rapport avec le fait d'avoir eu une enfance heureuse. Son père l'idolâtrait, même s'il était souvent absent ; et sa mère la chérissait, même si leurs rapports étaient parfois inversés, l'adulte insatisfaite aimant à jouer l'enfant dans les bras de sa fille. Du haut du piédestal où ses géniteurs l'avaient installée, Ève-Lilith les contemplait, les embrassait et quelquefois les tançait, comme si c'était elle la femme mûre et eux les gamins dissipés – l'un, volage ; l'autre, à la dérive.

Adulée par les siens, la narratrice l'était tout autant, ou du moins avait longtemps cru l'être, par son époque. Jamais, depuis l'aube de l'histoire humaine, les femmes n'avaient été aussi peu opprimées, aussi peu soumises ; jamais elles n'avaient été invitées de la sorte à s'affranchir du corset physique et social qui leur était traditionnellement imposé dès leur naissance. Sans doute n'étaient-elles pas également libres sous tous les cieux, et sans doute la conquête de leurs droits n'était-elle nulle part complètement parachevée ; du moins, Ève-Lilith se sentait-elle en mesure de poursuivre ses ambitions, ses envies, et même ses extravagances, comme bon lui semblait. Dans sa jeunesse, qui s'était passée entre Paris, Dublin, Kingston et San Francisco, elle ne s'était privée d'aucune joie, licite ou interdite, bénigne ou périlleuse. Elle prête à l'héroïne de son roman des aventures de toutes sortes, les unes fantasmées peut-être, mais la plupart très probablement réelles.

De ce fait, elle n'avait aucune raison de détester son époque, ni de s'en méfier. Le monde où elle a grandi offrait à d'innombrables contemporains, femmes et hommes, des satisfactions sensorielles et intellectuelles dont personne n'aurait pu rêver dans les générations précédentes. Des voyages jusqu'au bout de la terre ; des outils de communication qui abolissaient les distances ; des appareils ingénieux pour simplifier la vie quotidienne ; et un accès permanent à toutes les musiques, à toutes les images, à tous les livres, à tous les trésors artistiques ou archéologiques – en un mot, à l'ensemble des œuvres et des connaissances accumulées par notre espèce depuis les origines… Grâce aux inventions nouvelles, le monde entier était devenu une gigantesque bibliothèque, dans laquelle on pouvait pénétrer à toute heure sans même avoir besoin de quitter sa maison, son fauteuil, ou sa robe de nuit. Pour la jeune Ève-Lilith, noctambule, nonchalante, fêtarde, et cependant dotée d'un immense appétit de savoir, c'était tout simplement le paradis.

Mais alors, pourquoi la romancière prédit-elle à cette civilisation une fin tragique, et imminente ? À l'instant où j'écris ces lignes, une telle vision n'a plus rien de surprenant. Au vu de ce qui s'est produit au cours des derniers jours, on pourrait presque dire que cette prophétie s'est déjà vérifiée. Oui, hélas, il semble bien que notre civilisation, en dépit de ses avancées spectaculaires, souffrait d'un mal sournois qui allait l'emporter. La chose n'était pas visible à l'œil nu lorsqu'est paru *L'avenir n'habite plus à cette adresse*, il y a une douzaine d'années. C'est peut-être ce qui explique qu'il ait fait sensation.

De quel mal s'agit-il ? Comment expliquer qu'une civilisation si dynamique et si inventive ait pu se retrouver sans avenir, et sur le point de sombrer ? Ève ne le dit pas explicitement. Du moins pas dans les deux cent cinquante pages que j'ai pu lire jusqu'ici – les deux tiers du livre, grosso modo. Elle ne savait probablement pas contre quels récifs l'histoire des hommes pourrait se fracasser. Mais elle pressentait la catastrophe, sans se laisser leurrer par la prospérité ambiante. Je me suis arrêté vers minuit sur une phrase qui disait justement : *Pendant que je m'épanouissais, l'humanité s'est rabougrie…*

Je reprendrai la lecture demain.

Mercredi 17 novembre

Aujourd'hui, j'ai été réveillé aux aurores par un Moro inhabituellement perplexe, et même déconcerté. Chez moi il était six heures trente, et minuit trente chez lui. Il sortait d'une longue réunion nocturne à la Maison-Blanche.

"J'ai entendu quinze personnes sensées développer des thèses raisonnables, plausibles, et souvent brillantes, mais dont aucune ne m'a paru réellement convaincante, pas même celle que j'ai moi-même défendue.

"Le président nous avait réunis pour nous poser à tous la même inévitable question : 'Selon vous, d'où viennent ces gens-là ?' Pour ma part, je me suis contenté de rapporter la fable que j'ai entendue de ta bouche, et qui représente manifestement la version officielle dont ladite 'puissance intervenante' voudrait nous persuader, afin d'endormir notre méfiance. Mais j'ai été l'un des derniers à prendre la parole. Je ne voulais pas que la discussion tourne autour de la Grèce antique. J'étais curieux d'entendre d'autres sons de cloche."

Il y avait là les principaux responsables des services de renseignements, quelques généraux, quelques membres du Congrès, ainsi que deux ou trois "électrons libres" comme Moro aime à se décrire lui-même.

"Chacun est arrivé dans le Bureau ovale avec ses propres obsessions, et ses propres œillères. La plupart sont persuadés que, derrière Démosthène et ses amis, il n'y a aucune force mystérieuse, mais des puissances bien de chez nous : les Chinois, les Russes, les Indiens ou les Iraniens, peut-être même des Latinos ou des Européens. Je sais que la personne que tu as rencontrée sur ton île t'a juré qu'il n'en était rien, mais de telles dénégations ne font que conforter les soupçons."

Je me suis senti obligé de dire à mon ami, d'une voix encore ensommeillée :

"Je ne veux pas défendre Agamemnon, et je n'exclus pas qu'il ait cherché à me manipuler... Mais si une puissance 'bien de chez nous', comme tu dis, avait développé les techniques avancées dont ces gens-là disposent, pourquoi aurait-elle eu besoin de recourir à une telle mise en scène ? Ça n'aurait aucun sens !"

"Si, détrompe-toi, cela aurait un sens. Imagine si les Chinois ou les Russes avaient demandé à inspecter les installations militaires américaines. On leur aurait sûrement claqué la porte au nez. Alors qu'une force se prétendant neutre, et au-dessus des conflits entre les puissances mondiales, a pu obtenir l'assentiment du président pour intervenir à sa guise où bon lui semblait. Cela étant dit, je ne crois pas plus que toi à cette thèse du 'cheval de Troie'. Comment une puissance rivale aurait-elle pu acquérir un savoir supérieur, développer un armement sophistiqué, et former toute une population d'agents, sans que nos services en aient eu connaissance ? C'est hautement improbable. L'ennui, c'est que les autres hypothèses sont encore moins probables. Celle d'une population venue de l'espace, par exemple... Quatre personnes l'ont évoquée, ce soir, dont Howard lui-même. Mais ça non plus, ça ne tient pas la route.

"Tu me connais, je ne suis pas homme à écarter une hypothèse avant même de l'avoir envisagée. Je suis même convaincu qu'à l'avenir notre espèce rencontrera forcément d'autres créatures dotées d'intelligence ; il serait absurde de considérer qu'il n'y a que nous dans le vaste univers. Mais le jour où une telle rencontre se produira, le choc sera instantané et extrêmement violent. Celui qui débarquera chez l'autre commencera par le pulvériser afin de lui ôter toute capacité de nuisance ; plus tard, quand il l'aura assujetti, il pourra se pencher avec attendrissement sur son art, son histoire, ses croyances, sa civilisation. L'idée d'une population venue d'ailleurs, qui serait capable d'arriver jusqu'à nous et de s'installer dans nos murs avant même que nous ayons appris qu'elle existe, et qui serait néanmoins émerveillée par notre histoire, par le miracle athénien et par Empédocle d'Agrigente, cela me paraît totalement illusoire. Tout juste un rêve idyllique né dans l'imaginaire d'un philosophe."

"Tu préfères donc croire à l'explication 'locale'..."

“Pour la plupart de ceux qui se sont exprimés ce soir, cela demeure, en effet, l’hypothèse la plus sérieuse. Avec, dans le rôle du ‘marionnettiste pervers’, l’un des suspects habituels : les Chinois ou les Russes… Mais d’autres pistes ont été également évoquées. Celle d’une société secrète, d’une secte, ou d’une ethnie qui aurait vécu en marge de l’Histoire, totalement ignorée du commun des mortels.”

“Ce qui rejoindrait la fable ‘grecque’ que m’a racontée Agamemnon…”

“Oui, d’une certaine manière. Reste à savoir où et comment un tel rameau de l’humanité aurait pu survivre, siècle après siècle, sans jamais se dévoiler, sans se laisser débusquer. Tu crois vraiment que ces gens ont pu développer des techniques avancées et des armes sophistiquées dans des grottes, des caves ou des souterrains ?”

“Cela me semble, en effet, difficile à croire… Mais alors, qui sont-ils ? Et d’où viennent-ils ?”

“Je ne le sais pas plus que toi, Alec. À mes yeux, aucune des explications que j’ai entendues ne me convainc. Mais il faut bien que nous nous soyons trompés quelque part, puisque ces gens sont là ! Nous ne savons pas encore qui ils sont, ni comment ils se sont préservés au cours des siècles, ni dans quel but ils ont fait irruption aujourd’hui sur la scène du monde. Mais ils sont là, ils semblent tout-puissants, et il est impératif que nous sachions très vite ce qu’ils comptent faire de nous.”

*

C'est à ce point de notre conversation que j'ai rapporté à mon ami ce qui se disait sur l'archipel des Chirons à propos du nuage radioactif. À en juger par sa réaction, la chose ne l'inquiétait pas trop.

"Il y a les mêmes rumeurs alarmistes ici, mais tout porte à croire qu'elles sont infondées. Nous avons pu examiner, dans les deux derniers jours, un certain nombre d'incidents qu'on nous a signalés, et qui paraissaient plus sérieux que les autres. Pas un seul n'a révélé des taux de radioactivité supérieurs à la normale !

"Ce qui est en train de se propager, ce ne sont pas des substances nocives, mon cher Alec, c'est un état d'esprit. Quand Howard a annoncé que 'nos tuteurs' allaient inspecter diverses installations, beaucoup de nos militaires étaient fous de rage, mais totalement impuissants. Ils ne pouvaient pas désobéir à leur commandant en chef, mais ils n'avaient pas non plus envie de lui obéir. Comment exprimer leur frustration ? En répétant à qui veut l'entendre que le 'ramassage' des substances radioactives se passerait mal, et qu'au lieu d'éviter de nouveaux Tchernobyl, il en provoquerait de pires. Comme beaucoup de gens étaient dans le même état d'esprit, les rumeurs se sont propagées et amplifiées. Aux États-Unis et aussi, je suppose, dans le reste du monde."

"Alors que ledit ramassage s'est passé sans bavures ?"

"À vrai dire, personne n'en sait rien !" fut la réponse embarrassée de Moro. "On ne sait pas du tout ce que ces gens ont fait… À ma connaissance, les inspections qui ont été effectuées ne concernaient pas forcément le nucléaire. Il se pourrait même que tout ce qui s'est dit à ce sujet n'ait été qu'un écran de fumée. Cette idée qu'un conflit atomique dévastateur était sur le point d'éclater, et que seule l'intervention providentielle de 'nos tuteurs' a empêché un désastre, c'était probablement de l'intox."

"Dans quel but ?"

"Mon sentiment, à l'heure où je te parle, c'est qu'ils sont bien intervenus pour effectuer un certain 'assainissement', mais dans d'autres domaines que le nucléaire. Chaque fois que Démosthène nous a parlé des risques, il a insisté lourdement sur le nucléaire, sur les armes tombées dans de mauvaises mains, sur les déchets qu'on ne savait pas traiter… Alors que l'essentiel, pour lui et pour les siens, était probablement ailleurs.

"Il a fait plusieurs fois allusion à des recherches qui, si elles étaient poursuivies jusqu'à leur terme, conduiraient à l'anéantissement. C'est le mot qui revenait sans cesse dans ses propos : l'anéantissement de l'espèce, les risques d'anéantissement, les instruments d'anéantissement. Comme nous avons pris l'habitude, depuis la guerre froide, d'associer les menaces d'anéantissement à l'atome, nous sommes tombés dans le panneau. Si bien que le président, dans son allocution, n'a parlé que du 'fauve' nucléaire."

"Et tu sais maintenant de quoi ces gens sont réellement inquiets ?"

"Pas vraiment. Je devine certaines choses, mais je n'ai aucune certitude. Au cours des derniers jours, ils sont intervenus, à ma connaissance, sur près de deux cents sites à travers le monde, dont la moitié aux

États-Unis. Principalement des laboratoires effectuant des recherches en bactériologie, en chimie organique, en intelligence artificielle, en physique et en balistique. Mais dans la liste que j'ai vue, et qui n'est pas exhaustive, il y a des endroits moins prévisibles : des instituts d'agronomie, des observatoires astronomiques, plusieurs bibliothèques universitaires, une société de production spécialisée dans les documentaires sous-marins, et même un vieux monastère dans le Kentucky – va savoir pourquoi !"

"Et qu'est-ce qu'ils ont fait dans ces endroits ?"

"Je ne connais les détails que pour un seul cas, celui d'un institut de recherche situé dans les environs de Baltimore, et où travaille le fils d'un ami. Deux inconnues se seraient présentées à l'accueil lundi matin. Selon toute vraisemblance, elles appartenaient aux 'amis d'Empédocle'. À l'instant, tous ceux qui se trouvaient dans le bâtiment ont été frappés de paralysie. Comme sous l'effet d'un gaz. Mais il n'y avait pas de gaz, apparemment. Peut-être des rayons qui produisent le même effet. Les 'inspectrices' ont opéré soigneusement et sans hâte. Elles ont détraqué les instruments d'observation et de mesure en y injectant des grains de sable, ou quelque chose qui en a l'aspect. Elles ont détruit de nombreux dossiers et emporté quelques autres. Et elles ont complètement effacé les données numériques de l'institut. Plus la moindre trace des travaux effectués au cours des quarante dernières années ! Ni sur place, ni en ligne !"

"Et sur quoi travaillait cet institut ?"

"C'est une grosse boîte qui emploie plus de mille personnes. On y faisait toutes sortes de recherches, des dizaines de projets étaient menés simultanément. Il y en avait peut-être un seul qui intéressait les inspectrices, mais elles ont tout supprimé, sans doute pour qu'on ne sache pas ce qu'elles cherchaient."

"Il n'y a pas eu de victimes ?"

"Pas de morts, non, ni de blessés graves. Ni aucune altercation, d'ailleurs. Ces dames ont terminé leur boulot sans être dérangées, puis elles sont reparties au bout de quelques heures. Pendant que tous les employés roupillaient. Depuis, ils se sont tous réveillés, mais la plupart d'entre eux sont incapables de se mouvoir en raison d'un sévère engourdissement des membres. Réveillés, conscients, et n'éprouvant aucune souffrance, mais incapables de commander à leurs bras ni à leurs jambes. Les médecins ont déjà trouvé un nom pour cette paralysie atypique : le syndrome de Baltimore."

"Et donc, toute cette opération a été menée par deux personnes uniquement ?"

"Oui, et à mains nues, ou presque ! Sans aucune arme à feu, en tout cas. Il faut croire que c'est cela, leur mode opératoire. Ils ne cherchent à prévaloir ni par le nombre, ni par le matériel déployé. Bien au contraire, c'est leur surprenante économie de moyens qui en impose à leurs interlocuteurs. N'oublie pas qu'ils ont envoyé un seul homme pour négocier avec le gouvernement des États-Unis ! Et qu'ils ont quand même obtenu de nous tout ce qu'ils souhaitaient !

"Il fallait le voir, leur Démosthène ! Au retour du Chili, quand les pourparlers ont repris dans le Bureau ovale, il s'est assis docilement à la place que lui a indiquée Howard, et il n'en a plus bougé. Il était constamment seul, alors que nous étions sept ou huit. De temps à autre, l'un d'entre nous sortait pour se dégourdir les jambes, pour manger un sandwich, ou pour d'autres besoins ; quelquefois, nous nous retirions à deux ou trois, pour comparer nos impressions. L'autre nous contemplait, impassible. Il ne semblait avoir aucun besoin, aucune envie, aucun conseil à donner ni à recevoir."

"Tu as pu avoir avec lui d'autres conversations en tête à tête, après celle de l'avion ?"

"Non, aucune. Je me suis contenté de l'observer à distance. C'était assez édifiant, d'ailleurs, et parfois amusant. Il y a même eu quelques moments inoubliables. Par exemple, vendredi soir. Démosthène venait d'expliquer qu'il fallait en finir une fois pour toutes avec 'les instruments d'anéantissement', et que ses amis étaient prêts à nous en débarrasser. Dans ce but, il voulait que le président autorise les siens à intervenir sur les sites qu'il fallait assainir. 'Quels sites ?' lui a demandé candidement Howard. 'Cela, Monsieur le Président, je ne peux malheureusement pas vous le dire.' 'Vous voudriez que je vous autorise à inspecter des sites sensibles sur le sol américain, sans me dire lesquels ?' Démosthène s'est montré intraitable : 'Si la moindre information était divulguée, l'opération échouerait. Ce que je vous demande n'est pas facile à accepter, j'en ai parfaitement conscience. Mais si l'on veut mettre fin aux risques d'anéantissement, c'est ainsi qu'on doit procéder, il n'y a pas d'autre voie.'

"Howard a consulté du regard tous ceux qui l'entouraient. L'un après l'autre, nous avons fait 'non' de la tête. Sans hésiter. Il n'était pas question de donner à ces gens carte blanche pour fouiller nos installations comme bon leur semble. 'Je dois malheureusement répondre négativement à cette demande', a conclu le président, avec autant de politesse que de fermeté. 'Je suis sûr que vous auriez fait la même chose si vous étiez dans ma position.'

"Dix secondes plus tard, on a frappé à la porte. Un membre des services de sécurité est venu nous apprendre que toutes les communications étaient à nouveau coupées. Howard s'est aussitôt levé, en prenant péniblement appui sur les bras de son fauteuil. 'Je refuse de poursuivre ces pourparlers sous la contrainte.' L'autre lui a répondu : 'Je vous comprends, Monsieur le Président. Suspendons ces conversations et donnons-nous le temps de réfléchir à tête reposée.' 'Vous cherchez à nous humilier', a constaté Howard, et sa tristesse n'était pas feinte. 'Vous multipliez les menaces, les étalages de force, vous semblez tout-puissants. Dans ce cas, pourquoi avez-vous besoin de conclure un accord avec nous ? Ce que vous voulez faire, faites-le, et qu'on n'en parle plus !'

"L'émissaire s'est ménagé quelques secondes avant de répondre. 'Il est possible, en effet, que nous soyons contraints d'agir sans votre consentement. Pour ma part, je le déplorerais. J'avais pensé que nous pourrions établir des rapports de confiance mutuelle. La plupart de mes amis ne pensent pas comme moi. Ils ont des préjugés tenaces contre vous, et contre toutes les nations de la terre. Lorsqu'ils évoquent votre parcours, ils ne voient que rapacité, voracité, et pulsions meurtrières ; ils vous croient incapables de faire usage de votre puissance pour autre chose que la domination et l'asservissement ; ils n'accordent aucun crédit aux principes que vous proclamez, ni aux engagements que vous prenez. Quant à moi, je leur apparais comme un naïf, facile à abuser. Si vous me dites qu'aucun arrangement n'est possible, je me retirerai sur-le-champ, et vous n'aurez plus jamais à traiter avec le négociateur inexpérimenté et malhabile que je suis.'

"Il avait parlé poliment, sans hausser le ton, mais c'était un réquisitoire en règle, doublé d'un ultimatum. Ensuite, il s'est levé, il s'est dirigé vers la porte, et Howard a fait le geste de le retenir en lui murmurant d'une voix lasse mais radoucie : 'Reprenez votre place, mon ami, nous sommes condamnés à nous entendre.'

"Démosthène s'est approché du président, et il a posé la main sur son épaule. 'Je suis heureux que vous me parliez ainsi. Et je veux continuer à croire qu'une entente est possible. Mais à cette heure-ci, nous sommes tous épuisés, et à bout de nerfs. Laissons passer cette nuit, et retrouvons-nous demain matin.' Même s'il bouillonnait de l'intérieur, Howard a gardé son sang-froid. Il a même eu l'idée de proposer au négociateur l'hospitalité d'une chambre à la Maison-Blanche. Nous étions tous persuadés que l'autre allait décliner l'offre. Mais il l'a acceptée, se disant flatté et honoré. De fait, il a été traité comme un chef d'État. On l'a installé dans la chambre Lincoln, et l'on a assigné trois personnes à son service. Ce personnage a donc passé la nuit dans nos murs. Tu noteras que je n'ai pas dit 'dormi', vu que je ne sais pas si ces gens-là ont encore besoin de dormir comme nous..."

Une autre scène mémorable s'est déroulée samedi après-midi, m'a dit Moro.

"Howard s'était senti mal pendant la nuit. Son médecin, le docteur Abel, était en permanence auprès de lui. Et politiquement ça n'allait pas bien non plus. Nous avions su garder la tête haute, mais nous n'avions aucune stratégie de rechange. Ces gens-là n'allaient sûrement pas renoncer à 'l'assainissement intégral', qui était manifestement la raison première de leur intervention. Nous n'avions aucun moyen de les dissuader. Howard en plaisantait avec amertume : 'Je ne suis plus commandant en chef que sur le papier. Je ne pourrais même pas faire décoller un seul de nos bombardiers, ni lui désigner une cible à attaquer. Mieux vaut donc croire aux protestations d'amitié que ces gens nous prodiguent. Et puisqu'ils préfèrent agir avec notre assentiment, essayons d'obtenir quelques concessions. Qu'ils s'engagent, par exemple, à ne pas inspecter certains lieux emblématiques, comme la Maison-Blanche, le Capitole, le Pentagone, le Département d'État, le siège de la CIA, ou bien celui du FBI...'

"Nous avons établi une longue liste, et Démosthène l'a acceptée telle quelle. Avec un geste théâtral, il l'a paraphée, puis il s'est levé pour la présenter solennellement au président, en lui serrant la main. 'Nous avons besoin de vous, Monsieur le Président, bien plus que vous ne pourriez l'imaginer. Pour que tout se passe sans heurts, pour que la suspicion et le ressentiment ne s'installent pas entre les vôtres et les nôtres, il faut que vous disiez à vos militaires, à vos fonctionnaires civils, à vos savants, à tous vos concitoyens, et au reste du monde, que cet assainissement préservera l'avenir pour eux et pour leurs enfants. Ayez confiance, et donnez-leur confiance ! Nous comptons énormément sur vous, Monsieur le Président, nous avons besoin de votre soutien clair et inconditionnel.'

"Howard était relativement rassuré par cette déclaration. Dans les circonstances présentes, c'était le mieux qu'on pouvait obtenir. Il hochait la tête à chaque phrase en signe d'approbation. C'est dire s'il a été furieux quand son vice-président, Gary Boulder, qui n'avait pas dit un mot depuis trois jours, a jugé habile de demander à l'émissaire : 'Et en échange, qu'est-ce que vous nous donnerez ?' 'En échange de quoi ?' a rétorqué Démosthène, adoptant soudain un ton cinglant. 'Nous vous retirons le poison du corps, et vous voudriez que nous vous donnions quelque chose en échange ?' Puis il s'est tourné vers Howard, et il a ajouté, de nouveau serein, et quelque peu théâtral : 'Cela dit, lorsque le moment sera venu de nous dire adieu, Monsieur le Président, je vous ferai un cadeau symbolique pour vous remercier de votre hospitalité : je vous guérirai.'

"Un silence d'enterrement, dans le Bureau ovale ! Oui, d'enterrement, alors qu'on avait parlé de redonner la vie. Howard était encore plus blême qu'avant, si la chose est possible. Il a balbutié, d'une voix à peine audible : 'Je ne veux rien pour moi-même...' L'autre lui a répondu : 'En vous annonçant cela, je ne parlais plus dans le cadre de nos pourparlers. C'était seulement un geste d'amitié, Howard. Vous permettez que je vous appelle Howard ? Je me suis invité chez vous pendant ces deux jours, et je tiens à ce que vous ne gardiez pas de moi un trop mauvais souvenir. Je sais, comme tout le monde, que votre maladie est en phase terminale et que vos médecins n'y peuvent plus rien ; les nôtres vous guériront en une matinée.'

"Loin d'être réconforté par une telle promesse, Howard semblait dévasté. 'Sachez… Sachez que ce que vous venez de dire ne pèsera en rien sur les décisions que je prendrai en tant que président des États-Unis !' Nous étions tous extrêmement embarrassés, cependant que l'autre renchérissait encore : 'Vous êtes le chef d'une grande nation, et c'est à ce titre que nous nous sommes adressés à vous. Mais vous avez eu hier la gentillesse de m'appeler votre ami, et c'est l'ami qui vous offre la guérison, Howard. Quelles que soient, par ailleurs, les décisions que vous prendrez sur la question des inspections que nous proposons d'entreprendre.'

"Démosthène nous a alors salués d'un geste de la tête. 'Je crois que nous nous sommes tout dit. Je vais me retirer à présent dans ma chambre, si vous m'y autorisez, pour vous laisser délibérer. Je suppose que vous aimeriez vous adresser à vos compatriotes, Monsieur le Président, pour les informer de ce que vous aurez décidé. Dès que votre discours sera prêt, mes amis rétabliront les ondes, pour que le monde entier puisse vous écouter.' Puis il a ajouté : 'Une dernière chose : me permettriez-vous d'aller présenter mes hommages à la Première dame ? Elle doit penser que je suis un vrai mufle d'avoir passé tout ce temps dans sa maison sans l'en avoir remerciée.'

“Quand le plénipotentiaire est sorti, le président a jugé nécessaire d’affirmer, d’une voix toujours aussi tremblante : ‘Si ce personnage cherche à m’influencer avec sa promesse de me guérir, je veux que vous sachiez que cet élément ne pèsera en rien sur mes décisions.’ Nous avons tous hoché la tête poliment, respectueusement. Et avec, bien entendu, la plus parfaite insincérité. Nous avons échangé des regards en coin, des sourires masqués. Nous venions soudain de comprendre, en un éclair, pourquoi le plénipotentiaire tenait tellement à revoir l’épouse du président.”

N’étant pas certain que j’avais compris moi aussi, mon ami jugea utile de m’expliquer par une exclamation :

“Essaie juste d’imaginer les sentiments de Cynthia Milton lorsque l’émissaire lui aura annoncé qu’il pourrait guérir Howard de son cancer !”

“Et tu penses vraiment que ces gens-là pourraient le faire ?”

“Démosthène semblait sûr de son fait, et j’ai plutôt tendance à le croire. Ses amis ont déjà montré de quoi ils étaient capables, et je ne pense pas qu’il ait pu mentir ou se vanter.”

Je fis une pause avant de dire, avec un certain émerveillement :

“Si l’on met de côté l’aspect politique, pour ton ami, en tant que personne, c’est inespéré, non ?”

“C’est inespéré, bien sûr, mais c’est également effrayant. Les implications sont gigantesques. Proprement dévastatrices. Tu n’imagines même pas !”

Jeudi 18 novembre

Ce matin, de bonne heure, des visiteurs ont frappé à ma porte, venus de Port-Atlantique. Je n'étais pas habillé ni rasé, je les ai reçus en robe de chambre. Ils étaient trois, on ne peut plus dissemblables, mais ils formaient délégation.

Il y avait le vieil Antonin, dont j'ai déjà parlé, brièvement, et que je rencontre souvent à *La cap-hornière*. Je n'ai jamais eu de longues conversations avec lui, il a d'ailleurs un peu tendance à causer par monosyllabes ; mais chaque fois que je vais au bistrot, c'est à côté de lui que je m'assieds, il ne me viendrait pas à l'esprit de faire autrement. Parce qu'il fut le premier à offrir un verre, jadis, à l'étranger que j'étais.

L'accompagnait sa petite-fille, prénommée Gabrielle, dix-neuf ans tout au plus, belle et ne paraissant guère s'en apercevoir, timide mais au regard décidé. À l'évidence, c'est elle qui avait entraîné son grand-père chez moi.

Était également du voyage ce jeune marin mal rasé qui m'avait abordé samedi à Port-Atlantique pour me parler d'Agamemnon. Il n'était pas mieux rasé ce matin, mais moi non plus je ne l'étais pas. J'ai appris au cours de notre conversation qu'il était le petit-neveu d'Antonin, et que son surnom usuel était "Bouc", prononciation locale de "boucle" – sans doute en référence à l'anneau en forme d'ancre qu'il porte à son oreille gauche. C'est à lui qu'appartient la camionnette qui les a conduits jusqu'à mon île. Audacieuse équipée ! Depuis des lustres, aucun véhicule de cette dimension n'avait traversé le Gouay.

Le vieil homme invita sa petite-fille à m'exposer la raison de leur visite ; ce qu'elle fit avec tellement d'émotion dans la voix que ses propos en devenaient confus. J'ai tout de même pu comprendre d'elle que son fiancé, un sous-lieutenant de la base de Fort-Chiron prénommé Erwan, l'avait appelée hier pour lui dire qu'il ne pourrait plus la retrouver en fin de semaine comme il l'avait promis ; tous les militaires venaient d'être consignés parce qu'on avait intercepté une embarcation suspecte rôdant à proximité des installations, et appréhendé l'homme qui se trouvait à bord. De qui s'agissait-il ? Du passeur ! Le dénommé Bouc me l'a annoncé sur un ton quasiment triomphant, en me scrutant ostensiblement le visage pour voir ma réaction. Je me suis efforcé de n'en avoir aucune.

Dans la soirée, Gabrielle apprit par des marins-pêcheurs qu'une bagarre avait éclaté sur la base, et que plusieurs militaires avaient été blessés. Elle essaya de rappeler son fiancé, à plusieurs reprises, sans obtenir de réponse.

"Tu dois faire quelque chose", me dit Bouc. "Le passeur est ton ami, non ?"

“Je le connais, bien sûr, comme nous le connaissons tous.”

“Avec moi”, insista le jeune homme, “ça n’a jamais été que ‘bonjour’, ‘bonsoir’. Toi, il t’a dit des choses.”

Le ton était accusateur. Antonin ne l’apprécia pas. Il prit ma main dans la sienne, d’un geste fermement protecteur. Et sa bouche édentée devint soudain éloquente.

“Alexandre, je le connais depuis douze ans, et j’ai même connu son père il y a soixante ans, pas vrai ?”

Je hochai la tête.

“Tu viens du Canada, et tes ancêtres étaient d’ici, de l’archipel, pas vrai ?”

Je confirmai encore.

Alors le vieux marin, qui avait jusque-là le regard fixé sur son bouillant neveu pour lui imposer respect, se tourna vers moi.

“Mais l’autre”, me dit-il, “le passeur, nous ne savons pas d’où il vient. Si tu le sais, dis-nous !”

Je ne savais quoi dire. Si Agamemnon était avec nous, je pense qu’il n’aurait pas dissimulé son identité ; d’ailleurs, il ne m’a jamais recommandé de garder le secret. Pourtant, j’aurais eu le sentiment de le dénoncer si j’avais révélé à mes visiteurs, sur le ton de la confidence, ce que je savais de lui.

Antonin insista :

“Tu crois que le passeur est l’un de ces gens-là ?”

Pouvais-je encore louvoyer ? Mon silence et mon évidente perplexité m’avaient déjà trahi. Je crus bon de répondre :

“Plus rien ne m’étonne, ces derniers temps !”

Ma phrase, pourtant très vague, fut entendue par mes trois visiteurs comme un "oui" clair et net. Je les vis échanger des regards sombres. J'étais mal à l'aise, je me reprochais de n'avoir pas trouvé une formulation plus dubitative. Mais je me suis bien gardé d'ajouter le moindre mot, de peur de m'enfoncer.

Après quelques secondes d'épais silence, Antonin observa avec gravité :

"On le soupçonnait, mais on n'était pas sûr."

Gabrielle était blême. Elle avait à la fois des frayeurs d'enfant et des terreurs de femme aimante.

"Tu penses qu'il va leur faire du mal, aux militaires ?" balbutia-t-elle.

Que lui répondre ? N'est-elle pas étrange, la situation où nous nous trouvons ? Un homme seul accoste près d'une base navale, il est appréhendé, on le met probablement en joue, on lui passe les menottes, on l'enferme dans quelque cellule en béton épais pour le "cuisiner". Et nous, qui sommes réunis ici, quelle question nous posons-nous ? Non pas : que vont-ils faire de lui ? Mais : est-ce qu'il va leur faire du mal ? Lui, le prisonnier, faire du mal à ces dizaines de militaires en armes qui l'entourent ? Et le plus drôle, si j'ose dire, c'est que nous nous posons la question sans sourciller, comme si elle allait de soi. En très peu de jours, nous nous sommes accoutumés à cette aberration, elle fait déjà partie des réalités ordinaires.

Surmontant ma perplexité, je m'employai à rassurer ma belle visiteuse.

"Je ne crois pas que ton fiancé soit en danger. Je ne connais pas suffisamment le passeur pour deviner les réactions qu'il a pu avoir face à ceux qui l'ont intercepté.

Mais ce n'est certainement pas un homme brutal, bien au contraire. Il ne ferait rien qui puisse nuire aux habitants de l'archipel. Je suis persuadé qu'Erwan ne risque rien, et qu'il te rappellera dès qu'il le pourra."

Cette fois, je n'étais pas mécontent de mes propos. J'avais un peu réhabilité mon ami, j'avais rassuré Gabrielle, tout en disant très exactement ce que je pensais.

Pour avoir souvent devisé avec Agamemnon, notamment ces derniers jours, j'ai du mal à imaginer que lui-même ou les siens puissent se montrer pervers, ou sanguinaires ; je suis plutôt enclin à les croire moins brutaux que nous, plus fiables, et plus respectueux du sort des faibles. Le vrai problème, à mes yeux, c'est que ces gens sont tellement puissants que je ne puis m'empêcher de les redouter quelles que soient leurs intentions à notre égard.

Une comparaison me vient à l'esprit pour illustrer ce que je viens d'écrire. Lorsque je me promène la nuit dans les sentiers d'Antioche, j'entends parfois le crissement des coques d'escargot que mes souliers démolissent. Je suis une âme sensible, je trouve ces bestioles attendrissantes, et jamais je n'écraserais délibérément l'une d'elles. Hélas, mes bonnes dispositions ne suffisent pas à sauver celles qui se trouvent sur mon chemin. Mes innocentes promenades nocturnes sont pour les escargots des expéditions meurtrières, mes chaussures inoffensives deviennent des instruments de mort. Voilà ce qui arrive lorsqu'un être fragile se trouve sur le chemin d'un être trop puissant pour lui.

Cette réflexion désabusée, je me gardai bien d'en faire part à la douce Gabrielle et à ceux qui l'accompagnaient.

Je me contentai de leur dire qu'à ma connaissance les amis du passeur n'ont commis jusqu'ici aucun crime, n'ont perpétré aucun massacre. Pourtant, s'ils l'avaient voulu, nous aurions été bien incapables de les en empêcher.

La jeune femme parut apaisée, ce qui me valut, de la part d'Antonin, un clin d'œil de gratitude. Brave homme ! Dans sa manière de guetter les moindres frémissements de sa petite-fille, il y avait une telle tendresse ! Et je me suis souvenu, en les contemplant l'un et l'autre, de choses qu'on m'avait racontées à Port-Atlantique. Ce n'est peut-être pas le moment d'en parler, mais l'histoire m'avait ému, et je vais prendre le temps d'une brève digression.

*

Antonin ne s'entendait pas avec sa femme, et ils avaient décidé de se séparer – la chose remonte à une cinquantaine d'années. Ils avaient alors deux enfants en bas âge, deux garçons. Plutôt que de s'engager dans d'interminables disputes, l'homme crut judicieux de laisser à son épouse la maison et tout ce qu'il possédait. Selon la légende locale, il n'emporta rien d'autre que les habits qu'il avait sur lui. Sa vie se passa ensuite de bateau en bateau, de pêche en pêche, il évitait autant que possible de repasser par l'archipel, et il ne remettait jamais les pieds dans la maison qui fut la sienne. Son ex-femme s'était remariée, et les enfants considéraient le nouveau mari comme leur père.

Antonin s'était-il montré pusillanime, irresponsable, inconséquent ? Avait-il été, au contraire, trop magnanime ? Avait-il sacrifié sa femme et ses enfants pour demeurer libre, ou bien s'était-il sacrifié lui-même pour ne pas leur gâcher l'existence ? Toujours est-il qu'il n'est revenu vivre à Port-Atlantique qu'à la soixantaine passée. Pour ses propres enfants, il était devenu un étranger. Et même moins qu'un étranger, vu que sur l'archipel, lorsqu'on croise un étranger, on le salue de la tête ; lui, ses enfants ne regardaient même plus dans sa direction.

Il s'était construit de ses propres mains une modeste cabane en bord de mer, et il partageait son temps entre la pêche – pour ne pas changer ! – et *La cap-hornière*. Au bistrot, il avait des amis, il trinquait avec eux, il tapait la carte, il a toujours été un convive très entouré. Mais il regardait souvent par la fenêtre, et s'il voyait passer l'un de ses fils, ou l'un de ses six ou sept petits-enfants, il devenait taciturne, ce n'était plus la peine de lui adresser la parole avant le lendemain.

Jusqu'à ce fameux jour, il y a deux ans, où Gabrielle entra en scène. Antonin était debout sur la place, à bavarder avec quelques compagnons à la porte du bar avant de rejoindre "son poste", lorsque sa petite-fille fit irruption, venant de Dieu sait où, et s'avança droit vers lui. Elle marchait d'un pas décidé, le regard haut, la mâchoire serrée, comme pour faire un esclandre. Ni Antonin ni aucun des témoins de la scène ne comprenait ce qui se passait. Dans la rue, plus personne ne bougeait, on ne parlait plus que par gestes, on retenait ses exclamations.

Gabrielle ouvrit les bras, puis les referma sur le vieil homme. Elle se colla longuement contre lui en laissant ses cheveux couler sur son épaule. Le vieux marin n'esquissa aucun geste, même pas pour la prendre à son tour dans ses bras. Il avait le corps comme tétanisé et les yeux aveuglés par les larmes. Il ne savait plus s'il était sur la terre ferme ou sur un bateau qui tanguait au large des Açores.

Son fils, le père de Gabrielle, qui se trouvait dans les parages, se dirigea aussitôt vers sa fille, décidé à séparer les deux corps enlacés – étrange scène d'amour, d'insoumission, de trahison ou de fidélité. Seulement, arrivé tout près, et accueilli par la petite foule avec des réprimandes et des huées, l'homme s'arrêta dans son élan. Se trouvant soudain ridicule, il finit par s'éloigner en maugréant. Dix jours plus tard, son frère et lui, en habits du dimanche, s'en furent voir leur père dans sa cabane… Gabrielle les avait tous forcés à se réconcilier.

Depuis, on l'imagine bien, elle occupe une place à part, non seulement dans le cœur d'Antonin, qui l'idolâtre, mais pour tous les gens de l'archipel, qui lui accordent bien plus de considération qu'aux jeunes de son âge.

C'était très certainement elle, je l'ai dit, qui avait pris l'initiative de cette "expédition" chez moi, à Antioche. Ce fut elle, également, qui donna le signal du départ en se mettant debout.

Je prie le Ciel pour qu'elle retrouve son amoureux sain et sauf, et pour que le passeur n'ait rien fait qui contredise la haute idée que j'ai encore de lui.

Vendredi 19 novembre

Ce matin, pour tromper l'angoisse qui montait en moi, j'ai décidé à mon réveil de n'allumer aucune radio, de ne toucher ni au téléphone ni à l'ordinateur, et de m'installer tout de suite à ma table de travail pour dessiner, comme si le reste du monde était une planète inaccessible – je ne connais pas de meilleure thérapie.

De fait, à mesure que je traçais des lignes sinueuses avec mon encre de Chine, ma sérénité revenait. Je réussis de la sorte à faire refluer toutes mes frayeurs dans un angle mort. Et à me retrouver dans ma bulle, si j'ose dire, sans autre compagnon que mon personnage fétiche, "Groom, le globe-trotter immobile". J'ai même imaginé aujourd'hui pour lui trois nouveaux épisodes.

J'étais à ma table depuis des heures lorsque le passeur fit irruption chez moi. Dehors, le ciel était gris sombre et la pluie ne s'était pas encore arrêtée. Il entra sans bruit, je ne me rendis compte de sa présence qu'en voyant son visage se refléter dans une vitre que l'obscurité précoce avait muée en miroir. Il se tenait là, debout, immobile et muet. Je mis quelques longues secondes avant de me tourner vers lui. Secondes qui disaient ma réprobation et ma perplexité.

Jusqu'à présent, je l'avais toujours reçu avec chaleur. Le personnage est attachant. Courtois, réfléchi, discret, cultivé, subtil, de compagnie agréable – je pourrais aligner mille adjectifs flatteurs. Ma sympathie pour lui ne s'était nullement estompée depuis l'irruption de ses "compatriotes" dans ce monde que nous croyions nôtre. Du seul fait de sa présence sur l'archipel, Agamemnon représentait pour moi une porte d'accès à un univers inconnu pour lequel il était mon seul guide. Et même si, jusqu'ici, ladite "porte" a été à peine entrouverte, je l'estimais prometteuse, et j'appréciais qu'elle fût si proche. Mais, depuis hier, je ne pouvais plus conserver envers lui la même attitude. J'avais l'impression d'introduire chez moi un agent ennemi.

Je ne fis aucun effort pour dissimuler mon embarras, bien au contraire. Je voulais qu'il s'en rende compte, et cette franchise était encore une manifestation d'amitié, et d'un reste de confiance. Cela dit, je ne me suis pas montré agressif, ni grossier. Je n'ai jamais su chasser un homme de ma maison, et aujourd'hui encore, j'ai été incapable de ne pas saisir la main que le passeur me tendait ; je l'ai juste serrée plus mollement que d'habitude, et mon sourire d'accueil fut bref.

"Il est un peu tard, pour une visite", s'excusa-t-il.

Je demeurai silencieux.

“Tu travaillais, apparemment. Je t’ai interrompu…”

Pour toute réponse, je quittai ma chaise pivotante pour aller me mettre dans un fauteuil, au séjour. Il vint s’asseoir en face de moi. Je n’avais toujours pas dit le moindre mot. Je regardais tantôt le sol, tantôt le plafond. Quelques lourdes secondes s’écoulèrent. Il se redressa dans son siège, comme s’il s’apprêtait déjà à partir.

“On dirait que je ne suis plus le bienvenu dans ta maison.”

Je finis par lui dire, avec un soupir de lassitude :

“Je ne tourne jamais le dos à un ami. Mais la personne dont on m’a rapporté hier les faits d’armes ne ressemble pas beaucoup à l’ami que j’ai connu.”

“Tu condamnes un ami avant d’avoir écouté sa défense ?”

“Vas-y ! Explique-moi ! Je t’écoute.”

Et je croisai les bras.

Il prit un cigarillo sur la table basse, en sollicitant, d’un regard humble, ma permission. Je me promis de ne pas faiblir, et lui répétai :

“Je t’écoute.”

Il souffla sa fumée vers la droite, ensuite vers la gauche, comme par une sorte de rituel. Puis il entreprit de me donner sa version de ce qui s’était passé à Fort-Chiron.

“Mercredi matin, trois militaires se sont présentés chez moi. Ils m’ont dit que le commandant de la base voulait me parler, et qu’il ne parvenait pas à me joindre au téléphone. Est-ce que je pouvais les accompagner chez lui ? J’ai dit oui, bien sûr. Je connais bien le contre-amiral Berthelot, nous nous sommes rencontrés plusieurs fois, et il m'est déjà arrivé de lui rendre visite. Je suis donc parti avec eux, sans me méfier. Ils étaient venus dans un canot à moteur ; je les ai suivis avec le mien. L'un d'eux est même monté près de moi. Selon les rumeurs qui ont été propagées depuis, mon canot aurait été appréhendé alors qu'il rôdait de manière suspecte aux alentours de la zone militaire. C'est bien ce qu'on t'a raconté, n'est-ce pas ?"

"Oui, c'est bien ça", admis-je. Mais en reprenant aussitôt, d'un ton neutre : "Que voulait le commandant ?"

"Je ne l'ai pas vu. Quand on a accosté, ces hommes m'ont demandé de les accompagner. Ils m'ont emmené dans une pièce aux murs nus, ils m'ont fait asseoir sur une chaise métallique, puis ils sont partis en refermant la porte de l'extérieur avec un loquet. Ils sont revenus quelques minutes plus tard. J'ai exigé de parler à Berthelot ; ils ont prétendu qu'il avait dû s'absenter, et qu'il leur avait ordonné de me garder là en attendant qu'il revienne. Je leur ai dit que cela m'étonnait beaucoup, vu que leur supérieur m'avait toujours traité comme un ami. J'ai ajouté que je préférais rentrer chez moi, et revenir le voir plus tard. Il y avait parmi eux un gradé plus âgé que les autres, et qui semblait avoir de l'ascendant sur eux. Il m'a dit, avec une parfaite mauvaise foi : 'Vous êtes entré de manière illégale dans le périmètre d'une base militaire. Vous ne repartirez pas d'ici avant de nous avoir avoué ce que vous étiez venu faire.' J'ai répondu patiemment que je n'avais rien fait d'illégal, et que j'étais venu à la demande de ses collègues. Bien entendu, je ne lui apprenais rien, mais il fallait que je le dise. Manifestement, ces jeunes gens voulaient savoir des choses sur ce qui se passait dans le reste du monde, mais au lieu de poser les questions comme toi, de manière civilisée, ils avaient choisi la manière forte."

Il sourit du parallèle, et moi aussi j'en souris. N'ayant aucune raison de mettre en doute la véracité de ce qu'il m'avait relaté jusque-là, j'étais un peu mieux disposé à son égard. Mais il n'en était pas encore arrivé à l'aspect qui m'inquiétait le plus. Je suis donc resté muet pour le laisser reprendre son récit.

"Ils m'ont soumis à un interrogatoire en règle : qui j'étais, d'où je venais, comment j'avais obtenu mon poste de passeur, et au service de qui j'étais *réellement*. Si je tenais à sortir de là 'sur mes deux jambes', je serais bien inspiré de 'tout avouer'. Ils voulaient me faire dire que j'étais au service d'une puissance rivale. Ils avaient l'air de croire que tout ce qui arrive depuis la semaine dernière n'est qu'une machination des Américains, ou des Russes, ou des Chinois, ou de Dieu sait qui. Je n'ai pas cherché à leur dessiller les yeux – la vérité se mérite, n'est-ce pas ? Je leur ai donc dit que je n'en savais pas plus qu'eux, qu'ils perdaient leur temps et me faisaient perdre le mien, et qu'ils feraient mieux de me laisser repartir tranquillement chez moi.

"Ils n'étaient pas contents. Ils m'ont obligé à me lever, et m'ont mis des menottes aux poignets, derrière le dos. J'ai senti qu'ils allaient devenir violents, et je n'avais pas l'intention de me laisser brutaliser. Alors je leur ai dit : 'Je ne suis pas Jésus de Nazareth !' Leur chef de file m'a demandé : 'Ça veut dire quoi ?' J'ai répondu sur le même ton : 'Ça veut dire que si vous me frappez sur la joue droite, ne vous attendez pas à ce que je vous tende la joue gauche.'

"Ils se sont tous regardés, ils ont eu un rire nerveux collectif. Puis le même individu s'est approché de moi, et il m'a assené à toute volée une gifle retentissante. Aussitôt, toutes les lumières de Fort-Chiron se sont éteintes, et les communications ont été coupées. Mes amis, qui suivaient chaque mot de la conversation, s'étaient préparés à agir au moindre signe de ma part, ou à la moindre alerte. Quand ils ont vu qu'on me maltraitait, ils sont intervenus pour me délivrer."

"Comment ?"

Agamemnon eut pour seule réponse :

"Comme ils savent le faire..."

Il sourit énigmatiquement, pour me signifier qu'il ne me dirait, sur cet aspect des choses, rien de plus. Mais cette fois, j'étais décidé à ne pas me satisfaire de ce qu'il consentait à me dire. J'avais encore à l'esprit la visite que m'ont rendue hier Gabrielle, son grand-père et son cousin. Je tenais donc à savoir dans les moindres détails ce qui s'était passé sur la base de Fort-Chiron. Alors j'ai répété, avec une froideur extrême, les propres mots d'Agamemnon :

"Comme ils savent le faire..."

Je ne dis rien de plus. Mais c'était suffisant pour que mon visiteur comprenne qu'il devait ménager un peu mieux mes légitimes susceptibilités.

"Si tu tiens à savoir, je te le dirai."

Il espérait peut-être que je me contenterais d'une victoire symbolique. Pas aujourd'hui.

"Oui, je tiens à savoir."

C'était sans ambiguïté. Et j'allumai aussitôt un cigarillo pour lui faire comprendre que je lui laissais la parole pour un certain temps.

"Message reçu." Il se racla la gorge. "Commençons par ce qui s'est passé hier chez les militaires. Tu veux sans doute savoir si les miens ont fait usage d'instruments ou de produits qui expliquent la présence de ce taux élevé de radioactivité dont les autorités locales nous rebattent les oreilles depuis deux jours. La réponse est : non, absolument pas."

Cela, je le savais par Moro, mais je ne lui ai pas dit que je le savais. J'ai juste acquiescé d'un signe de tête pour encourager Agamemnon à poursuivre.

"La technique utilisée par mes amis consiste à émettre un faisceau d'ondes – on pourrait le comparer à un projecteur puissant, à grande portée, mais dont la lumière serait invisible. Dirigé vers sa cible, il paralyse instantanément le système nerveux sans provoquer de dégâts permanents. C'est clair ?"

C'était effectivement clair, même si la technologie qui rend la chose possible m'est évidemment inconnue.

"Tu sais pourquoi tu as été détenu ? Et si d'autres que toi ont eu la même mésaventure ?"

"Ce qui m'est arrivé était apparemment un incident isolé, le fait de quelques têtes brûlées. Cela dit, il y a eu, partout dans le monde, des rumeurs, propagées de manière suspecte, selon lesquelles des taux massifs de radioactivité auraient été détectés. C'est faux, ici comme ailleurs, c'est complètement faux, et tout porte à croire qu'il s'agit d'une campagne de propagande visant à nous déconsidérer."

Cela aussi, je le savais par Moro, mais je feignis l'étonnement pour l'encourager à m'en dire davantage. De fait, le passeur m'a parlé, comme mon ami de Washington, d'une convergence, et peut-être même d'une concertation, entre tous ceux qui voulaient faire échouer ledit "assainissement".

Se pourrait-il que ce soit vrai ? Se pourrait-il que, pour une fois, toutes les nations de la planète aient oublié leurs rivalités, leurs méfiances séculaires, pour s'unir contre ces "suzerains" qui cherchent à les soumettre, et à les désarmer ? S'il en est ainsi, le drame qui se joue nous aura apporté, dans le malheur, une consolation. Mais de cela, je n'ai évidemment rien dit à Agamemnon, me contentant de lui rétorquer avec, je le confesse, un brin de mauvaise foi :

"Tu crois vraiment que des militaires et des civils appartenant à tous les pays du monde ont pu tremper tous ensemble dans un même complot ?"

"Je comprends que mon hypothèse te semble tirée par les cheveux. Mais réfléchis un instant avec moi ! Tant de dirigeants se sentent menacés par notre intervention ! Ils aimeraient démontrer que nous sommes moins compétents et moins efficaces que nous n'en avons l'air, que nous commettons des bavures et causons des dégâts. Ils rêvent de nous voir échouer, et de nous voir déguerpir au plus vite."

Je suis resté muré dans le silence. J'ai même résisté à la tentation de lui faire remarquer que les siens avaient eu recours à des tromperies similaires quand ils avaient invoqué le risque fallacieux d'un cataclysme nucléaire pour justifier leur intervention.

Nous nous sommes quittés, le passeur et moi, avec une poignée de main plus chaleureuse qu'à son arrivée. Ce dont j'étais ravi. Je ne suis jamais à mon aise dans l'adversité, même lorsque je suis persuadé d'être dans mon droit.

Ce qui était le cas aujourd'hui, il me semble. Lui et les siens nous accusent, et nous les accusons. Ils nous intoxiquent, nous les intoxiquons. Mais le parallèle est trompeur, puisque nous sommes les seuls à souffrir. Eux repartiront un jour prochain comme ils sont venus, du moins ils le promettent. Peut-être cette brève proximité avec les nôtres laissera-t-elle un poison dans leurs âmes ; leurs corps, en tout cas, devraient rester indemnes.

Ils nous ressemblent si peu, nos frères inattendus ! Ils nous ressemblent comme nous ressemblons aux hommes du paléolithique. Que seraient devenus ces malheureux ancêtres si nous avions fait irruption dans la grotte de Lascaux avec nos pelleteuses, nos lacrymogènes et nos projecteurs, pendant qu'ils dessinaient des bêtes sanguines sur les parois ? Ils nous auraient lancé quelques pierres, quelques imprécations, avant de périr asphyxiés. Et nous aurions décrété qu'ils avaient mérité leur sort, parce que leur grotte était insalubre et qu'ils se montraient cruels envers les animaux comme envers leurs semblables. *Mutatis mutandis*, c'est ce qui, aujourd'hui, nous arrive...

Maudits soient nos sauveurs !

Samedi 20 novembre

Ce midi, j'avais à la bouche un goût de cendre. Cette nuit, j'ai un goût de massepain et de fleur d'oranger. Mes frayeurs ne sont pas balayées pour autant, ni au sujet des habitants de cet archipel, ni pour le reste de l'humanité ; mais mon humeur est à l'insouciance. L'avenir est de toute façon porteur de mort, le passé aussi, seul l'instant présent porte la vie, comme un grain de raisin porte le soleil et l'ivresse.

Voilà que je me mets à écrire comme ma voisine romancière ! Je m'égare… Il faudrait que je m'en tienne strictement aux faits. Ils sont suffisamment dramatiques pour me dispenser de dramatiser ! Ils sont suffisamment spectaculaires pour me dispenser des effets de style, des métaphores fruitières, comme des fioritures !

Vers midi, donc, j'avais pris le chemin de Port-Atlantique, malgré les mises en garde de la mairie, afin d'effectuer des achats. Il fallait bien que j'amasse quelques provisions, tant en produits frais qu'en conserves, pour le cas où la situation continuerait à s'aggraver au cours des jours et des semaines à venir.

J'avais atteint le milieu du Gouay lorsque des éclats de voix parvinrent en bouquet jusqu'à moi. En ce lieu suspendu entre ciel et mer, où le plus modeste cycliste s'élève à la dignité de funambule, tous les bruits paraissent déplacés, hormis les rires des mouettes et la corne de brume. En m'approchant de l'autre rive, j'aperçus des bras levés, des têtes, des bâtons et des calicots. Je n'ai pas trop cherché à distinguer les mots peints en rouge, pour ne pas dévier de ma route. J'avais à l'idée que si je glissais sur les pavés et que je tombais à la mer, personne ne viendrait me secourir.

Combien étaient-ils à manifester ainsi ? Une soixantaine, tout au plus. Mais en ce mois de novembre, sur l'archipel, la clameur aidant, ils donnaient une impression de foule.

Leur cible était la maison du passeur. Je mentirais si je disais que la chose m'a surpris. Elle était dans l'air depuis qu'Agamemnon avait été appréhendé par les militaires de Fort-Chiron, et qu'il s'était libéré de la manière que l'on sait. Bien que je ne sois pour rien dans cet incident si étrange, je ne puis m'empêcher d'éprouver un pincement de culpabilité envers cet homme qui demeure pour moi un ami. Jamais je n'aurais dû confirmer à mes visiteurs d'avant-hier, même de manière indirecte, sa véritable identité !

Sans trop m'approcher, je me mis à observer ces gens qui s'appliquaient à démolir portes et vitres, qui saccageaient le potager, qui projetaient les meubles par les fenêtres pour s'attirer des applaudissements, qui brisaient les ampoules et arrachaient les fils électriques. À vrai dire, je les plaignais plus que je ne les blâmais. Nous vivons tous, depuis dix jours, une épreuve d'autant plus usante qu'elle demeure, pour l'essentiel, inintelligible. Et soudain, un coupable ! Non pas un vague suspect, mais un vrai coupable, un coupable avéré, l'un de “ces gens-là”, le seul que l'on ait jamais vu, le seul peut-être qu'on verra.

J'en étais à ce point de mes considérations indulgentes, lorsqu'un doute me traversa l'esprit. Je m'approchai d'une brave dame, badaude aux yeux gros, comme moi, pour vérifier – sait-on jamais ?

“Il était chez lui, le passeur ?”

“Non ! S'il était là, on lui aurait réglé son compte !”

C'est tout ce que je désirais savoir. Que je sois en délicatesse avec Agamemnon ne veut pas dire que je me désintéresse de son sort. Le sachant sain et sauf, je pouvais repartir tranquille. Mais, du coup, je n'avais plus envie d'aller au marché, j'avais hâte de rebrousser chemin, hâte de m'éloigner de cette foule et de toutes les foules, hâte de retrouver la sérénité de mon îlot minuscule, au-delà du Gouay.

J'hésitais cependant à m'éclipser tout de suite. Quelques personnes me fixaient depuis un moment avec insistance, et je ne voulais pas leur donner l'impression de m'enfuir. Pour paraître détendu, j'engageai la conversation avec mon voisin le plus proche, à propos de tout et de rien, alternant les sourires complices et les moues de vieux sage. Pendant ce temps, les vociférations étaient montées d'un ton. Les plus zélés parmi les manifestants venaient de mettre le feu à la malheureuse maison. En quelques secondes, elle avait flambé, comme si on l'avait arrosée d'essence. Une fumée noirâtre se répandait. Moi, je ne bougeais toujours pas. Fascination du feu ? Peur de me faire courser par quelques enragés qui m'auraient vu un jour en conversation avec "l'ennemi" ?

Chaque bouffée de cet air mélangé de cendre me faisait honte. Honte de ce spectacle dégradant. Honte d'être planté là, figurant apeuré, sans un geste de vraie sagesse ni de réprobation. Honte, aussi, de mes semblables. Je mesurais sans doute leur angoisse, je comprenais leur besoin d'exprimer leur désarroi ; mais cet acharnement mesquin sur une maison vide me dégoûtait.

Je finis par me décider à remonter sur ma bicyclette, pour m'engager sur le Gouay. Personne ne se donna la peine de me poursuivre.

*

À en croire ma radio habituelle, *Atlantic Wave*, les rumeurs alarmistes qui s'étaient répandues ces derniers jours seraient à présent confirmées : des incidents graves auraient effectivement éclaté dans plusieurs pays, sur divers sites en voie d'être "assainis", provoquant dégâts et victimes. La station estime que les événements en cours résultent d'une action délibérée de nos "tuteurs", qui chercheraient à se donner ainsi un prétexte pour prolonger et étendre ledit "assainissement". Sans doute n'est-ce pas là une nouvelle, à proprement parler ; plutôt une opinion. Mais dans la mesure où les auditeurs y croient, et agissent en conséquence, elle ne peut être écartée d'un haussement d'épaules. La désolante scène à laquelle j'ai assisté à une encablure de ma maison n'est qu'une des innombrables manifestations de rage qui se seraient déroulées depuis hier.

S'agissant de la zone maritime proche de l'archipel, la station affirme, en revanche, que les taux de radioactivité sont "revenus à la normale", ce qui est une manière de rectifier le tir sans avouer qu'on s'était trompé. Mais elle ajoute que de nombreux cas de "paralysie atypique" ont été observés parmi les militaires de Fort-Chiron. Ces deux informations vont dans le sens de ce que m'ont dit à la fois Moro et Agamemnon. Je peux donc les considérer comme exactes.

Cependant, je reste méfiant, et inquiet. Le passeur m'avait dit que le "faisceau d'ondes" auquel ses amis avaient eu recours pour mettre leurs adversaires provisoirement hors d'état de nuire ne laissait pas de séquelles "irréversibles". J'en avais été rassuré, mais à présent je me demande si cette paralysie, pour "réversible" qu'elle soit, ne sera pas durable. La prochaine fois que je le verrai, je lui demanderai d'être plus précis. Encore faut-il qu'il demeure dans les parages, malgré la destruction de sa maison…

*

Ces développements sont pour le moins préoccupants, n'est-ce pas ? D'où me vient alors cette insouciance dont je parlais tantôt ? Sans doute du champagne dont j'ai bu ce soir maintes coupes et qui fait des bulles dans mes phrases ; ainsi que des rires de la personne avec laquelle je l'ai bu.

Jamais Ève n'avait été aussi joviale. Mon étonnante voisine vit à rebours, exubérante lorsque notre monde s'affaisse et qu'il semble proche de l'anéantissement, elle redeviendrait, j'en suis sûr, taciturne et boudeuse si la bonne vie d'avant reprenait son cours. Nos prétendus sauveurs, elle doit être la seule encore à ne pas les maudire. Et les accidents dont on les accuse ? Et les malheureux militaires qu'ils ont paralysés ? Elle hausse les épaules.

Il est vrai qu'elle a eu raison au sujet du prétendu "nuage radioactif". Pour ma part, j'avais eu un moment de frayeur, je m'étais retranché sous mon toit, et j'avais consciencieusement avalé mes comprimés d'iode, jusqu'à ce que Moro puis Agamemnon me dessillent les yeux ; ma voisine, en revanche, a traité la prétendue "contamination" avec dédain. C'est à peine si elle se rappelle qu'un "cycliste déguisé en gendarme" est passé chez elle il y a quelques jours, et qu'il a frappé à sa porte. Elle n'a même pas pris la peine de lui ouvrir. Elle me jure en riant qu'elle lui a juste crié, d'une fenêtre à l'étage : "Je ne peux pas descendre, je suis en train d'écrire !"

Je la crois volontiers, car c'est cela, pour elle, la seule nouvelle ayant quelque importance ces derniers jours.

"Jeudi, je me suis levée tôt, et je me suis mise à écrire. Hier, j'ai continué, et ce matin aussi. J'ai déjà écrit cinquante pages. Cela faisait douze ans que je n'avais pas écrit trois pages d'affilée. Il aura fallu ce choc, cette rencontre. J'ai retrouvé ma route, j'ai retrouvé mes repères, j'ai retrouvé mes sens…"

"J'imagine que ton roman parle des amis d'Empédocle…"

"C'est grâce à eux que j'ai recommencé à vivre. J'étais emmurée, et maintenant je suis libre. J'ai envie de bondir ! J'ai envie de crier ! J'ai envie qu'on me verse du champagne et que la mousse déborde ! J'ai envie qu'on m'embrasse !"

Elle ne s'adressait qu'à "on", personnage notoirement indéterminé. Mais je ne pouvais ignorer le fait que ledit "on", dans la circonstance présente, ne pouvait être que moi.

Laquelle des envies d'Ève devais-je satisfaire en premier ? Le baiser ? Le champagne ? Je me levai d'un bond pour camoufler mes cinq secondes d'hésitation. Je m'en fus rapporter de la cuisine une bouteille fraîche, dont le bouchon partit se nicher dans les cendres de la cheminée. Je sortis d'un placard deux coupes en cristal ciselé. Je remplis chacune d'elles en trois adroites versées. Ma voisine était assise dans son fauteuil, les pieds ramenés sous elle comme à son habitude. Je me penchai par-dessus son épaule, je posai mes lèvres sur les siennes, le temps d'une respiration, avant de reprendre ma place de l'autre côté de la pièce.

Elle attendit que je me sois enfoncé dans mon siège pour dire, les yeux fermés :

"Non ! Mieux que ça !"

Je me redressai, je posai ma coupe sur la table près de la sienne, je m'assis sur le bras large de son fauteuil recouvert de velours côtelé, puis je murmurai à son oreille : “Voisine !” comme si c’était un mot doux.

Il y avait trop de lumières dans la maison, j’en fis le tour pour les éteindre toutes, ne laissant d’autre clarté que celle de la cheminée, sans flammes mais rougeoyante, et qui donnait à la peau d’Ève des reflets. Nous n’avions pas hâte de nous presser l’un contre l’autre corps à corps, nous voulions d’abord murmurer lentement, chaudement, tout bas, tout près des yeux, en entremêlant nos doigts. Je sirotais sa voix, son souffle, ses rires assagis, ses bras abandonnés. Je lissais ses habits de ma paume aplatie comme s’ils étaient une chevelure rebelle. Son cœur battait dans le creux de ma main.

De temps à autre repassaient dans ma tête les mêmes réticences, les mêmes interrogations sur le raisonnable, le déraisonnable, l’éphémère, le durable, l’après. Mais j’étais au-delà, je n’avais plus le corps à entendre, j’avais la tête en feu et nulle envie de troquer l’instant présent contre des idées sages.

Quand le fauteuil cessa d’être confortable, je me mis debout et pris sur la table la bouteille et les coupes. Ève se contenta de marcher derrière moi, pieds nus, en s’accrochant des mains à ma ceinture. En apparence, c’est moi qui l’entraînais, mais c’est elle qui conduisait l’attelage. D’abord vers l’escalier, puis vers sa chambre, où elle me laissa poser sur un dressoir toute la cristallerie que je portais, avant de me projeter sur le lit.

Il y avait dans sa poussée l’impatience du désir, mais aussi la rage du triomphe. Je lui avais résisté l’autre soir, j’avais fait semblant de ne pas comprendre ses allusions ; ce soir, ce n'étaient pas des allusions, c'était une demande impérative, et le mâle a galamment cédé. Peut-être le regretterai-je demain, aujourd'hui je ne le regrette pas. J'ai volé quelques heures au néant, je me suis agrippé au corps nu de ma complice comme on s'agrippe à la vie, et je me suis vaillamment essoufflé.

Après, elle s'est endormie, la tête sur mon épaule. Moi, je ne trouvais pas le sommeil, et je ne le cherchais même pas. Le champagne et l'amour ont toujours produit sur moi le même effet que la caféine. Éveillé, donc, avec des idées plein la tête, avec une grande envie de dessiner et d'écrire, mais je me gardai bien de bouger. À aucun prix je ne voulais réveiller ma voisine – que ce mot peut être doux et intime quand il est murmuré de si près ; et en anglais, il acquiert un sens évangélique, biblique. *Love thy neighbour !* Aime ton prochain, ton voisin, ta voisine…

Je disais donc que j'avais scrupule à réveiller ma voisine. D'autant qu'elle m'avait appris qu'elle avait changé de rythme de vie depuis qu'elle s'était remise à écrire. Le jour était de nouveau le jour, pour elle, et la nuit, la nuit. Je ne voulais surtout pas que ce moment de bonheur que nous avons eu ensemble compromette cet autre bonheur, pour elle primordial : l'écriture retrouvée. Même si je devais rester ainsi jusqu'à l'aube à mâchonner des mots, à ressasser des bouts d'idées, je n'allais pas bouger.

Ce fut elle qui bougea la première. Mais seulement au bout d'une heure. Elle se retourna dans son sommeil pour retrouver le confort de son oreiller. Je me glissai aussitôt hors du lit, très lentement, sans bruit.

Je ne nierai pas que l'idée de me rhabiller et de rentrer dormir chez moi, dans mes propres draps, me traversa brièvement l'esprit. Mais j'aurais eu l'impression de trahir Ève, de lui voler une part du plaisir que je lui devais… Qu'elle ait un lendemain ou pas, une nuit d'amour ne s'achève pas de nuit, comme un vulgaire cambriolage. Je ne me suis même pas habillé. À l'instant où j'écris ces lignes, je suis encore drapé dans l'une de ses robes de bain, qui s'est révélée suffisamment large. J'ai pris dans une rame sur le dressoir quelques feuilles blanches, je les ai pliées en quatre pour pouvoir les glisser plus tard dans mon carnet, je suis venu m'asseoir près de la cheminée.

M'étant imposé de ne jamais remettre au lendemain la chronique d'un jour, de peur que les événements ne se chevauchent et que l'esprit de ce journal ne se perde, je me suis appliqué pendant deux heures à relater les péripéties de ce long samedi de novembre, commencé devant la maison du passeur, au milieu de l'émeute, dans les hurlements et dans la fumée ; et terminé ici, dans cette autre maison de l'archipel, l'âme sereine, le corps abandonné, et à la bouche, oui, ce goût de massepain…

Mes pages sont écrites. Quand je verrai audehors la première lumière du jour, je ferai du café, je le monterai à l'étage, j'écarterai les rideaux, j'ouvrirai les volets, puis je reviendrai m'asseoir sur le bord du lit pour réveiller Ève d'un baiser.

TROISIÈME CARNET

Amarrages

“Me suivant en grande foule, ils me demandent
Quel chemin je leur conseille d’emprunter.
Certains d’entre eux voudraient entendre des oracles,
Quand d’autres, affligés de maladies diverses,
Espèrent de ma bouche un mot pour les guérir.”

EMPÉDOCLE, *Les purifications*

Dimanche 21 novembre

N'ayant pu me coucher avant sept heures du matin, je me suis levé au milieu de l'après-midi. Ainsi, au moment où ma bien-aimée retrouve le rythme du soleil, c'est moi qui m'installe dans le décalage. Comme s'il fallait que, sur cette minuscule planète baptisée Antioche, il y ait toujours un habitant debout.

L'ennui, avec cette inversion des horaires, c'est qu'à mon réveil il commence déjà à faire sombre. Ne plus pouvoir me tremper corps et âme dans la blanche clarté matinale provoque chez moi une terreur mélancolique. Dès demain, je m'efforcerai de retrouver mes repères et ma respiration.

Est-ce l'obscurité qui pèse aujourd'hui sur ma poitrine et altère à ce point mon humeur, alors qu'hier soir je voguais vers l'allégresse ? Peut-être. Mais il est vrai aussi que le nouvel état du monde ne laisse guère présager un avenir radieux. Si je me délecte de ce que m'offre l'instant présent, je ne puis cependant occulter l'essentiel, à savoir que nous sommes devenus, mes congénères et moi, une humanité obsolète, vouée à l'extinction culturelle et morale, ou tout au moins à une marginalisation extrême. Peut-être allons-nous obtenir de nos maîtres quelque chose en échange ; mais par quoi diable un homme pourrait-il compenser la perte de sa dignité ?

À mon réveil, il était donc quatorze heures passées, et Agamemnon était chez moi, à m'attendre. Assis dans mon séjour, les pieds sur ma table basse, ma radio sur ses genoux. En me voyant, il se leva, ôta sa casquette avec une précipitation polie, et plia la nuque.

"Je viens chercher asile", me dit-il.

Pour prononcer cette phrase, il avait dû mobiliser, j'imagine, toutes ses aptitudes de comédien. Il en a sûrement, puisqu'il joue depuis deux ans ce rôle de modeste "passeur", et qu'il aurait pu continuer à le jouer sans être démasqué si le monde n'avait pas connu tant de turbulences. Pour ma part, cependant, je n'arrive plus à le croire sincère. J'ai vu, bien sûr, sa maison saccagée, incendiée, la foule prête à le lyncher, ce qui, en théorie, rend crédible et légitime sa quête d'un refuge. Dans le même temps, ce personnage capable d'affronter une brigade entière, et dont les congénères tiennent les miens à leur merci, pourquoi aurait-il besoin de ma protection ? Et si une foule vengeresse le poursuivait, comment pourrais-je le soustraire à sa fureur ? Ne serais-je pas plutôt lynché en même temps que lui ? Je lui posai ces questions sans détour.

Il ne chercha pas à louvoyer.

“Pardonne-moi, Alec ! Je plaisantais en parlant d’asile. Je voulais juste m’excuser d’être entré sans frapper, et de m’être comporté comme si j’étais chez moi. Il faut croire que je suis devenu un personnage sulfureux qu’on ne peut plus fréquenter impunément. Je ne resterai pas longtemps…”

“Tu peux rester chez moi autant que tu voudras, les gens de l’archipel ne viendront pas saccager ma maison juste parce que tu m’as rendu visite. Ce ne sont pas des sauvages, mais ils ont peur. Mets-toi à leur place ! Comment pourraient-ils ne pas avoir peur en voyant ces étranges paralysies chez les militaires de Fort-Chiron ?”

“Je comptais t’en parler, justement.”

“Tu ne m’avais pas dit que les armes que les tiens ont utilisées ne produisaient pas d’effets irréversibles ?”

“Si, je te l’ai dit, et je te le confirme encore. Il y a des perturbations dans les flux nerveux, qui provoquent un engourdissement des membres, mais cela n’affecte pas les organes vitaux, et au bout d’un temps, les choses rentrent dans l’ordre.”

“Au bout de combien de temps ? Deux heures ? Quarante-huit heures ? Six semaines ? Dix ans ?”

“Ça dépend des personnes, et aussi des dosages. Dans le cas des militaires de Fort-Chiron, il me semble qu’il faudrait compter en semaines…”

“Et il n’y a aucun moyen d’accélérer leur rétablissement ?”

“Si, il y a un moyen, et c’est pour cela que je suis venu te voir.”

Il se tut. Il semblait hésiter sur ce qu'il devait me dire. Ne voulant pas lui faciliter la tâche, je patientai sans un mot. Il reprit :

"Les miens envisagent de faire un geste."

"Pour réparer les dégâts ?"

"Oui, en quelque sorte."

"En faisant quoi ?"

"Dans vingt-quatre heures, je te le dirai."

"Je ne suis plus d'humeur à jouer aux devinettes, Agam ! Ce que tu pourras me dire dans vingt-quatre heures, rien ne t'empêche de me le dire dès à présent."

"J'ai parlé de vingt-quatre heures parce qu'une décision est sur le point d'être prise : soit nous nous retirons, soit nous restons quelque temps encore parmi vous."

"Et de quoi la chose dépend-elle ?"

"Un débat est en cours chez les miens. Certains disent que nous avons eu raison d'intervenir, mais que le moment est venu de s'éclipser ; d'autres, tout en regrettant que nous nous soyons impliqués, estiment qu'il est trop tard pour revenir en arrière ; d'autres encore considèrent que, quelle que soit notre décision à long terme, nous avons le devoir de réparer sur-le-champ les dégâts que notre intervention a causés…"

"Et toi ?"

"Moi, je fais partie de ceux qui n'ont jamais voulu de cette intervention. Si mon opinion avait prévalu, je serais resté tranquillement à mon poste, sans faire de vagues, je me serais fondu à jamais dans l'univers paisible des marins. Je pense que nous avons eu tort de nous mêler des affaires du monde, et que nous serions bien inspirés de nous retirer tout de suite."

"Et tu t'en irais, toi aussi ?"

Il fallait que je pose la question, même si je savais d'avance la réponse.

"Après tout ce qui s'est passé, je vais être obligé de quitter l'archipel, hélas. Je le regrette déjà, amèrement. Mais c'est inévitable..."

Je lui accordai quelques secondes de compassion, avant de l'interroger à nouveau :

"Et que vont faire les tiens pour 'réparer les dégâts', comme tu dis ?"

"Je ne le sais pas encore, j'attends un message dans la journée. Sache, en tout cas, que quelque chose pourrait se produire bientôt, et qu'il faudrait que vous restiez attentifs, Ève et toi."

Rester "attentifs" ? Comment reste-t-on "attentif" ? Je n'en sais fichtre rien.

Il avait déjà un pied à l'extérieur quand je lui demandai, en m'efforçant de ne pas me montrer exagérément anxieux :

"Ce que tu cherches à me dire, c'est que nous courons un danger, ma voisine et moi. C'est bien ça ?"

"Peut-être. Mais ne t'inquiète pas trop. Toi, comme elle, vous serez protégés."

*

Il revint frapper à ma porte deux heures plus tard, en s'excusant de me harceler de la sorte.

"Je reviens de chez Ève. Au fil de ma conversation avec elle, je me suis rendu compte que je vous avais inquiétés, l'un et l'autre, alors que j'étais justement venu pour vous rassurer."

Je souris et croisai les bras.

"Parfait, rassure-moi, je t'écoute."

"Il me semble qu'elle a une grande affection pour toi."

Ce n'est pas à ce sujet que je cherchais à être rassuré, mais le propos ne m'a pas déplu.

"J'ai également une vraie tendresse pour elle."

Pourquoi ai-je dit cela ? Je n'avais aucune raison de faire ce genre de confidence au passeur. Mais les mots sont sortis de ma bouche spontanément, et je ne regrette pas de les avoir prononcés.

Agamemnon se fit grave. Il paraissait ému.

"Ève est importante pour nous, tu le sais. Et depuis des années."

Je faillis lui dire que, pour moi, elle était devenue importante depuis quelques jours seulement. Mais, cette fois, j'ai su me retenir, j'ai simplement dit :

"Oui, je m'en suis rendu compte. Et il me semble que le regard que vous lui portez, toi et les tiens, l'a métamorphosée."

Il hocha plusieurs fois la tête, en signe d'approbation et de contentement. Avant d'ajouter :

"Et tu auras deviné, j'imagine, que c'est pour elle que j'ai pris ce poste de passeur, pour demeurer à proximité et veiller discrètement sur elle."

"Oui. Et à présent tu te demandes ce qui va arriver quand tu ne seras plus là…"

"Je ne m'inquiète pas outre mesure", me dit-il. Mais, à la manière dont il l'a dit, cela signifiait exactement l'inverse.

Allait-il me charger de veiller sur elle, puisque j'étais désormais son unique voisin ? Il ne l'a pas fait, se contentant de répéter :

"Elle est importante pour nous..."

Avant d'ajouter, le visage sombre :

"Elle est solitaire, fragile, et vulnérable."

Notre conversation menaçait de prendre une tournure larmoyante, je me hâtai de la dévier.

"Puisque ma voisine est si importante pour vous, tu lui as sûrement révélé des choses auxquelles je n'ai pas eu droit."

Je m'attendais à une dénégation, ce fut plutôt un aveu déguisé, doublé d'une réprimande.

"J'ai répondu à ses questions autant qu'aux tiennes, mais vous n'avez pas posé les mêmes."

"À ton avis, quelles sont les questions que j'aurais dû poser ?"

Il sourit poliment de mon habileté apparente, puis il se leva et se dirigea vers la porte vitrée, d'où il contempla longuement le ciel et l'horizon marin. Après quelques secondes, il se tourna vers moi, croisa les bras, et s'adossa au mur. Il semblait décidé à soulever un coin du voile. J'avais l'impression de voir les mots se presser au seuil de ses lèvres closes, jusqu'à les faire trembler. Pourtant, son silence se prolongea. Je m'étais promis de le laisser lui-même formuler les questions ainsi que les réponses, mais nous aurions pu demeurer indéfiniment muets l'un et l'autre. Alors, de guerre lasse, je lui demandai :

“Comment se fait-il que pendant toutes ces années, et même pendant des siècles, on n’ait pas soupçonné la présence des tiens parmi nous ?”

Il fit mine de réfléchir intensément, mais je sentais bien que ma question ne l’avait nullement surpris, et que sa réponse était prête depuis longtemps. Il finit par dire, en guise de préambule :

“On sous-estime toujours chez les hommes leur désir d’aveuglement. S’ils n’ont pas envie de savoir que tu existes, ils sont capables de te côtoyer tout au long de leur vie sans jamais te voir.”

Puis il ajouta, sans transition :

“Avec ta voisine, nous parlons surtout du vieil Empédocle. Depuis longtemps, elle s’intéresse à lui, elle connaît même par cœur certains de ses écrits.”

Et, tant pour illustrer son propos que pour répondre à la question que je venais de lui poser, il se mit à réciter, en y mettant les formes :

“*Tel un homme s’apprêtant à sortir par une nuit d’orage, qui allume sa chandelle à l’abri du vent, ainsi l’antique feu a dû se blottir dans les grottes…*”

Il fit une pause, avant d’enchaîner, avec ce qui m’apparut comme un mélange de souffrance et de fierté :

“*Cependant, il n’échut à la flamme bienfaisante qu’un infime segment de la terre.*”

“C’est des tiens qu’il parlait ?”

Mon visiteur secoua la tête.

“Empédocle d’Agrigente n’a pas connu les hommes qui se sont réclamés de lui. Mais son destin préfigurait le nôtre. Voulant se retirer du monde, il s’est jeté dans la fournaise. Comme nous.”

Le passeur se tut encore, manifestement plongé dans ses pensées. J'avais mille interrogations, mais cette fois j'attendis qu'il sorte tout seul de son mutisme, et que, lentement, il choisisse ses mots.

"Empédocle est l'un de ces personnages, très rares, en qui se côtoient l'univers réel et l'univers des mythes. Son nom est vénéré chez nous, et son sacrifice est constamment évoqué. Mais ne va pas croire que nous prenons ses écrits pour des paroles révélées ! Nous le citons souvent, mais comme tu citerais deux vers de Shakespeare, une phrase de Nietzsche, ou une boutade d'Einstein. Cela dit, il est vrai que certains de ses propos semblent annoncer, et même encourager, l'aventure dans laquelle nous venons de nous embarquer."

Et il se remit à déclamer, non sans émotion :

"*Tu arrêteras les vents infatigables qui se déchaînent contre la Terre, et qui, de leur souffle puissant, anéantissent les cultures. Si tu le veux, tu ramèneras les brises contraires ; des pluies noires tu feras une sécheresse favorable aux hommes ; de la sécheresse torride tu feras les flots nourriciers des arbres qui peuplent l'éther...*"

Puis il se tut, d'une manière que je trouvai abrupte, d'autant qu'il avait encore dans les yeux la même lueur. C'est comme s'il poursuivait en lui-même sa récitation... Occupé à mémoriser au plus près ces paroles antiques, j'évitai de lui demander des éclaircissements, le laissant plutôt "atterrir en douceur". Ce qu'il fit au bout de quelques secondes. Avec un long soupir d'inquiétude.

“Cette rencontre entre les tiens et les miens, ce ne sont pas des retrouvailles, hélas, c’est une collision. Personne n’en sortira indemne. Notre intervention avait sa raison d’être ; mais, au vu des incidents qui se sont produits et de ceux qui ne manqueront pas de se produire dans les jours et les semaines qui viennent, il serait raisonnable d’y mettre fin sans tarder. Reste à se retirer de la manière la moins douloureuse qui soit. Moi, j’aimerais que nous partions sans traîner. Chaque nouveau geste que nous ferons nous enfoncera encore plus. Chaque nouvelle promesse nous attirera de nouvelles rancœurs. C’est un engrenage !”

“Je ne comprends pas bien, Agam. D’abord, tu me dis que les tiens envisagent une ‘réparation’ des torts qu’ils ont causés. Et maintenant, tu parles d’un départ immédiat.”

“Partir tout de suite, c’est ce que *moi* j’aurais souhaité. Mais la plupart des miens sont d’un tout autre avis. Ils envisagent de prendre des initiatives, pour laisser un bon souvenir de leur passage…”

“À ce propos, mon ami de Washington m’a raconté que Démosthène a promis au président Milton de le guérir…”

“Oui, je l’ai appris, c’est justement à de telles initiatives que je songeais, et ce serait une abomination !”

“Une abomination ? Débarrasser un homme de son cancer, une abomination ?”

“Plus que tu ne pourrais l’imaginer ! Nous avons essayé de débarrasser la planète des instruments d’anéantissement, et regarde quels remous cela suscite contre nous !”

“Ce n’est pas la même chose. Les nations n’ont pas envie qu’on leur enlève les outils de leur puissance. Alors que guérir un homme du cancer, c’est un geste d’une autre nature. Personne ne pourra vous le reprocher.”

“Détrompe-toi ! On nous le reprochera ! Pour commencer, on nous reprochera de guérir un homme, et de laisser mourir les autres. Il y a tout de même, de par le monde, des millions de personnes qui souffrent du même mal. Pourquoi guérir seulement le président Milton ?”

“De fait, pourquoi ?”

Avant qu’il n’ait pu me répondre, son téléphone sonna. Il le porta à son oreille et m’indiqua, d’un mouvement des doigts, qu’il allait faire quelques pas dehors. Je lui fis signe de s’asseoir, plutôt, c’est moi qui allais sortir, j’avais envie de déambuler un peu sur les sentiers de l’île tant qu’il y avait encore un reste de clarté.

Je me dirigeai donc vers la plage toute proche, en repassant dans ma tête la conversation que nous venions d’avoir. À un moment donné, je m’assis sur une pierre pour noter, avant de les avoir oubliés, tous les propos du passeur. À commencer par les citations d’Empédocle…

Je devrais lire quelque chose sur la vie du philosophe antique, et essayer de retrouver ses propres écrits, puisqu’ils n’ont pas tous été perdus. Ève pourra certainement me conseiller, en la matière… Peut-être comprendrais-je ainsi un peu mieux la mentalité de ceux qui, désormais, nous gouvernent – ou, tout au moins, nous supervisent. Et qui, à en croire Agamemnon, et en dépit de ses propres états d'âme, ne semblent pas près de s'éclipser.

*

Je revins ensuite vers la maison. À ma montre, il était six heures moins cinq. J'entrai sans bruit par la porte-fenêtre qui donne dans ma chambre, et allumai ma radio de chevet pour écouter, comme à mon habitude, le bulletin détaillé d'*Atlantic Wave*.

Ai-je déjà eu l'occasion de dire que tous les événements qui faisaient naguère les grands titres avaient disparu ? Les conflits régionaux, les faits divers, l'économie, le sport, et même la météo ne sont plus guère mentionnés, tout est à l'arrêt, tout est suspendu. En une demi-heure d'information, la seule nouvelle où l'on ne parla pas, d'une manière ou d'une autre, des "compatriotes" d'Agamemnon, fut le décès par arrêt cardiaque d'un membre du gouvernement britannique. Le reste du bulletin ne fut qu'un tour du monde des troubles survenus sur les sites inspectés par les amis du passeur – un chapelet d'incidents étranges, de bruits qui courent, et de prédictions confuses.

Une fois, au cours du bulletin, je jetai un œil dans le séjour, mon visiteur était encore au téléphone. Je refermai doucement la porte, je m'étendis sur le lit, et baissai encore d'un cran le son de ma radio. Tout en prêtant l'oreille à la voix de la présentatrice, je ne pus m'empêcher de me poser à nouveau mille questions concernant lesdits "compatriotes". Avec qui Agamemnon parlait-il ? Qui était à l'autre bout du fil, et où se trouvait-il ? À "Empédocle", je présume. Mais où donc se trouve la contrée d'Empédocle ? Cachée au cœur de notre monde, ou bien ailleurs ? S'agissait-il d'une "communication locale" ou bien en "longue distance", comme on disait naguère ? Et en quelle langue se déroulait-elle ? Que de questions demeurent sans réponse ! Je ne vais pas les égrener une fois encore, la liste est proprement interminable.

Si l'étrange passeur au prénom d'Atride et à la figure de Comanche devait bientôt s'en aller pour toujours, peut-être devrais-je lui faire révéler quelques secrets de plus. Parce que, à vrai dire, il ne s'est pas beaucoup livré aujourd'hui. Sans doute ai-je pu le sortir un peu de son mutisme, mais il ne m'a servi que des énigmes, et quelques citations sibyllines. J'ai encore – ou plutôt nous avons, mes semblables et moi – tout un monde à découvrir, un monde parent du nôtre et cependant sans ressemblance. Ce ne sont pas quelques maigres pages de mon journal qu'il faudrait consacrer à "ces gens-là", c'est tout un livre, et même une encyclopédie. Mais, comme dit le proverbe, le mieux est l'ennemi du bien, et il suffirait que je parvienne à coucher sur papier, durant ma courte vie, quelques renseignements de base, pour que mon nom reste gravé dans les mémoires. "*Les premières informations substantielles concernant 'les amis d'Empédocle', nous les devons à Alec Zander, un dessinateur de nationalité canadienne, qui...*"

Quand je retournai au séjour, quelques minutes plus tard, sur la pointe des pieds, Agamemnon n'y était plus. Pourtant, je ne l'avais pas entendu sortir.

Sur la table basse, il avait laissé une feuille jaune, avec un message des plus laconiques : “Je reviendrai.” Je m’en fus aussitôt vers la cuisine où, pris d’une fringale subite, je dévorai tout ce qui me tomba sous la main.

Tandis que je me gavais rageusement, j’éprouvai soudain un sentiment de vacuité et d’irréalité. Comme si je n’avais rien compris à tout ce qui était arrivé depuis la semaine dernière. Ou, pire, comme si rien n’était arrivé. Un songe et des fantômes, générés par mon extrême solitude et par mon désarroi face à la férocité du monde.

Je m’étendis sur mon lit et, de dépit, je me laissai glisser dans le sommeil. Pour me réveiller vers minuit, encore habillé. Sans aucun bruit autour de moi, sans aucune présence. Dans ma tête voguaient des pensées aigres.

Lundi 22 novembre

Lorsque j'ai compris, il y a quelques jours, que notre avenir serait désormais lié, et pour longtemps, à celui d'Empédocle, le mot "amarrage" m'a traversé brièvement l'esprit. Mais j'hésitais à l'employer. Il y a ainsi des mots qui viennent à l'esprit et qui ne viennent pas sous la plume. C'est que l'image n'y était pas. Je suis un homme d'images, de dessins, de schémas, de croquis. Nos "superviseurs", je les imaginais plutôt dans les airs, au-delà des nuages, actionnant à distance les manettes de nos pannes.

J'ai eu raison de ne pas galvauder le mot, c'est aujourd'hui seulement que les faits l'imposent. Car cette fois, ça y est, c'est l'amarrage. Un amarrage en douceur, et dans la discrétion : tout juste un hôpital flottant qui, de loin, pourrait être confondu avec un thonier ordinaire. Mais, symboliquement, le pas est franchi. Reste à savoir si c'est le vaisseau d'Empédocle qui vient de s'amarrer à mon île, ou bien mon île qui vient de s'amarrer au vaisseau d'Empédocle.

Je parle d'Antioche, mais qu'on ne s'y trompe pas, c'est au vaste monde que je songe.

Tout ce qui s'est passé ces derniers temps – les dérapages, les rumeurs, les accusations, les paralysies, et le reste – n'était-il donc qu'une longue et insidieuse préparation des esprits ? Rien qu'une laborieuse accumulation de prétextes ? Agamemnon le nierait, bien sûr. Il n'a cessé de me dire que les siens étaient entrés dans un engrenage qu'ils n'avaient pas voulu, et que bientôt ils regretteront.

Engrenage ? Quel engrenage ? C'est nous, me semble-t-il, qui sommes embourbés jusqu'aux yeux !

Sur les plages de mon île, qui n'ont pas connu, depuis des lustres, d'autres promeneurs que ma voisine et moi, pas d'autres bruits aigus que nos éclats de voix et le ricanement des mouettes, ni d'autres embarcations que celles des pêcheurs à casiers, la présence du navire-hôpital – avec son équipage, son appareillage, son mât nu, sa cheminée, sa passerelle, ses signaux lumineux et sonores – a quelque chose d'incongru.

Sa mission, selon le passeur : remettre sur pied ceux, civils ou militaires, qui ont été "momentanément paralysés" ; et accessoirement, si jamais la chose se révélait nécessaire, décontaminer ceux qui auraient été irradiés. Un communiqué sans signature, glissé à l'aube sous la porte du maire, a été diffusé vers midi par *Archipel FM*, la radio locale. Il invite les habitants qui auraient souffert de symptômes inquiétants, et aussi ceux qui voudraient simplement être rassurés sur leur état, à se présenter dans l'après-midi de lundi ou dans la journée de mardi au lieu-dit la Roche-aux-Fras, sur l'île d'Antioche, pour y être soignés.

Viendront-ils en nombre, les gens de l'archipel ? Surmonteront-ils leur méfiance et leurs appréhensions pour aller se mettre corps et âme entre les mains de "ces gens-là" ? À quatorze heures, en l'absence de tout volontaire, Agamemnon, désœuvré et perplexe, vint me demander si je ne voulais pas tenter l'expérience. J'acceptai sans trop hésiter. Poussé moins par l'inquiétude concernant ma santé que par la curiosité ; et aussi – pourquoi le taire ? – par la vanité. N'est-il pas flatteur d'avoir été le premier des miens à se faire soigner par les médecins d'Empédocle ?

Le passeur m'emmena jusqu'au navire-hôpital, pour me confier à un jeune homme grand et mince, au visage rieur, qui répondait au nom de Pausanias… Encore un nom inspiré, sans surprise, de la Grèce antique, mais la complexion du personnage n'a, cette fois, rien d'amérindien. C'est un grand maigre à la tête blonde et volumineuse, au regard d'enfant prodige, et qui n'aurait pas détonné sur le campus d'une université nordique ou canadienne.

Il me donna à boire un liquide transparent au goût légèrement sucré, avant de me conduire vers une sorte de cabine où il m'invita à me déshabiller. Je ferai, dès ce soir, un croquis de l'endroit, mais peut-être devrais-je également le décrire par les mots : une pièce en forme de trapèze étiré, aux murs couverts de liège ou d'une matière qui l'imite, meublée d'un lit étroit, d'une penderie, d'une chaise, d'un petit coffre pour les objets métalliques, et traversée par un rail. Sur celui-ci, un sarcophage transparent. Le terme n'est guère approprié, je le sais, mais je n'ai pu m'empêcher d'y songer. J'aurais dit "couveuse" si c'était pour un nouveau-né. Bref, on devine l'objet dans lequel je dus m'étendre. Le couvercle se referma. Aussitôt, ledit sarcophage devint opaque, et se mit en mouvement. Il glissa le long du rail, quitta la pièce par une ouverture en demi-lune, pour entrer, je suppose, dans un tunnel obscur où je ne distinguais plus rien. Absolument rien. Pas la moindre lumière, ni le moindre bruit. J'éprouvais dans le corps une sensation de chaleur qui, à un moment, devint intense, tout en demeurant plutôt agréable. Le tout n'a pas duré plus de deux ou trois minutes, et j'étais de retour dans ma cabine. Où je me rhabillai sans hâte, presque déçu de voir mon aventure si vite terminée.

Le nommé Pausanias, qui m'aida à me relever, dut deviner ma déception, puisqu'il me serra la main avec empressement et me félicita de ce que je venais d'accomplir.

"Plus tard, vous découvrirez que vous venez de vivre la journée la plus extraordinaire de toute votre existence."

Je veux bien l'admettre. En toute logique, cette journée devrait être importante. Rien de ce que je viens de connaître ne peut être qualifié de banal, ni l'expérience ni les circonstances. Et pourtant, tout cela ne m'émeut guère plus qu'une radiographie de routine dans un dispensaire rural ! D'ailleurs, Agamemnon, qui m'attendait au pied de la passerelle, ne manifesta pas le même émerveillement que son "compatriote" ; il me demanda banalement si tout s'était bien passé, sans user d'aucun superlatif, d'aucune hyperbole…

À part moi, toujours pas de volontaires sur la plage. Après m'avoir dûment raccompagné chez moi, le passeur me dit qu'il allait se rendre chez Ève pour l'inviter à son tour. Je suis persuadé qu'elle ne dira pas non. Elle n'aime guère être dérangée quand elle écrit, mais pour "les amis d'Empédocle" que ne ferait-elle pas ?

M'étant reposé quelques minutes, j'appelai Adrienne, ma filleule, et Charles, son compagnon, pour leur raconter mon aventure. Leur première réaction fut de blâmer mon imprudence. Me soumettre ainsi à un "bombardement" de rayons inconnus ? Comment savoir si mon organisme les supportera ? Qu'est-ce qui m'avait pris de jouer ainsi les cobayes, de mon plein gré ? Mais au bout de quelques minutes de conversation, honteux peut-être d'avoir grondé un homme de mon âge, et intéressés par la description que je faisais de l'hôpital et de son fonctionnement, ils m'annoncèrent qu'ils allaient venir me voir à Antioche dès que possible. Ce qui les a le plus intrigués, c'est que le médecin d'Empédocle ne m'ait posé aucune question, qu'il n'ait pas cherché à savoir de quoi je souffrais, qu'il ne se soit, à vrai dire, nullement préoccupé de mon cas spécifique.

Adrienne m'avait fait lire, il y a deux ou trois ans, un article dans une revue spécialisée selon lequel le stade ultime de la médecine serait celui où l'on n'aurait plus besoin d'ausculter ni de diagnostiquer, plus besoin même de prescrire des médicaments ou des interventions, et où il suffirait de passer le corps dans une "guérissoire universelle" pour que tous les dysfonctionnements soient à la fois repérés et soignés ; je crois même me rappeler le surnom que l'auteur de l'article donnait à cette machine salvatrice : "le tunnel de la guérison". C'est précisément ce genre de tunnel que je viens de traverser, il me semble.

De quelles maladies ai-je été guéri ? Je l'ignore. Je ne souffrais de rien, à ma connaissance. Mais peut-être avais-je au corps quelque mal sournois, le commencement d'une tumeur, d'une infection, d'un ulcère. Aurais-je donc acquis, pour un temps, une assurance contre la maladie ? Je l'espère. Cela dit, je peux encore me rompre les os en tombant du haut de la falaise, ou me faire assommer par les gens de l'archipel pour intelligence avec l'ennemi. De plus, s'il faut en croire Charles, il est possible que mon passage dans le fameux tunnel, tout en me délivrant de certains maux non déclarés, m'en ait communiqué d'autres, plus dévastateurs, des dérèglements insidieux que personne au monde ne saura détecter ni guérir…

Ce que je n'ai pas osé avouer à ma filleule ni à son compagnon, c'est que j'éprouve depuis le début de cet après-midi – mais seulement par intermittence, et pour des moments très brefs – une sensation étrange, comme une ivresse légère ou plutôt, devrais-je dire, comme l'enclenchement d'un mal de mer…

Vers seize heures, trois voitures arrivèrent en cortège devant ma porte. Onze personnes étaient à bord : le vieil Antonin, qui leur servait de guide, un infirmier prénommé Benoît, ainsi que neuf autres insulaires que je connaissais vaguement, six femmes et trois hommes, qui auraient tous eu des symptômes liés aux hypothétiques “radiations”. L’expédition venait, de toute évidence, à la suite d’ardentes palabres qui n’avaient d’ailleurs pas été concluantes, et qui allaient se poursuivre chez moi. Avant de se mettre entre les mains des médecins venus d’ailleurs, les insulaires voulaient tous connaître mon sentiment. Quels avantages y avait-il là, et quels risques ? J’ai raconté mon expérience, j’ai fait part de mes réflexions et aussi de l’opinion de Charles et d’Adrienne.

Pendant que nous parlions, arriva Agamemnon, accompagné de Pausanias. Heureusement, dirais-je, car si le passeur avait réussi à établir, au cours des dernières années, des rapports corrects avec les gens de l’archipel, leur méfiance envers “l’étranger” qu’il était ne s’est jamais estompée, et elle s’est muée, ces derniers jours, en hostilité agissante. Pausanias est, certes, tout aussi étranger ; mais il y a chez lui, dans son sourire, dans son allure, un je-ne-sais-quoi de naïveté, de fragilité, de spontanéité, qui le rend plus proche.

Ainsi, à peine entré chez moi, il entreprit d’embrasser avec entrain chacune des femmes présentes, par quatre fois, deux fois sur chaque joue. Sans doute lui avait-on appris que telles étaient les coutumes locales. De fait, pour le nombre de “bises”, le compte était bon ; sauf que, d’ordinaire, et à l’exception des jeunes, on ne s’embrasse que si l’on se connaît déjà, rarement à la première rencontre. Pourtant, dans le cas présent, les embrassades eurent un effet magique. L'angoisse des femmes vola en éclats comme le verre d'une lampe trop chaude.

Et lorsque l'une de ces dames, Ernestine, solide gaillarde et marchande de couleurs, tapota maternellement le cou de Pausanias, et que le grand gamin devint instantanément cramoisi, une bataille fut remportée par nos "protecteurs", qu'aucune démonstration de force n'aurait pu leur gagner.

Ensemble nous partîmes alors pour la plage, à pied, en file indienne. Et tous mes visiteurs, même ceux qui étaient seulement venus, juraient-ils, pour épauler les autres, finirent par se soumettre à l'épreuve du "tunnel de la guérison".

Escortés par Pausanias, ils montèrent l'un après l'autre à bord du navire-hôpital. Je restai quant à moi sur la plage, à les attendre en compagnie du passeur, et certains d'entre eux, avant de s'éclipser, me lancèrent un ultime regard d'appréhension. Moins d'une heure plus tard, ils étaient tous ressortis, un peu défaits, un peu hébétés, sur leurs lèvres des sourires mal dessinés. Quelques-uns se coiffaient encore, ou se boutonnaient.

Et soudain, un cri. C'était Antonin. Il s'était arrêté au pied de la passerelle en agitant les mains au-dessus de la tête comme un noyé. Je me hâtai vers lui. Les autres l'entouraient déjà, penchés au-dessus de ses mains. Lui-même bougeait les doigts dans tous les sens, les dépliant, les pliant. Miracle !

Pour que l'on comprenne ce qui venait de se passer, il faudrait que je précise qu'Antonin avait, depuis que je l'ai connu, l'index de la main droite crochu et raide. Cette infirmité mineure n'est pas rare chez les marins de l'archipel ; d'habitude, ils s'en accommodent et font mine parfois de s'en amuser, tout en sachant que cette perte de flexibilité est irréversible, et qu'elle s'aggrave avec l'âge.

Justement, en quittant le navire-hôpital, Antonin découvrit soudain que son index avait retrouvé, comme par miracle, sa souplesse d'autrefois. Il pouvait à nouveau le plier, le déplier, l'agiter en signe de reproche, ou se frotter l'œil.

Un événement trivial ? mineur ? banal ? insignifiant ? Pas dans ces circonstances. C'était sans aucun doute moins vital, pour Antonin, de se faire réparer le doigt que d'être débarrassé, par exemple, d'un commencement de cirrhose. Sauf que l'hypothétique cirrhose est évidemment invisible à l'œil nu ; le doigt, quant à lui, se montre et se touche. Ce que ledit “tunnel” a pu réparer chez moi et chez les autres, on ne le saura probablement jamais. Seul le doigt d'Antonin est en mesure de témoigner.

La nouvelle allait bientôt faire le tour de l'archipel, rehaussant le prestige des médecins d'Empédocle. Aussi ai-je eu du mal à comprendre l'étrange réaction d'Agamemnon. Comme je lui exprimais mon admiration pour ce que les siens avaient su accomplir, il me rétorqua sur un ton agacé qu'il ne fallait pas faire tout un plat de cette histoire d'index.

“Si Antonin était allé voir un bon praticien, il aurait obtenu le même résultat ! ”

C’est complètement faux, le doigt était atrophié, et aucun traitement n’aurait pu lui redonner sa souplesse. Mais je n’ai pas jugé utile d’argumenter avec le passeur, qui avait l’air soucieux, contrarié, et même, dirais-je, affligé.

*

L’explication de son attitude réside peut-être dans ces mots qu’il allait prononcer plus tard dans la soirée : “Il ne faudrait pas que ces gens attendent de nous ce que nous ne pourrions pas leur donner ! Les pires drames naissent de l’attente déçue.” Ce à quoi Ève répondit, de façon imagée, que l’insatisfaction était cependant “la monture de l’Histoire”, et que sans elle on n’avancerait dans aucune direction.

Nous étions en train de dîner chez ma voisine, – Agamemnon, Pausanias, elle et moi. Elle avait également invité, m’a-t-elle dit, les autres membres de l’équipage, mais ils s’étaient fait excuser. Les uns, parce qu’ils devaient poursuivre leur surveillance, jour et nuit ; d’autres, par appréhension, sans doute, ou par timidité.

Au cours de la soirée, je me suis rendu compte, par certains indices, que le passeur et ma voisine s’étaient retrouvés, sans moi, ces derniers jours, et qu’ils avaient longuement discuté, car il y avait de temps à autre des allusions à des choses qu’ils s’étaient dites et que je n’avais, quant à moi, jamais entendues. Ce qui suscita en moi, je l’avoue, une certaine “jalousie”.

Non, ce dernier mot est impropre. Je n'avais pas mis de guillemets, je m'empresse de les ajouter. Je n'ai aucune considération pour la jalousie, que la sagesse vulgaire revêt trop souvent d'habits nobles. Ce n'est pas de la jalousie que j'éprouve, juste une certaine irritation à l'idée qu'Ève et Agamemnon aient pu avoir des échanges et se faire des confidences dont ils ne m'auraient pas senti digne.

Peut-être ont-ils raison, d'ailleurs. Peut-être ne suis-je pas à la hauteur des événements qui se déroulent autour de moi, et dont j'ai la prétention d'être le chroniqueur. Peut-être ma vision des choses est-elle par trop paresseuse et superficielle. Je ne dis pas cela pour me flageller, mais il me semble qu'il y a autour de moi bien des vérités qui seraient visibles si j'avais la capacité de les voir.

Je côtoie un univers inexploré, je suis aux premières loges, témoin privilégié d'un événement sans aucun précédent dans l'histoire, en contact direct avec des acteurs essentiels, et je n'arrive à être qu'un badaud. L'arbre est à ma portée, et je ne fais que ramasser avec nonchalance les fruits tombés à terre.

En relisant ces derniers paragraphes, je comprends soudain la raison pour laquelle je me suis laissé aller à les écrire. Au cours de la soirée qui vient de s'achever, j'ai eu à plusieurs reprises ce bref étourdissement, ce "mal de mer" dont j'ai parlé plus haut. C'est certainement dû à mon passage dans le "tunnel", ou au liquide qu'on m'a fait ingérer avant le traitement. Je n'en ai parlé ni à Ève, ni à Pausanias, ni à Agamemnon, et peut-être n'ont-ils rien remarqué. Je n'ai montré aucun signe de malaise, je suis resté silencieux dans mon coin, m'efforçant à me concentrer sur la conversation des autres. Fasse le Ciel que ce soit seulement une faiblesse passagère ! Il est normal, d'ailleurs, qu'un traitement aussi nouveau pour moi, et aussi inhabituel, puisse me secouer ainsi pendant une journée ou deux. Demain, au réveil, je verrai bien si mon estomac et ma tête sont de nouveau en place. J'arrive encore à en sourire, mais si la perturbation devait s'avérer durable, je n'en sourirais plus.

Charles et Adrienne ont eu raison de juger ma conduite imprudente… Je suis content qu'ils viennent me voir. J'ai besoin de leur jeunesse, ainsi que de leurs yeux alertes et de leur bon jugement.

Mardi 23 novembre

L'index du vieil Antonin n'est pas le nez de Cléopâtre, mais il aura eu son moment de célébrité. Dans mes pages d'hier, je l'avais pressenti, sans mesurer pour autant l'ampleur que le phénomène allait prendre. Car ici, depuis l'aube, c'est le déferlement ; de tous ceux qui ont une quelconque infirmité, apparente ou cachée ; de tous ceux qui ont quelque chose à guérir.

Il ne faut pas imaginer pour autant la plage d'Antioche transformée en une cour des miracles. Pas de lépreux, aucun estropié remarquable, aucune protubérance éléphantesque. Une foule de malades, certes, mais malades comme vous et moi, quelques douleurs, quelques misères, une dose d'hypocondrie, et le sentiment de vieillir. Tous semblaient avoir rendez-vous avec l'espérance, en cette grise matinée d'automne, au lieu-dit la Roche-aux-Fras – les "fras" ou les "fradets" étant, dans le parler d'ici, ceux qu'on nomme ailleurs fadets, fadettes ou farfadets, des créatures de légende portées sur les miracles espiègles comme sur les jeux d'illusion.

Jamais les habitants de Port-Atlantique n'avaient été si nombreux à traverser le Gouay. Ils sont passés en cortège serré dès l'ouverture, se promettant de repartir à la prochaine marée basse, prévue pour seize heures quinze. Il y avait bien sur Antioche aujourd'hui une trentaine de voitures, quelques dizaines de mobylettes, et une forêt de vélos. Au total, près de cent cinquante patients ont pu faire l'expérience du désormais célèbre "tunnel de la guérison". Les autres ont vainement attendu leur tour ; ils devront se présenter à nouveau demain.

La radio locale a couvert l'événement en direct, et il y avait aussi une équipe de télévision venue d'en face, du continent. Je me suis fait interviewer, en ma qualité de résident, et je me suis plaint, gentiment, parce qu'il fallait que je me plaigne, de cette cohue qui perturbe la tranquillité de mon île.

En réalité, tout cela ne m'affecte pas trop. Bien sûr, si mon refuge devait se transformer durablement en un champ de foire, je ne le supporterais pas. Mais une fois en passant, se laisser rattraper pour quelques jours par le vacarme du monde, je m'en accommode.

J'étais même amusé, aujourd'hui, et presque fier, quand Moro m'a appelé de Washington pour me dire qu'on venait de mentionner l'île d'Antioche à la télévision, et qu'on avait montré des images. Ventre-de-thon ! comme disent les vieux marins d'ici – c'est devenu mon juron favori.

La première raison de cet intérêt subit, c'est évidemment la venue des médecins d'Empédocle. "Ma" plage est l'un des vingt-sept lieux où leurs hôpitaux flottants auraient accosté. Tant de débarquements simultanés, ce n'est pas négligeable ; dans le même temps, vingt-sept criques éparpillées sur toute la surface de la planète, cela ne fait pas beaucoup, et il est extraordinaire qu'un îlot dérisoire ait pu faire partie des toutes premières destinations.

L'autre raison de cette notoriété d'Antioche, ce sont les rumeurs de guérisons miraculeuses, qui se sont propagées comme l'éclair. Pour un esprit carré, il n'y a rien de palpable, si j'ose dire, à l'exception du doigt d'Antonin ; mais les gens, sans attendre d'autres preuves, jurent que ledit "tunnel" les débarrassera pour toujours de la goutte, de la cirrhose, de l'insuffisance rénale, des tumeurs, bien sûr, ainsi que de maints exécrables syndromes.

Et s'il fallait encore aux incrédules une démonstration publique, elle leur fut donnée ce matin sur la plage, devant la foule réunie.

Quelques militaires étaient venus de la base de Fort-Chiron, dans des fauteuils roulants, poussés par des amis, des parents, ou des compagnons valides. Il était environ dix heures lorsqu'un incident eut lieu : l'un des jeunes soldats qui avaient été exposés aux ondes paralysantes avait également une jambe cassée, et Agamemnon voulut l'empêcher d'entrer, sous le fallacieux prétexte, m'a-t-on dit, que le plâtre allait abîmer certains instruments. Pausanias intervint alors, sermonnant vertement son compatriote dans leur langue. Autour d'eux, personne ne pipait mot, mais il était clair que le passeur n'avait pas le beau rôle puisqu'il voulait interdire au militaire de se faire soigner.

C'est Pausanias qui finit par avoir gain de cause. Il découpa lui-même le plâtre à l'aide d'une scie électrique portative, et escorta le patient jusqu'à la cabine. Quand celui-ci en ressortit, quelques minutes plus tard, il marchait droit. Sa fracture avait manifestement disparu. Il y eut des applaudissements. La scène avait un côté évangélique, dont toute l'assistance semblait émerveillée. À l'exception d'Agamemnon, je suppose…

Je n'étais pas sur place au moment de l'incident ; j'ai appris les détails par Gabrielle, la petite-fille d'Antonin, qui est venue chez moi avec son fiancé Erwan, remis sur pied lui aussi après son passage par le navire-hôpital. Les deux jeunes m'ont remercié de les avoir aidés lors de leur épreuve. À vrai dire, je n'ai pas fait grand-chose, et ils ne me doivent rien. Mais je n'ai pas senti qu'ils avaient envie d'entendre cela de ma bouche. Ce qui venait de se passer était pour eux un événement merveilleux, et il eût été suspect que je décline toute responsabilité comme si je tenais à m'en laver les mains. J'ai préféré leur dire que j'étais heureux que tout se soit si bien terminé, et que je serais ravi de les revoir un jour.

Gabrielle et son beau militaire n'ont pas été mes seuls visiteurs aujourd'hui. Ma maison a été, du matin au soir, l'antichambre du navire-hôpital. Je n'ai pas cessé d'offrir du café, du cidre et du vin rouge, d'émettre des opinions rassurantes, de tendre l'oreille aux récits de chacun, aux confidences et aux états d'âme, comme aux sentences faussement désabusées et toutes faites que les gens d'ici affectionnent.

Après douze ans de résidence sur l'archipel des Chirons, j'ai fini par les connaître toutes, plus aucune ne me surprend. Lorsqu'un vieux marin s'apprête à subir une opération à cœur ouvert, il y a de fortes chances pour qu'il dise : "Ils vont me remettre à neuf !" J'ai dû entendre cette phrase une douzaine de fois aujourd'hui, dite sur le même ton que d'habitude, mais à mes oreilles elle ne sonnait plus de la même manière. Ce n'était plus vraiment une métaphore. Tout porte à croire que la médecine de nos tuteurs "remet à neuf" plutôt qu'elle ne soigne. N'est-ce pas là, d'ailleurs, et de tout temps, le rêve des mortels que nous sommes ?

*

À ce propos, Moro m'a appelé aujourd'hui encore, pour une longue conversation. Je dis "à ce propos" parce que notre échange a tourné justement autour de cette aspiration de nos contemporains à prolonger leur vie, coûte que coûte, et à demeurer éternellement jeunes ; une aspiration qui devait être moins pressante, jadis, lorsque la médecine promettait moins ; et qui, aujourd'hui, me dit-il, menace de devenir impérieuse, et même, paradoxalement, destructrice.

Il était environ quatorze heures, huit heures du matin à Washington, mais mon ami ne s'était pas encore couché. Il voulait savoir si, à cause des guérisons "miraculeuses" qui s'étaient produites sur l'île d'Antioche, la fièvre montait dans la population. Je lui répondis qu'on percevait, de fait, une certaine fièvre, mais qu'en guise de "miracles" il n'y avait pas grand-chose, rien que le doigt du vieil Antonin et, toute fraîche encore, si l'on peut dire, la jambe du soldat. Ma tendance à minimiser l'importance de ces guérisons lui fit plaisir, sans toutefois calmer ses inquiétudes. Il me parut exagérément angoissé, et quelque peu obsessionnel. Peut-être à cause de son insomnie, mais peut-être aussi parce qu'il possède, concernant les choses passées et à venir, une vision d'aigle que je n'ai jamais eue. Pour ma part, je me reconnais une seule faculté, celle de saisir l'instant, de le "fixer" séance tenante, de préférence avec mon encre de Chine. Les choses à venir demeurent pour moi opaques ; tout au plus suscitent-elles quelques pressentiments confus. Moro, quant à lui, prévoit, anticipe, extrapole. Il est capable de se projeter par la pensée dans les semaines, les mois, les années à venir, pour analyser déjà les attitudes probables des différents protagonistes.

Dans son long coup de fil d'aujourd'hui, il revenait sans cesse sur cette question des guérisons. Tantôt pour me faire répéter que c'était là beaucoup de bruit pour rien ; et tantôt pour me dire, à l'inverse, que le sort du monde entier en dépendait. Mais la contradiction n'était qu'apparente, mon ami raisonne par paradoxes successifs, c'est ainsi qu'il débusque la substance cachée des choses. Plutôt que de le contredire, je me borne d'ordinaire à le suivre dans les méandres, je m'accroche à ses wagons, je le titille juste un peu, sans lui brider l'esprit, sans le tirer vers l'arrière. C'est pour cela, je crois, que nous restons proches, en dépit des distances.

Au cours de notre conversation, il m'a appris que le président Milton avait décidé d'interdire aux hôpitaux flottants d'opérer aux États-Unis ou dans leurs eaux territoriales. Décision dont Moro s'est félicité. "Sans doute qu'avec leur aide on aurait pu accélérer le rétablissement des gens frappés de 'paralysie atypique'. Mais l'état de ces personnes s'améliore de toute façon. Cela prendra un peu plus de temps si nous les soignons nous-mêmes. Une nuisance mineure, et même insignifiante, au regard de la nuisance majeure que constituerait une nouvelle intervention de 'nos tuteurs'. Howard a subi de très fortes pressions, mais il a tenu bon, et il a eu raison. L'opinion l'approuve. Les Américains aiment compter sur leurs propres forces, et ils aiment qu'on leur demande de se dévouer. Il y a dans le pays une grande mobilisation humanitaire et patriotique pour venir en aide aux sinistrés."

"Tout va donc pour le mieux !" lui dis-je, en toute mauvaise foi, car j'avais décelé dans le ton de sa voix une inquiétude qui allait à l'encontre de ce constat rassurant. Si sa réponse confirma mon impression, sa formulation ne manqua pas de me surprendre :

"Tout serait pour le mieux s'il n'y avait pas toutes ces guérisons à travers le monde, y compris chez toi, sur ton île. Les médias s'y intéressent de plus en plus, et ça me fait craindre le pire. Au début, on en parlait comme on parle de ces prétendus 'miracles' qui se produisent de temps à autre dans un village de Sardaigne ou de Crète, au milieu des cierges et des femmes drapées de noir. Les gens ont l'habitude d'entendre de tels récits, ils savent dans quelle case du cerveau il faut les mettre pour ne plus y penser, sinon dans les moments de grande détresse personnelle. Mais, dans les circonstances présentes, ces racontars m'inquiètent au plus haut point. Si mes compatriotes se laissent persuader qu'il existe une machine dans laquelle il leur suffirait de s'introduire pour ressortir de l'autre côté, trois minutes plus tard, guéris de toutes leurs maladies, Dieu seul sait ce qui pourrait arriver. Ce serait la fin du monde, et je pèse mes mots !"

"Attends, Moro, je ne te suis plus ! Tu parles avec des 'si', alors que cette machine existe bel et bien ! Je l'ai vue ! Je l'ai même expérimentée !"

Mais il ne se laissa pas démonter.

"Tu m'as bien dit qu'on t'avait fait traverser un prétendu 'tunnel de la guérison'. Seulement, tu ne m'as pas dit de quoi il t'avait guéri."

"Je n'en sais rien."

"Justement. Peut-être as-tu été guéri de quelque mal, et peut-être de rien du tout, n'est-ce pas ?"

"Dans mon cas, c'est vrai, je ne souffrais d'aucune maladie apparente..."

"Tu vois, il reste un doute. Ce doute est peut-être notre dernière chance. Il faut qu'il persiste le plus longtemps possible ! Sinon, tout est perdu."

Pourquoi cette question des guérisons le préoccupait-elle à ce point ? Il ne me l'a pas expliqué tout de suite. Mais un peu plus tard dans notre conversation – qui dura trente bonnes minutes, et dont je ne rapporte ici que des bribes – il se montra plus explicite.

“Howard va mal, de plus en plus mal ; les derniers événements l’ont usé. Ses médecins, qui lui donnaient encore en septembre dernier deux années à vivre, parlent maintenant de quelques mois, peut-être même de quelques semaines seulement. À la lumière de ce qui arrive depuis hier, chez toi, sur ton île, comme en d’autres endroits de la planète, comment ne pas penser à cette ‘peau de banane’ que le sieur Démosthène a laissée tomber derrière lui au moment de quitter la Maison-Blanche.”

“Tu parles de sa promesse de guérir le président…”

“Il en a parlé d’abord à Howard, en ma présence, puis il est allé en parler à la Première dame, Cynthia, qui ne pouvait pas être insensible à une telle proposition, et qui exerce maintenant sur son mari une pression croissante pour qu’il accepte. Chaque jour qui passe, le dilemme se posera avec plus d’insistance : le président des États-Unis va-t-il se laisser soigner par ‘eux’ ? Howard, qui comprend les implications symboliques gigantesques d’une telle décision, se montre ferme. Et c’est parce qu’il refuse de se laisser soigner qu’il peut se permettre d’interdire aux hôpitaux flottants d’aborder les côtes américaines. Mais combien de temps encore pourra-t-il tenir tête ?”

*

Vers seize heures, ma maison s’étant vidée de tous les visiteurs, repartis à la hâte pour traverser le Gouay avant la montée des eaux, l’envie me prit d’aller retrouver Ève. J’étais curieux de savoir comment elle vivait ce bouleversement sur notre île commune, ces deux "invasions" concomitantes, celle du vaisseau guérisseur et celle de la foule.

Ma charmante voisine était au salon, dans son fauteuil, un whisky à la main – image familière. Mais elle n'était pas seule, Agamemnon était assis en face d'elle, à l'endroit où je m'assieds d'habitude, si l'on peut parler d'habitude. Il paraissait soucieux, renfrogné, je dirais même accablé. Elle, à l'inverse, me sembla plus sereine. Rayonnante, sans être exaltée. Un teint de jeune fille, et un regard espiègle. Est-ce d'avoir retrouvé la faculté d'écrire qui la revigorait ainsi ? Est-ce d'avoir repris un rythme de sommeil raisonnable ? Est-ce l'effet de son passage, hier, dans le "tunnel" réparateur ? Seule sa manière de s'asseoir, les jambes repliées sous le corps, et ce verre levé à la hauteur du front, me rappelaient la personne qu'elle était il y a juste dix jours.

De quoi venaient-ils de parler, mes singuliers amis, qui avait rendu Ève si enjouée et Agamemnon si morose ? J'étais sûr qu'il s'agissait de l'incident qui s'était produit au pied du navire-hôpital.

"Des gens m'ont raconté qu'il y avait eu une dispute, ce matin", dis-je au passeur. "Un jeune soldat se serait présenté avec une jambe dans le plâtre, et tu aurais essayé d'empêcher qu'on le soigne."

"C'est un peu ça. On t'a renseigné correctement."

J'attendis la suite, elle ne vint pas. Alors j'insistai :

"Ton attitude m'intrigue, Agam. Hier encore, les tiens étaient considérés ici comme des ennemis, et tu semblais en souffrir. On vous attribuait tous les malheurs du monde, tu as failli être lynché, et la maison où tu vivais a été incendiée. Aujourd'hui, les gens de l'archipel commencent à vous regarder, toi et les tiens, comme des héros, des saints, des sauveurs. Tu devrais être serein, réconforté, et même fier. Eh bien non, tu sembles plus dépité qu'avant. Qu'est-ce qui te préoccupe à ce point ?"

Mon ton était des plus amicaux, mais Agamemnon hésitait encore à se confier. J'eus l'impression qu'il cherchait le regard de ma voisine. Ne l'ayant pas croisé, il se redressa sur son siège, et eut un geste résigné.

"Tu ne vois donc pas ce qui arrive ? Il y a autour de notre bateau des centaines de personnes qui attendent. Encore une ou deux guérisons comme celle d'aujourd'hui ou d'hier, et c'est la population entière qui viendra faire la queue à nos portes. Pour ici, je ne m'inquiète pas trop, nous sommes sur un îlot, rattaché à l'archipel par le Gouay, et sans communications régulières avec le continent, nous pouvons encore contrôler le flux ; même si tous les insulaires demandaient à se faire soigner, nous pourrions achever notre mission en trois ou quatre semaines, puis repartir. Mais ailleurs, dans le reste du monde, qu'allons-nous faire ? Plusieurs hôpitaux flottants ont été dépêchés vers divers endroits de la planète, afin de soigner des gens qui ont été atteints de paralysie, ou qui ont cru être exposés à la radioactivité. S'il y a partout des illuminés comme Pausanias, qui se mettent à guérir les gens à tour de bras et laissent se propager des rumeurs de 'miracles'…"

Ainsi donc, tout comme Moro, le passeur redoutait ces rumeurs ! J'étais tenté de lui parler de cette convergence d'angoisses, mais je me retins au dernier moment, pour le laisser expliciter sa position à sa manière.

"Sais-tu combien de malades il y a de par le monde ? Des milliards ! Tout le monde tombe malade, tout le monde vieillit, tout le monde s'approche de la mort, nous n'allons pas soigner l'humanité entière !"

"Si vous le pouvez, pourquoi pas ?"

"Admettons que nous ayons les connaissances nécessaires pour guérir toutes les maladies, combien de temps nous faudrait-il pour traiter l'un après l'autre tous les malades ? En mobilisant tous nos hôpitaux, toutes nos équipes, nous pourrions traiter dix mille patients par jour, vingt mille peut-être, certainement pas plus, nous n'avions jamais prévu de nous occuper ainsi de la multitude. Il nous faudrait des siècles ! C'est bien cela que tu me suggères ? Que nous demeurions parmi vous jusqu'à la fin des temps ?"

"À moins que vous ne formiez nos médecins, pour qu'ils puissent s'acquitter eux-mêmes de la tâche..."

"En leur fournissant le matériel ? Ou bien en leur apprenant aussi à le fabriquer ? Puis en créant pour vous, sur tous les continents, de nouvelles écoles de médecine, où nous assurerions l'enseignement – c'est bien ce que tu veux ? Tu ne vois donc pas vers quoi nous irions comme cela ? D'abord, notre médecine supplanterait la vôtre ; puis vous découvririez que votre science et votre technologie sont devenues vétustes, nous vous enverrions alors tous nos savants, tous nos enseignants, vos universités deviendraient peu à peu des succursales des nôtres, et vos écoles aussi. L'engrenage ! Et cette fois, pour toujours ! Nos populations seraient mêlées l'une à l'autre, nos deux univers seraient imbriqués, de manière irréversible. Votre civilisation se dissoudrait, et la nôtre en deviendrait méconnaissable…"

Le visage d'Ève s'épanouit, comme si cette perspective, présentée par le passeur comme apocalyptique, la réjouissait au plus haut point.

"J'aimerais vivre longtemps, juste pour voir ça", dit-elle. "La dissolution définitive de notre civilisation !"

Ces mots, dans sa bouche, prenaient une tonalité suave et tentante. Je jugeai inutile de lui répondre. Je l'observai quelques instants, haussai discrètement les épaules, puis me tournai à nouveau vers Agamemnon.

"Tant de bouleversements, parce que vous avez guéri l'index raide d'un marin, et la jambe cassée d'un militaire ?"

"Tant de bouleversements, parce que nous avons parmi nous des âmes charitables comme Pausanias, qui ne savent pas dire non !"

"Comment pourrait-il dire non ? Un médecin, s'il voit des gens malades, et qu'il peut les guérir, n'a-t-il pas le devoir de le faire ? C'est son code d'honneur. Il ne peut pas se dire : ils sont trop nombreux, je prends seulement les plus vieux, ou les plus jeunes, ou les plus atteints. Et il ne peut surtout pas dire : je ne soigne que les miens !"

"Nous étions seulement venus traiter les personnes atteintes de paralysie ou contaminées par les radiations, il aurait fallu s'en tenir à cette mission."

“De toute façon, maintenant, c’est trop tard, les gens commencent à savoir ce que votre médecine peut pour eux. Ils ne vous lâcheront plus.”

“Ce n’est jamais trop tard. Il suffirait que nous prenions la décision de partir. Dans une heure, nous nous serons éclipsés…”

“Planter les gens sur la plage, et disparaître, sans un mot d’explication ?”

“Oui, disparaître, et tout de suite, en invoquant n’importe quel prétexte ! Ce serait encore un moindre mal ! Les premiers temps, les gens nous adresseront des prières pour que nous acceptions de revenir. Puis ils se lasseront…”

“Et ils vous maudiront !”

“Peu importe ! Qu’ils nous maudissent, s’il le faut, cela n’a aucune importance ! La seule chose qui compte, c’est que nous puissions nous dépêtrer d’ici, au plus vite ! Malheureusement, beaucoup parmi les miens répugneront à le faire. Des gens comme Pausanias, il y en a ! J’aime ce garçon comme un frère, mais il m’irrite profondément. Il est heureux du bien qu’il peut faire, et si le bien débouche sur le mal, comme cela arrive souvent, il ne conçoit pas que cela puisse être de sa faute. Un homme sage s’estime responsable de ses actes et de leurs conséquences ; un homme dénué de sagesse ne se sent responsable que de ses intentions.”

“Donc, s’il n’en tenait qu’à toi, tu partirais dès demain”, intervint Ève, avec une pointe de féminin reproche…

“Non, pas demain, aujourd’hui même. Ne me regardez pas de cette manière, l’un et l’autre ! Bientôt, vous verrez, c'est vous qui nous reprocherez de n'être pas partis assez tôt. Nous sommes intervenus pour empêcher l'anéantissement, et pour rien d'autre ; tout geste supplémentaire ne ferait qu'empoisonner votre existence et la nôtre. Et pour toujours ! Oui, jusqu'à la fin des temps !"

À mon retour chez moi, ma filleule et son compagnon s'impatientaient devant ma porte – que, pour la première fois depuis des années, j'avais fermée à clé. Ils avaient eu du mal à traverser le Gouay, tant le trafic y était dense. Tous les véhicules qui étaient venus à Antioche ce matin repartaient ensemble, à la queue leu leu, de crainte d'être surpris par la montée des eaux. Si Adrienne et Charles avaient voulu venir en taxi, ils seraient restés bloqués de l'autre côté. Ils ont préféré louer des bicyclettes au port, mais la traversée a été périlleuse, et ils ont dû faire à pied une bonne partie du chemin pour éviter d'être renversés.

"S'il y a des embouteillages sur le Gouay d'Antioche, c'est que la Terre ne tourne vraiment plus rond", décréta ma filleule en ne plaisantant qu'à moitié.

Mercredi 24 novembre

Je ne sais combien de fois, depuis la semaine dernière, j'ai eu le sentiment que le monde basculait, à en devenir méconnaissable. C'est encore ce que j'éprouve ce soir, à cause d'un événement qui, en d'autres temps, aurait surtout agité les traqueurs de larmes et les montreurs de détresses – un drame familial ayant pour seule motivation la peur de perdre un être aimé, mais qui menace de changer la face de la terre.

Moro n'arrête pas de maudire "l'aveuglement des femmes". Je l'ai connu mieux disposé à leur égard. Il pense aujourd'hui qu'à cause d'elles notre civilisation est sur le point de rendre l'âme – rien de moins !

Ève, bien entendu, jubile encore.

Cette journée de mercredi avait pourtant commencé par la promesse d'une vigoureuse reprise en main. Selon des rumeurs persistantes, relayées par divers médias, et qui avaient manifestement leur source à la Maison-Blanche, le président Milton s'apprêtait à lancer une offensive diplomatique pour exhorter tous les gouvernements de la planète à suivre son exemple en refusant d'accueillir les hôpitaux flottants ; et là où ceux-ci ont déjà accosté, en limitant autant que possible les contacts entre les médecins d'Empédocle et la population locale.

Au sein de l'administration américaine, et notamment dans les forces armées et les agences de sécurité nationale, on espère encore que l'incursion de nos "tuteurs" apparaîtra bientôt comme une parenthèse, que cette étrange page sera tournée, et qu'on reviendra au monde d'avant, où les États-Unis occupaient une place prépondérante. Ce désir d'un retour en arrière peut paraître illusoire, mais il n'est pas complètement inconcevable, vu que "les amis d'Empédocle" n'ont cessé de dire que leur intervention dans nos affaires était ponctuelle, et qu'ils n'avaient aucunement l'intention de s'éterniser. Moi qui ai la chance d'avoir un contact direct avec eux par le truchement du passeur, je suis persuadé que l'initiative de Milton ne leur aurait pas déplu, puisqu'elle leur aurait permis de "se dépêtrer" de nos affaires sans être accusés de non-assistance aux victimes.

Je dis "aurait permis" parce que l'offensive diplomatique du président a tourné court avant la fin de cette journée. Et de la manière la plus inattendue. Il est vrai que mon ami Moro le prévoyait depuis plusieurs jours déjà, et qu'il le redoutait. Mais pour l'écrasante majorité des gens, ce fut une immense surprise, et même un gigantesque choc. L'équivalent moral d'une bombe thermonucléaire – pardon de recourir à une comparaison aussi éculée, c'est malheureusement la seule qui me vienne sous la plume à cette heure tardive.

Ladite "bombe" a pris la forme d'un entretien matinal avec Cynthia Milton, diffusé par une grande chaîne nationale américaine.

"Howard est sur le point de mourir", disait la Première dame. "Ses médecins ne lui donnent plus que quelques semaines à vivre. Je ne veux pas le perdre, et je trouve irresponsable de sa part qu'il ne fasse pas tout ce qu'il faut pour vaincre sa maladie. Je suis persuadée qu'il se sacrifie par sens du devoir ou de l'honneur, parce qu'il ne veut pas que sa souffrance personnelle le conduise à des décisions qui ne seraient pas dans l'intérêt du peuple américain et de la paix mondiale. Mais je refuse de le laisser se sacrifier, ce serait là une attitude cruelle envers moi, envers nos enfants et nos petits-enfants, envers tous ceux qui l'aiment et qui ont besoin de sa présence. Son attitude équivaut à un suicide, et notre religion condamne le suicide, parce que c'est un crime contre le Créateur. Je voudrais que toutes les épouses, que toutes les mères américaines me soutiennent, et qu'elles m'aident à convaincre Howard."

L'appel fut entendu, instantanément. Dans l'heure qui suivit la première diffusion, des milliers et des milliers de personnes, en majorité des femmes, commencèrent à descendre dans les rues de toutes les villes américaines, pour se rassembler autour des bâtiments publics, avec des pancartes griffonnées à la hâte exigeant du président qu'il accepte de se faire soigner, et qu'il fasse en sorte que tous ceux qui souffrent de maladies incurables puissent également être guéris par la médecine d'Empédocle.

Au fil des heures, le mouvement ne fit que s'amplifier. On avait le sentiment que l'Amérique entière était entrée en désobéissance. L'administration était tétanisée. Avant la fin de l'après-midi, la Maison-Blanche dut publier un communiqué indiquant que le président Milton, "sensible à l'opinion exprimée par son épouse aimante comme par un très grand nombre de ses concitoyens", avait accepté de se laisser soigner "mais seulement si tous les Américains se trouvant, comme lui, en phase terminale étaient traités de la même manière", et "après avoir clairement fait comprendre aux émissaires de la nation intervenante que son éventuelle guérison n'affecterait en rien ses décisions politiques".

Moro, que j'ai appelé juste avant d'écrire ces pages, se montre désabusé.

"À l'instant où le porte-parole de la Maison-Blanche a fini de lire le communiqué, Démosthène nous a fait savoir qu'un hôpital flottant était déjà à quai, ici même, au sud-ouest de la capitale, dans un petit canal donnant sur le Potomac, qu'on appelle le Washington Channel. Il y a là une sorte de marina… J'ignore quand et comment ce navire est arrivé jusqu'ici, et pourquoi nos garde-côtes ne l'ont pas détecté. Sans doute pour la simple raison que, vu de l'extérieur, il ressemble à n'importe quel bateau de plaisance… Toujours est-il que Howard s'y est rendu aussitôt, en hélicoptère, accompagné de Cynthia. À l'instant où je te parle, le président des États-Unis d'Amérique est aux mains de ces gens, couché nu, comme tu l'as été, dans un sarcophage de verre, sans doute bombardé de particules étranges…"

J'ai dit que mon ami était désabusé ? J'aurais plutôt dû écrire anéanti ! Sa réaction me parut excessive.

"Pourquoi serait-ce la fin du monde si le président des États-Unis se laissait débarrasser de son cancer par une médecine plus avancée que la nôtre ? Juste une question d'amour-propre ?"

"Crois-moi, il ne s'agit pas de cela, même s'il ne faut pas négliger les questions d'amour-propre dans les rapports entre les nations. Mais ce que je redoute va bien au-delà. Si nos semblables étaient persuadés que quelqu'un – un homme, un peuple, un parti, une secte – pourrait les guérir de toutes leurs maladies, de toutes leurs souffrances, et prolonger leur vie, ils seraient prêts à devenir, sur-le-champ, ses adorateurs, ses esclaves. Celui qui est le maître de ton âge, qui peut l'allonger ou le raccourcir, c'est tout simplement Dieu. Cette 'nation' étrange dont nous ne soupçonnions même pas l'existence il y a deux semaines est en passe de devenir pour nous une divinité. Non pas une divinité lointaine, hypothétique, qui se manifeste avec parcimonie et laisse planer le doute, mais une divinité matériellement présente au milieu de nous."

"Je t'ai reproché une exagération, et tu te lances dans une autre, plus démentielle encore."

"Une exagération ? Eh bien, retiens chaque mot que je vais te dire. Demain, les nôtres seront presque tous prosternés aux pieds de ces gens, et contents de les appeler 'Seigneurs' ! Notre civilisation a les deux pieds dans la tombe, tu peux déjà écrire son épitaphe !"

*

Ici, sur Antioche, la journée aura été comparable à celle d'hier, en ce que les habitants de l'archipel sont arrivés en nombre dès l'ouverture du Gouay, avec leurs véhicules, pour faire la queue sans bousculade devant les hôpitaux flottants. Lorsqu'un grand malade se présente, on le laisse passer devant, et on le guette à la sortie pour le voir transfiguré. Les guérisons les plus miraculeuses n'étant pas forcément les plus spectaculaires, on continue à applaudir la disparition de banales fractures tandis que des mourants, parce qu'ils sortent couchés encore sur leurs civières, ne suscitent qu'un petit vent de chuchotements, alors même qu'ils viennent peut-être d'obtenir une seconde vie.

Adrienne et Charles sont allés dès l'aube à la Roche-aux-Fras pour observer le phénomène. Ils sont revenus profondément déçus. La plage était encore déserte, et parsemée çà et là de papiers gras et de cannettes vides comme à la fin d'une bête journée d'été. De plus, l'hôpital flottant s'était éloigné du rivage pour la nuit, et il attendait le retour des patients pour accoster de nouveau. Vu de loin, le faux thonier n'avait vraiment pas de quoi les impressionner.

La déception se transforma en amertume lorsque le navire accosta enfin, et que mes jeunes amis s'en furent proposer leur aide en qualité de médecins. Il leur fut répondu sèchement qu'ils n'avaient pas leur place à bord, sauf en tant que patients.

Adrienne s'efforça de prendre la chose avec humour.

“Nous avons eu l'impression d'être des guérisseurs indigènes en train de proposer leurs services au grand médecin blanc.”

Mais Charles bouillonnait de rage.

“Ils viennent nous humilier chez nous ! Ils le regretteront !”

Je me suis efforcé de le ramener à de meilleurs sentiments.

“Il faut savoir que certains d'entre eux se sentent piégés par tout ce qui arrive. Ils voudraient s'éclipser au plus vite.”

Je pensais aux propos que m'avait tenus Agamemnon, et je me demandais si ce n'était pas à lui que les deux jeunes avaient eu affaire.

“Quelle tête avait celui qui vous a éconduits ?”

“Quelle tête ? Quelle tête ?” s'énerva Charles. “Pour moi, ils ont tous la même tête !”

Je n'ai plus insisté.

Jeudi 25 novembre

Lorsque j'ai commencé à tenir ce journal, les incidents que je devais relater étaient à mon échelle. Ils me parvenaient l'un après l'autre, et je pouvais donc les observer, les soupeser, les disséquer, en décrivant patiemment mes propres états d'âme. À présent, des centaines d'informations m'assaillent à chaque instant, qui toutes concernent directement l'événement qui m'a incité à écrire, et je me sens contraint de faire de ce journal une chronique exhaustive et raisonnée des turbulences de la planète. Ne pouvant m'acquitter de cette tâche, je suis tenté de jeter l'éponge pour reprendre sagement mes pinceaux et mon encre de Chine.

Mais je me suis fixé pour règle depuis l'enfance de ne jamais abandonner un projet ou un chat que j'ai commencé à nourrir. C'est la seule ruse que j'aie trouvée pour faire face à ma paresse naturelle et vaincre ma pusillanimité.

Je poursuivrai donc, tant qu'il me sera loisible de poursuivre. Je prêterai l'oreille, je noterai, j'enregistrerai, je vérifierai. Sauf que, dorénavant, au moment d'écrire, j'opérerai un tri sévère. Mes paragraphes sembleront parfois sans lien les uns avec les autres. Mais le lien existe, bien entendu. Tous les événements de la planète ne font qu'un.

*

Depuis ce matin, j'ai le sentiment que le monde entier va bientôt ressembler à ma plage d'Antioche. Surgis d'on ne sait où, ce sont des centaines d'hôpitaux flottants qui opèrent à présent sur les rivages des cinq continents. J'ignore leur nombre exact, plus personne ne prend le temps de les compter. Ni de recenser les femmes et les hommes qui font la queue au pied des passerelles pour se faire soigner. Parfois en bon ordre, mais parfois dans la confusion ; les médias ont fait état de plusieurs cas où des rixes auraient éclaté, contraignant les médecins d'Empédocle à interrompre momentanément les soins qu'ils prodiguaient, et à s'éloigner de la côte en attendant que le calme fût rétabli.

Rixes ou pas, les files d'attente s'allongent sans arrêt. Et, bien entendu, les "miracles" se multipliant, rien ne permet de croire que l'attrait exercé par le "tunnel de la guérison" faiblira avant longtemps. Avant très longtemps, même, s'il faut en croire Moro, que j'ai appelé dans l'après-midi pour avoir des nouvelles de son ami Howard.

"On ne peut rien dire encore. Ils l'ont soigné, puis ils l'ont libéré. Il a été directement transporté à Bethesda, où on lui a fait toutes sortes d'examens pour évaluer l'effet des soins qu'il a reçus. Nous n'avons pas encore les résultats. J'espère pour lui qu'il est tiré d'affaire, mais cela ne calmerait en rien mon inquiétude. Si la Maison-Blanche annonce demain que le président a été guéri, l'humanité entière va se précipiter vers les hôpitaux flottants. Déjà que maintenant…"

"Je te l'accorde, ce sera la folie, pour quelque temps. Mais ça finira bien par se calmer, non ?"

"Non, Alec, détrompe-toi, ça ne se calmera plus. Même si 'nos bienfaiteurs' parvenaient à traiter six cent mille patients par jour, les attroupements et les files d'attente seront encore là dans quarante ans ! Le spectacle que nous avons devant les yeux, nous allons devoir y assister jusqu'à la fin de notre vie !"

Une fois encore, il disait la même chose qu'Agamemnon, quasiment mot pour mot. Avec la même irritation, et la même frayeur. Je choisis de lui répondre sur un registre plus guilleret.

"La fin de notre vie, tu dis ? Dans quarante ans ? Il n'en est pas question, jeune homme ! Avec la nouvelle médecine que ces gens nous apportent, nous allons vivre au bas mot cent cinquante ans encore, toi et moi !"

Ma boutade avait fusé dans le feu de la discussion, juste pour atténuer d'un sourire l'effet de l'argumentation implacable de mon ami. Mais en entendant mes propres mots, je demeurai interloqué, le souffle coupé. Il me fallut quelques longues secondes pour me ressaisir.

"À ton avis, Moro, de combien d'années pourront-ils prolonger notre vie ?"

Sa réponse fut rageuse :

“À quoi cela nous sert-il de vivre cent cinquante ans de plus si le monde a cessé de nous appartenir ?”

Je comprenais fort bien son angoisse, mais je n’en connaissais pas encore toutes les causes. Il y en a une, surtout, qui l’affectait au plus haut point, et que j’ignorais totalement. S’il a décidé aussitôt de m’en parler, c’est par amitié, bien sûr, et un peu aussi pour s’excuser de la raideur de ses propos, et de son manque d’humour.

La chose est encore confidentielle, mais elle ne le restera pas longtemps. Il me l’a exposée d’un ton accablé :

“Personne ne devrait reprocher à Howard de s’être laissé soigner. Mais aujourd’hui, il est en train de commettre une faute impardonnable. Stupide et impardonnable. J’ai essayé de l’en dissuader, mais il est têtu comme une mule, il ne veut écouter personne, pas même Cynthia.”

Un silence. Que je me suis bien gardé de rompre. Je devais laisser à mon ami la possibilité de changer d’avis et de renoncer à me faire cette confidence. Mais il a choisi de continuer.

“D’habitude, quand un président des États-Unis doit subir une intervention chirurgicale sous anesthésie générale, il adresse une lettre au président de la Chambre des représentants et au président du Sénat en exercice, pour se déclarer en état d’incapacité temporaire, et transférer ses pouvoirs provisoirement au vice-président.

“Dans le cas de Howard, ce n’était absolument pas nécessaire, puisqu’à aucun moment il n’allait perdre connaissance. Mais il a tenu à suivre cette procédure, estimant que les soins qu'on s'apprêtait à lui prodiguer comportaient un élément d'incertitude, et que l'esprit de la Constitution serait mieux respecté ainsi.

"En vertu du même texte constitutionnel, le vingt-cinquième amendement, le président doit, en se réveillant, envoyer aux mêmes destinataires une seconde lettre pour leur annoncer qu'il est désormais en mesure de reprendre ses activités. Cette situation s'est présentée trois fois au cours des cinquante dernières années, et à chaque fois le président a repris ses fonctions dans la journée. La plus longue interruption n'a pas dépassé huit heures.

"Notre ami aurait dû envoyer la seconde lettre dès hier soir. Il ne l'a pas fait. Et aujourd'hui non plus. Il ne l'a toujours pas signée. Donc, légalement, à l'instant où je te parle, c'est le vice-président Boulder qui est 'président par intérim', alors que Howard est encore, à strictement parler, 'en état d'incapacité'. Quand on lui en parle, il répond que rien ne presse, qu'il a besoin de temps pour réfléchir, mais je redoute le pire."

"Tu crois qu'il songe à démissionner ?"

"Oui, j'en ai bien peur."

"Pour quelle raison ?"

"La vraie raison, c'est son sentiment de culpabilité. Il a accepté de se faire soigner parce qu'il ne pouvait plus résister aux pressions de ses proches, mais il a vécu la chose comme une trahison de son serment d'investiture, rien de moins. Il a le sentiment d'avoir reçu de Démosthène 'un pot-de-vin moral', et d'avoir compromis ainsi sa capacité de juger en fonction des seuls intérêts de la nation. Il est vrai qu'il y avait là un horrible dilemme, pour lui d'abord, et aussi pour tous ses amis – dont moi-même. Comment aurais-je pu lui conseiller de se laisser mourir ? Inconcevable ! Mais il est absolument vrai qu'en acceptant d'être soigné par les médecins d'une puissance rivale des États-Unis – je n'irai pas jusqu'à dire 'occupante', mais à tout le moins présente sur le sol national sans y avoir été invitée –, il a un peu compromis sa légitimité à prendre les décisions qui s'imposent."

Mon ami soupira lourdement.

"Et voilà où nous en sommes. Je ne sais pas comment nous allons sortir de cette impasse. Pour une fois, j'aurais aimé que Howard soit un cynique, totalement dénué de scrupules. Mais ce n'est pas le cas..."

Le désarroi de Moro est d'autant plus grand qu'il n'a pas une haute idée du vice-président Boulder. Chaque fois que l'état de santé de Milton se détériorait, il manifestait, outre sa tristesse à l'idée de perdre un ami, son désarroi de voir les États-Unis tomber entre les mains d'un "forban".

Ce qui est paradoxal, ici, c'est que l'accession de ce personnage à la présidence n'aura pas pour cause la mort de Milton mais sa probable guérison.

*

Après avoir fait état des inquiétudes éminemment politiques de Moro, serait-il inconvenant de rappeler que ce n'est pas seulement à Washington que l'arrivée des hôpitaux flottants provoque des chamboulements, et qu'ici même, sur l'île d'Antioche, leur présence apporte son lot de drames ?

Je l'ai revu aujourd'hui dans les yeux de ma filleule et de son compagnon, qui paraissent de plus en plus dépités, et même humiliés. Après avoir été éconduits hier par les médecins d'Empédocle, ils avaient décidé d'aller proposer leurs services au dispensaire de Port-Atlantique. Ils l'ont trouvé désert. Ni patients ni personnel soignant. Notre médecine, qui était naguère notre fierté, est soudain délaissée comme une caraque moyenâgeuse à l'ère du bateau à vapeur.

J'ai invité mes jeunes amis à profiter de leur oisiveté forcée pour prendre du repos au terme d'une année épuisante, et pour méditer calmement sur les bouleversements en cours. Mais ils parlent déjà de rentrer à Paris, s'imaginant peut-être que notre civilisation agonisante y survivra plus longtemps qu'ailleurs.

Seule Ève garde le cap. Les autres – ceux, du moins, qui me font part de leurs réflexions ou de leurs sentiments : Moro, Agamemnon, Pausanias, Adrienne, Charles, ainsi que les habitants de l'archipel que j'ai croisés ces derniers jours –, tous, sans exception, sont désarçonnés par ce qui est en train d'arriver. Tous, sauf Ève. Elle conserve intact l'état de béatitude où elle est entrée quand le passeur lui a appris l'existence des "amis d'Empédocle". À l'instant, elle a cru en eux, elle s'est vouée à eux, et elle n'a plus varié d'un pouce. Elle me l'a encore redit quand je suis allé la voir dans la soirée.

“Regardons les choses en face : nos civilisations n’ont pas été lâchement abattues, elles ont tout simplement fait faillite. Puisque nous nous sommes révélés incapables de conduire l’attelage, puisque nous allions droit dans le mur, n’est-ce pas un cadeau de la Providence que d’autres mains aient pris les rênes ?”

Si je ne crois pas autant qu’elle au caractère “providentiel” des gens d’Empédocle, je ne suis pas en désaccord avec son analyse. Il est clair que le monde était à la dérive, et que “les nôtres” semblaient incapables d’éviter les calamités à venir. Sans doute exprime-t-elle les choses de manière abrupte, mais elle n’a pas tort.

De surcroît, elle s’est proprement métamorphosée, physiquement et moralement, au point de devenir une illustration vivante de ce qu’elle affirme. Je l’ai connue éteinte, et elle est devenue rayonnante ! Je l’ai connue désespérée, et elle pourrait à présent insuffler de l’espoir à l’humanité entière.

Comment résister à l’envie de la croire ? Comment résister à l’envie de l’aimer ?

Vendredi 26 novembre

Aujourd'hui, l'humanité a connu une escalade dans l'espérance. Mais il s'agit d'une espérance pervertie. Le rapprochement de ces termes traduit exactement le paradoxe des temps présents. Notre désir d'éternité est devenu notre chemin vers la servitude.

Voilà que je me mets à parler comme Moro, qu'hier encore je jugeais excessif ! Il est vrai que les événements lui ont très vite donné raison. L'humanité dérape, et je ne vois plus du tout à quoi elle pourrait s'agripper pour retarder sa chute.

La scène fatidique qui me fait parler ainsi s'est déroulée sur l'île de la Grenade, dans la mer des Caraïbes, comme elle aurait pu se dérouler en des dizaines d'autres lieux. Un hôpital flottant dans un port de plaisance, un peu à l'écart des autres embarcations. Sur le quai, une longue file d'attente. Des femmes portant enfants, des malades aidés, quelques chaises roulantes, mais aussi des bandes de gamins braillards qui traitaient l'occasion comme une fête récemment ajoutée au calendrier. La foule était indisciplinée et semblait peu attentive, sauf en bordure immédiate de la passerelle qui menait au navire médicalisé. Une équipe de la télévision nationale filmait nonchalamment.

Soudain, vers midi, un tumulte. Un notable local, ou un caïd de quartier, voulut passer en force avec ses gardes devant une bande d'adolescents. Éclats de voix, bousculade, confusion. Puis quelques coups de feu, suivis d'une salve de mitraillette. Des hurlements. Une autre salve. Les gens coururent s'abriter derrière les voitures en stationnement. Sur le quai déserté gisaient à présent trois jeunes gens et une femme un peu plus âgée. Tous les quatre affreusement blessés, inertes, vraisemblablement morts.

Des policiers s'approchèrent, firent un cordon autour des victimes. Puis une mère vint s'effondrer sur le corps d'un des jeunes, bientôt imitée par d'autres membres des familles. Les gémissements montaient. En trois minutes, le quai avait totalement changé d'humeur.

Selon ma radio favorite, *Atlantic Wave*, qui cite des journalistes locaux et des témoins oculaires, les médecins d'Empédocle auraient assisté à l'incident sans intervenir. Dans un premier temps, du moins. Ils se seraient repliés vers l'intérieur de leur navire, prêts à s'éloigner du rivage s'ils venaient à être menacés. Mais assez vite on les revit, habillés de blouses blanches et portant des brancards. Ils étaient huit, qui marchèrent droit vers les cadavres. La police les laissa passer, et les familles s'écartèrent. Les derniers gémissements se turent, le silence tomba sur le quai. Quelques lèvres pieuses se mirent à bouger fébrilement. Les gens se comportaient déjà comme si un miracle était en train de s'accomplir.

Les quatre corps furent chargés sur les brancards, sans hâte. On les monta par la passerelle à bord de l'hôpital flottant, et la foule les perdit de vue. Une petite heure s'écoula, guère plus, puis les quatre Lazare réapparurent. Debout, agitant les mains et cherchant des visages sur le quai comme s'ils rentraient d'un voyage à Trinidad ou à la Jamaïque. Ils dévalèrent la passerelle, et s'en furent rejoindre chacun sa famille sur la terre ferme.

La population mit quelques secondes à réagir. Il y eut d'abord des chuchotements, une rumeur sourde et retenue, des gens qui se blottissaient en tremblant dans les bras de la personne la plus proche. Ensuite ce furent quelques applaudissements, mais ils émanaient surtout des plus jeunes. Les adultes semblaient hypnotisés. De nombreuses personnes tombèrent à genoux en pleurant à la fois de joie et de frayeur.

Bien entendu, la nouvelle fit immédiatement le tour du monde. On est désormais à l'affût d'événements de ce genre, depuis plusieurs jours on parle sans arrêt de guérisons miraculeuses, on n'en est même plus étonné, et je ne crois pas avoir entendu un seul commentateur formuler des doutes quant à la véracité du récit. J'ai même le sentiment que le bon sens universel – si une telle chose existe – a changé de camp ; c'est de ne pas croire aux miracles qui apparaît maintenant déraisonnable. Ce qui ne manque pas de m'agacer, je l'avoue.

Je devrais d'ailleurs mettre le mot "miracle" entre guillemets, vu qu'il n'y a, dans ce que je viens de relater, rien de vraiment miraculeux, rien d'occulte ni de surnaturel, juste les effets d'une science très avancée. Mais elle fait de nous tous des indigènes émerveillés.

J'ai failli appeler Moro pour évoquer cet incident avec lui, mais j'y ai renoncé. Je savais trop bien ce qu'il allait me dire.

J'ai seulement échangé quelques propos avec Adrienne, lui faisant observer que le terme de "résurrection" utilisé par les journalistes me paraissait abusif s'agissant d'un rétablissement survenu si peu de temps après le décès. "Réanimation" n'eût-il pas été plus approprié ? Elle me donna raison, mais en partie seulement, car ses propres collègues, me dit-elle, se plaisent à parler de "résurrection" après le moindre arrêt cardiaque. Cela dit, et quelle que soit la terminologie utilisée, il ne fait aucun doute que la guérison totale et immédiate des quatre victimes blessées par balles et données pour mortes révèle l'existence d'une médecine incomparablement supérieure à la nôtre.

J'ai pu avoir cette conversation avec ma filleule parce qu'elle est finalement restée auprès de moi au lieu de rentrer à Paris avec son compagnon, comme elle l'envisageait. Ce matin, ils avaient eu des mots. Peut-être y avait-il déjà entre eux une querelle lancinante qui s'est manifestée à cette occasion. Mais il est fort possible que leur fâcherie ait un lien avec les événements en cours. Depuis qu'ils sont arrivés chez moi, j'ai observé chez eux des sensibilités divergentes à l'égard des gens d'Empédocle. Charles ne les contemple qu'avec rage, alors que ma filleule manifeste pour eux une très vive curiosité. Elle a envie d'en savoir plus sur leur mystérieux parcours et sur l'avancement de leur science, quand son compagnon voudrait seulement les voir partir au plus vite, ou – pour reprendre l'expression triviale que j'ai entendue deux trois fois de sa bouche – "débarrasser le plancher".

De toute manière, je suis ravi qu'Adrienne soit restée avec moi, que nous ayons pu écouter les nouvelles ensemble, puis, au dîner, les commenter sereinement.

*

Si le moindre doute avait pu subsister dans nos esprits sur la supériorité écrasante de la médecine des "autres", il allait être balayé dans la soirée, de la manière la plus éloquente et la plus retentissante : par un communiqué du docteur Abel, le cancérologue du président américain. Après quelques paragraphes émaillés de termes techniques et de comparaisons chiffrées à l'usage des spécialistes, il se concluait par ces phrases, qui révélaient à la fois la noble modestie du savant et son immense désarroi :

"*Autant que je puisse en juger, le président Howard Milton ne présente plus les symptômes de la grave maladie qui avait été diagnostiquée précédemment. Son état général s'est remarquablement amélioré, et sa vie ne semble plus menacée.*

“Les connaissances que j’ai acquises au cours de mes années d’études et de pratique médicale ne me permettent pas de comprendre le processus par lequel s’est opérée cette guérison totale. Pour cette raison, j’ai décidé de cesser toute activité professionnelle dans le domaine qui fut le mien. Je viens de présenter ma démission au Conseil de l’hôpital de Bethesda, avec effet immédiat. J’ai également prié le président et Madame Milton de ne plus compter sur moi en tant que médecin traitant. Je garderai le meilleur souvenir de leur courage indescriptible lors de ces années d’épreuves. Mais, en mon âme et conscience, j’estime que je n’ai moralement plus le droit de continuer à soigner mes patients sur la base d’une science qui est devenue subitement obsolète.”

C’est à cause de ce communiqué d’Abel que j’ai introduit mon compte-rendu de la journée par un préambule désabusé. Le constat que ce scientifique de haut niveau fait à propos de sa branche, on pourrait l’étendre, je le crains, à toute notre civilisation : “devenue subitement obsolète”.

Bien sûr, si l’on prend du recul par rapport à l’événement, on peut tenter de relativiser. Souvent, à travers l’Histoire, des peuples ont eu le sentiment que leur civilisation était devenue obsolète. Chaque fois qu’une société traditionnelle est entrée en contact avec une autre, plus puissante, plus avancée, une partie de l’humanité a connu une sorte de fin du monde. L’exemple que j’ai constamment à l’esprit, c’est l’irruption des Européens dans les Amériques, à partir de 1492. Mais il y en a d’autres. On pourrait même dire qu’au cours des derniers siècles, la plupart des sociétés non occidentales – celles de l'Inde, de la Chine, du Japon, de l'Orient musulman ou de l'Afrique noire – ont vu leur médecine, et même tout ce qu'elles appelaient "savoir", tomber dans le dédain et dans l'oubli. Seulement, jusqu'ici, ce qu'une de "nos" civilisations perdait en puissance, en créativité, en rayonnement, en prestige, en dignité, c'est une autre de "nos" civilisations qui le récupérait. Jamais, avant ce jour, "notre" humanité tout entière n'avait subi une telle perte de statut. Et jamais, à ma connaissance, même dans le cas des Aztèques, le choc n'a été aussi fulgurant.

Ayant relu ces deux derniers paragraphes, je me ravise. Pour me demander, d'abord, si je n'ai pas sauté un peu trop vite aux conclusions en affirmant que la dépréciation de notre médecine équivalait à une déconfiture de notre civilisation dans son ensemble. Mon sentiment instinctif, c'est que c'est effectivement le cas, mais à l'instant où j'écris ces lignes je suis trop épuisé pour évaluer les choses avec justesse et sérénité…

Ces scrupules nocturnes sont sans doute les résidus de ma formation de juriste ; je répugne à tirer des conclusions boiteuses qu'un collègue plus rigoureux pourrait aisément démolir.

Le communiqué d'Abel suscite dans mon esprit une autre interrogation : si un grand ponte de la médecine américaine et occidentale s'estime humilié par la supériorité écrasante de la science de "la nation intervenante", est-ce qu'un tenant des médecines "périphériques", un acupuncteur, un homéopathe ou encore un sorcier, un chaman, se sentirait humilié de la même manière ? Une interrogation qui mériterait, je crois, une formulation plus ample : si le destin de la planète échappait soudain aux mains des nations les plus riches et les plus puissantes, la blessure serait-elle ressentie à Mexico, à La Paz, à Calcutta, à Kuala Lumpur ou à Dakar, avec le même effarement qu'à Washington ?

Ce que je me demande, à vrai dire, c'est si les vaincus de l'Histoire, si les oubliés de la richesse et du progrès, tous ceux à qui le destin du monde a échappé depuis longtemps, ne seraient pas tentés de réagir… un peu comme réagit Ève, persuadée depuis longtemps que la table du monde était mal mise, et qui jubile maintenant de la voir impitoyablement renversée, et les plus opulents des convives, désarçonnés.

Certains soirs, il m'arrive de trinquer avec elle à l'anéantissement de notre civilisation ventripotente et arrogante, si manifestement déboussolée et cependant persuadée d'avoir toujours raison… Mais, pour être honnête, c'est par courtoisie et par affection pour elle que je l'accompagne, plus que par conviction. J'aime la vie que je me suis construite, j'aime mon île minuscule, j'aime dessiner, j'aime écrire, et ces chamboulements m'effraient.

*

Une dernière observation que je me dois de consigner dans ce journal avant de le refermer pour la nuit : j'ai vu passer dans les médias plusieurs allusions au fait que Howard Milton a omis jusqu'ici de reprendre officiellement ses fonctions, et que Gary Boulder est toujours “président par intérim”. Certains commentateurs ont manifesté de l'étonnement, de la perplexité ; je n'ai vu néanmoins aucune spéculation concernant une démission possible du chef de l'État.

Étant donné les craintes dont Moro m'a fait part, et qui sont très certainement justifiées, il faut s'attendre à ce que cette affaire prenne de l'ampleur dans les jours qui viennent. À la réflexion, il est même surprenant qu'elle ait fait couler si peu d'encre dans les dernières vingt-quatre heures.

Samedi 27 novembre

Je commence à apprendre des choses sur Empédocle et sur ceux qui se vantent d'être ses "amis". Ce n'est rien, au regard de tout ce que j'en ignore. Mais si je faisais preuve de patience et de ténacité, si je recueillais et rassemblais chaque pièce d'information qui passe à ma portée, je parviendrais à reconstituer cette face cachée de notre histoire.

Ai-je raison de dire "notre" histoire ? Ces gens font-ils partie de notre monde et faisons-nous partie du leur ? Il ne m'est pas encore possible de dire si nos deux civilisations ont réellement des sources communes, du côté de la Grèce antique, ou s'il ne s'agit que d'un mythe. Je ne sais pas non plus si, au cours des siècles, "nos tuteurs" sont déjà intervenus dans notre histoire à notre insu. Ce que je puis dire, en revanche, sans grand risque de me tromper, c'est que la suite de notre histoire ne se déroulera pas sans eux. Ils l'habiteront, soit par leur pesante présence soit par leur pesante absence.

Nos deux fleuves, après avoir suivi chacun son cours, viennent de se jeter dans un même lit. D'une manière ou d'une autre, leurs eaux demeureront mêlées.

*

Ce matin je me suis levé avec, en tête, une seule idée : converser avec Pausanias, lui faire raconter tout ce que son "compatriote" Agamemnon s'est abstenu de me dire jusqu'à présent. L'interroger, en particulier, sur leur médecine : où elle en est de l'éternel combat contre la maladie ; jusqu'à quel âge elle leur permet de vivre ; et s'il est vrai qu'elle a pu triompher de la mort.

Je me suis rendu à la plage et, malgré la cohue, j'ai réussi à le voir et à lui faire promettre de venir dîner à la maison. Il a tenu parole, et je me sens, après cette soirée, un peu moins ignorant que je ne l'étais à mon réveil.

Mais avant de rapporter ce que m'a dit le médecin venu de loin, je voudrais prendre le temps de signaler certains développements que j'ai pu observer au cours des deux derniers jours.

Sur la plage d'Antioche, le navire d'Empédocle n'est plus le seul à mouiller. S'y trouvent à présent une trentaine d'autres embarcations, de toutes dimensions. Il y a même un paquebot, trop grand pour pouvoir accoster, qui a jeté l'ancre à un mille de la rive, et dont les passagers viennent, par groupes successifs, se joindre aux files d'attente des patients en empruntant les canots de sauvetage – une expression qui revêt soudain un sens inusité. Ce flux humain, s'ajoutant à celui qui arrivait déjà par le Gouay, commence à provoquer une certaine pagaille. Ce n'est encore qu'une nuisance supportable ; mais si le mouvement devait s'amplifier, et surtout s'il était appelé à se poursuivre pendant de longues années comme le prophétise Moro, c'en serait fini de ma précieuse tranquillité.

Pour moi, aucune perspective n'est plus angoissante. Malgré tout ce qui est arrivé jusqu'ici, je me sens encore capable de vivre à ma manière, et même de commenter avec lucidité le naufrage des civilisations. Il va de soi que je perdrais toute sérénité si mon arche minuscule était à son tour submergée. Est-ce de l'égoïsme ? Sans doute. Mais mon égoïsme est légitime puisqu'il y va de ma survie.

Partout dans le monde, d'innombrables personnes espèrent désormais pénétrer, elles aussi, dans le "tunnel" salvateur. Sous l'effet combiné de la spectaculaire guérison du président Milton et des "résurrections" à l'île de la Grenade, la fébrilité de mes semblables est montée de quelques crans. À présent, dans tous les pays, riches ou pauvres, dans chaque ville et village, sauf peut-être dans quelques rares communautés qui vivent complètement à l'écart de notre civilisation chancelante, il n'y a plus une personne saine d'esprit qui n'ait appris les prodiges de "leur médecine", et qui ne rêve d'en bénéficier au plus vite, ainsi que tous ses proches. Chaque fois que la présence d'un navire-hôpital est signalée sur quelque rivage, d'interminables colonnes de véhicules se forment le long des routes.

Comme j'ai déjà eu l'occasion de le faire observer – mais la chose mérite d'être redite et soulignée –, toute vie normale est désormais suspendue, partout sur la planète. Les travailleurs ne travaillent plus, les étudiants n'étudient plus, les gouvernants ne gouvernent plus, les consommateurs ne consomment que le strict nécessaire, et même les crimes se font rares.

Dans les jours qui viennent, je trouverai sans doute l'occasion de citer quelques exemples éloquents de cette universelle perturbation. Pour l'heure, je voulais seulement prendre acte de l'inexorable "montée des eaux", et consigner mes inquiétudes... Avant d'en revenir à Pausanias.

*

Il arriva donc chez moi vers huit heures du soir. Sur les conseils d'Adrienne, j'avais préparé un repas sans viande ni poisson. D'après elle, une civilisation aussi avancée que celle des amis d'Empédocle aura probablement renoncé depuis longtemps à tuer des animaux pour se nourrir de leur chair. Questionné à ce propos au cours de la soirée, notre visiteur confirma cette abstinence sans en expliciter les raisons. J'ai eu l'impression qu'il s'était fixé pour règle de ne pas critiquer les pratiques et les croyances des indigènes que nous étions.

Nous devions être quatre, mais Ève se décommanda dans l'après-midi en me disant que des visiteurs étaient arrivés chez elle à l'improviste, et qu'elle nous rejoindrait peut-être en fin de soirée. Elle n'est jamais venue.

Ce fut Adrienne qui “ouvrit le feu” dès que nous fûmes à table. Par la question la plus simple, et cependant, en ces circonstances, la plus révélatrice de toutes :

“Quel âge avez-vous ?”

Notre invité hésita quelques secondes avant de répondre. Sur le moment, il m’a semblé que c’était dû à son désir de dire les chiffres correctement dans notre langue. Mais peut-être y avait-il chez lui une certaine appréhension. Ce ne fut pas sans balbutiement, en tout cas, qu’il prononça :

“Quatre-vingt-douze.”

Il semblait embarrassé. Je crus même qu’il allait s’excuser. De quoi ? De son insolente fraîcheur ? Je lui aurais plutôt donné une quarantaine d’années, guère plus.

“Je savais que vos yeux allaient s’arrondir, parce que vous n’avez pas l’habitude d’associer un tel âge à une apparence comme la mienne. Mais c’est le résultat d’une évolution qui n’a rien de miraculeux, votre propre société la connaît bien. Examinez certaines peintures du dix-septième siècle ! Tel personnage, qui n’avait pas encore cinquante ans, avait une physionomie qui, pour vos yeux d’aujourd’hui, correspondrait plutôt à celle d’un homme de soixante-quinze ans. J’ai à l’esprit certains autoportraits de Rembrandt… L’âge apparent est une notion qui évolue avec les progrès de la médecine.”

“Et pour une personne de votre âge”, reprit ma filleule, “quelle est l’espérance de vie ?”

“Je suis incapable de vous répondre avec précision. Aujourd’hui, nous savons retarder le vieillissement, et donc prolonger la vie ; mais nous ne savons pas jusqu’à quel âge nous pourrions aller. Nous n’avons pas encore le recul nécessaire.”

“Vous voulez dire que chez vous les gens ne meurent plus ?” demandai-je.

“En règle générale, les personnes qui acceptent de se soumettre à une surveillance médicale régulière ne vieillissent plus. Ce qui ne veut pas dire qu’elles ne mourront pas un jour, à cause d’un facteur qui serait resté indétectable, et auquel nous serions incapables de faire face.”

“Si je vous ai bien compris, certains d’entre vous n’acceptent pas qu’on prolonge leur vie.”

“C’est arrivé quelquefois, au tout début, parce qu’il y avait eu des ratés. Des gens à qui l’on avait gardé des artères jeunes sans pouvoir empêcher leur cerveau de se délabrer… Aujourd’hui, on maîtrise mieux le processus.”

“Et plus personne ne meurt ?”

“Si, il y a parfois des accidents mortels, mais la chose est rare, et les gens la vivent comme une tragédie absolue. Bien plus que chez les vôtres, infiniment plus. Vous vous lamentez, bien sûr, lorsque la mort d’une personne survient trop tôt, ou qu’elle s’accompagne d’atroces souffrances. Mais, la sachant inéluctable, vous finissez par vous y résigner ; avec le passage du temps, l’âge du défunt perd son sens, et sa souffrance s’oublie. Puis les endeuillés meurent à leur tour, et leur chagrin est enterré. Lorsque la mort devient, comme chez nous, évitable, tous les comportements changent. L'idée de risquer sa vie n'a plus la même signification ; il ne s'agit plus de savoir si l'on va mourir un peu plus tôt ou un peu plus tard, il s'agit de savoir si l'on va mourir ou pas. Le risque est donc incomparablement plus grand, et il faudrait être fou pour le prendre.

"Mais il y a eu chez vous aussi une évolution comparable. Quand, grâce aux progrès de la science, il a cessé d'être habituel que les hommes meurent à quarante ans ou que les femmes meurent en couches, les comportements ont changé, la vie humaine est apparue de plus en plus précieuse, vous voudriez maintenant la préserver à tout prix. Même dans les conflits militaires, vous aimeriez qu'aucun de vos soldats ne meure..."

"Il est triste que les gens ne veuillent plus risquer leur vie", observai-je. Avec un certain culot, je dois avouer, moi qui me suis toujours gardé de risquer la mienne. Moi qui n'ai jamais pratiqué la plongée, jamais sauté en parachute, jamais escaladé une falaise.

Pausanias me donna pourtant raison. Avant d'ajouter :

"Fort heureusement, cette évolution chez les miens, qui aurait pu nous rendre tous lâches et timorés, est compensée par une autre conséquence de nos progrès médicaux : notre capacité à réparer. Si l'un de nous, paralysé par la peur de mourir, n'ose plus se pencher à sa fenêtre, il peut se redonner de l'audace en songeant que, s'il venait à tomber, il est plus que probable que l'on réussirait à le sauver, et qu'il se réveillerait indemne.

"Cela dit, je trouve quand même que les progrès de la médecine ont rendu les nôtres abominablement prudents, et leur existence quelquefois insipide. Sans le duel avec la mort, la vie perd sa dimension tragique, et elle n'a plus la même saveur. Le sentiment d'être mortel, c'est le fondement du désir de liberté, et la raison d'être de la philosophie, comme de l'art. C'est pourquoi j'ai une tendresse particulière pour les vôtres, avec leurs frayeurs, leurs joies passagères, et leurs révoltes sans lendemain."

Puis il ajouta précipitamment, comme pour dissiper un possible malentendu :

"Tous les miens ont cette même tendresse. Ce qui explique que nous ayons jugé indispensable d'intervenir aujourd'hui, quelles qu'en soient les conséquences."

"Le risque était donc si sérieux ?" demanda Adrienne.

"Oui, extrêmement sérieux", répondit Pausanias avec une gravité qu'il n'avait pas manifestée jusque-là, et qui rendit soudain son visage moins jeune, moins jovial – et peut-être même moins innocent. "Imaginez par exemple un virus mortel qui se propagerait à une vitesse vertigineuse, et qui ne serait révélé par aucun symptôme avant plusieurs semaines. Le jour où l'on découvre son existence, il est déjà trop tard, personne ne peut plus enrayer sa propagation, ni votre médecine ni la nôtre. Des populations entières auront déjà été irrémédiablement condamnées."

"Un tel virus existe déjà ?" m'inquiétai-je.

"J'espère que non. Mais il y a des gens qui projettent de le 'fabriquer'. Et si l'on ne se montre pas vigilant..."

Alors qu'il s'apprêtait manifestement à nous en dire plus, il se leva brusquement, en regardant sa montre.

“Il faut que je revienne au bateau. Nous travaillons maintenant jour et nuit, sans interruption, pour faire face à l’affluence. Ma pause est terminée, et elle fut agréable.”

Tout en me levant à mon tour, je sortis de ma poche un carton sur lequel j’avais noté les paroles du philosophe dont nos tuteurs se réclament, Empédocle d’Agrigente. C’est le passeur qui me les avait citées, et j’ai eu soudain envie de les déclamer en présence de son compatriote. Pour quelle raison ? Sans doute pour le retenir encore un peu, pour le faire réagir… Mais la chose n’était pas calculée, j’agissais sur une impulsion. J’ai donc lu, en marquant d’une pause les césures, telles que je les devinais :

“*Tu arrêteras les vents infatigables qui se déchaînent contre la Terre,*

“*Et qui, de leur souffle puissant, anéantissent les cultures.*

“*Si tu le veux, tu ramèneras les brises contraires ; des pluies noires tu feras*

“*Une sécheresse favorable aux hommes ; de la sécheresse torride tu feras*

“*Les flots nourriciers des arbres qui peuplent l’éther…*”

Pausanias amorça un applaudissement amusé, avant de me dire, sur un ton qui se voulait mystérieux :

“La citation est correcte, mais elle est incomplète. C’est comme cela qu’Agamemnon vous l’a apprise ?”

J’étais intrigué.

“Je pense l’avoir notée mot à mot…”

Alors Pausanias entreprit de déclamer à son tour :

"Contre les maladies, tu sauras les remèdes, et contre la vieillesse, les recours.

"À toi seul j'enseignerai cela, à toi seul je donnerai ce pouvoir.

"Tu retiendras les vents infatigables qui se déchaînent contre la Terre,

"Et qui, de leur souffle puissant, anéantissent les cultures.

"Si tu le veux, tu pourras soulever les bourrasques contraires.

"Des pluies noires tu feras une sécheresse favorable aux hommes ;

"De la sécheresse torride tu feras les flots nourriciers des arbres qui peuplent l'éther ;

"Et tu ramèneras des Enfers la force d'un homme trépassé…"

Si, pour le passage que j'avais récité, il n'y avait que d'infimes différences dues sans doute à la traduction, et si les césures n'étaient pas trop différentes de celles que j'avais supposées, le poème d'Empédocle avait été bel et bien tronqué aux deux bouts par le passeur, et même dûment censuré. Pausanias comprit ce qui me trottait dans la tête.

"Il ne faut pas en vouloir à votre ami, il est terrifié par la tournure que prennent les événements. L'idée que des milliards de personnes puissent venir frapper à nos portes, s'attrouper autour de nos bateaux, en nous demandant de les guérir, et de leur éviter la mort, cela le terrifie parce qu'il y voit la fin de notre civilisation propre, ainsi que de notre sérénité. Moi je viens d'une autre école de pensée, qui s'est toujours penchée sur votre histoire avec…"

Il cherchait ses mots.

“… avec plus de ferveur que de méfiance. Mais aujourd’hui, avec tout ce qui vient de se passer, je dois admettre que je ne suis plus sûr de rien.”

Il paraissait effectivement perturbé. Il regarda machinalement sa montre.

“Il faut vraiment que je m’en aille !”

“Je vais faire quelques pas avec vous”, lui dit Adrienne en ramassant d’un geste son manteau.

Dehors, il faisait un froid plus sec que d’ordinaire, et j’aurais bien fait quelques pas moi aussi, mais j’ai senti qu’il valait mieux laisser “les jeunes” cheminer seuls et parler médecine. De plus, il fallait que je prenne des notes avant d’oublier ce que je venais d’entendre. Et qu’ensuite, je m’occupe de rédiger…

QUATRIÈME CARNET

Éclipses

"Qu'il y ait toujours à notre porte
Cette aube immense appelée mer."

SAINT-JOHN PERSE, *Amers*

Dimanche 28 novembre

Je n'avais pas fini d'écrire, la nuit dernière, quand les lampes se sont éteintes. J'ai dû terminer mon compte-rendu à la lumière d'une bougie. Ce matin, l'électricité est rétablie, mais les ondes sont à nouveau bâillonnées. Ni téléphone ni internet ; et la radio a repris ses bourdonnements monotones. Quant à l'hôpital flottant qui était amarré à l'île d'Antioche, il a interrompu son activité pour repartir précipitamment vers la haute mer et disparaître aux regards. Néanmoins, s'il faut en croire les nombreux patients qui faisaient encore la queue hier soir sur la plage, nos augustes soigneurs auraient promis de revenir.

À cet instant, je suis incapable de dire s'ils vont tenir cette promesse, ou s'ils ont juste voulu apaiser la foule de peur que leur départ ne provoque des scènes de désespoir. Se sont-ils seulement retirés pour tenir conseil ? Ou bien se sont-ils volatilisés, comme le vieil Empédocle, en nous laissant, pour tout héritage, une sandale de plomb sur les lèvres d'un volcan ? Venons-nous d'assister à cette rupture sèche qu'Agamemnon appelait de ses vœux ?

Je l'ignore. Le passeur s'est lui aussi éclipsé, comme tous les siens, sans dire adieu. Ne restent de lui que les vestiges d'une maison brûlée.

En écrivant ces quelques lignes désabusées, j'ai l'impression d'être arrivé à l'épilogue de mon récit. Ils sont venus, ils ont prévalu, ils ont fait souffler sur le monde un vent d'angoisse ainsi qu'un vent d'espoir, puis ils sont repartis.

Ma filleule est bien plus étonnée que moi. Hier soir, elle avait accompagné Pausanias jusqu'à la passerelle, et elle lui avait parlé de son souhait de lui apporter son aide, en tant que médecin ; sans doute ne pourrait-elle pas prétendre au statut de "consœur", reconnut-elle avec humilité, puisqu'elle n'était porteuse que d'une science devenue "obsolète" ; mais elle aurait bien aimé se rendre utile, et apprendre ce qu'elle pourrait apprendre. Le vieux jeune homme s'était dit prêt à l'accueillir sur son navire, dès le lendemain. D'abord, il la ferait passer elle-même dans leur "tunnel de la guérison" ; ensuite, elle l'assisterait dans les relations avec les patients ; et plus tard il l'associerait, avait-il promis, à des activités plus spécifiquement médicales.

À aucun moment, Pausanias n'a laissé entendre que son navire s'apprêtait à appareiller. Adrienne est persuadée qu'il n'en savait rien, et qu'il a dû recevoir ses ordres dans la nuit. Elle espère encore que l'hôpital reviendra, et qu'elle pourra travailler à son bord pour se familiariser peu à peu avec "leur médecine".

Ève partage cette espérance, et va même au-delà. Elle se comporte comme si "les amis d'Empédocle" n'étaient pas partis pour de vrai. De toute manière, elle leur fait confiance, totalement. "S'ils se sont de nouveau dissimulés aux regards de la multitude", m'a-t-elle dit, "c'est qu'ils ont de bonnes raisons de se dissimuler ; et s'ils ont décidé de nous faire souffrir, c'est que nous l'avons mérité." Moro ne disait-il pas que "nos sauveurs" allaient devenir pour nous une divinité ? Ça y est, le nouveau culte a sa première prêtresse !

Une prêtresse radieuse, je dois l'admettre. Quand je me remémore la femme flétrie, aigrie, éteinte, que j'avais pour voisine il y a seulement deux semaines, j'ai peine à croire qu'il s'agisse de la même personne – ce n'est pas la première fois que je signale la chose, mais j'en suis constamment émerveillé. "Ils" l'ont proprement métamorphosée. Sa traversée du tunnel réparateur lui a redonné son teint de jeune fille, ainsi que l'allure, la démarche et la voix qui vont avec ; mais, plus encore, l'abaissement des nôtres et de leurs civilisations est vécu par cette insoumise comme une revanche, ou un triomphe personnel.

Elle s'identifie maintenant à ceux d'Empédocle, et elle semble fière d'eux comme elle ne l'a jamais été des siens. Témoins ces propos qu'elle m'a tenus ce soir, sur un ton passablement emphatique, et pour moi quelque peu irritant :

"Agamemnon m'a expliqué pourquoi il ne fallait pas que leur route se confonde avec la nôtre."

"Et pourquoi donc ? Éclaire-moi !"

"Parce qu'avec nos pulsions incontrôlées, nos terreurs récurrentes, nos détestations séculaires, nos archaïsmes persistants, si nous disposions du savoir qu'ils ont acquis, nous l'utiliserions pour nous démolir les uns les autres, et nous finirions par anéantir toute civilisation sur terre. C'est pour cela que les siens ont si longtemps hésité à se dévoiler."

"Et jusqu'à quand aurions-nous dû ignorer leur existence ? Jusqu'à la fin des temps ?"

"Jusqu'au jour où la rencontre entre eux et nous n'aurait plus été périlleuse. Leur dilemme, au cours des siècles, est demeuré le même : s'ils entraient en relation avec nous, quels rapports établir ? Nous traiter en égaux ? En frères ? Partager avec nous toutes leurs connaissances ? Nous en aurions abusé, nous aurions transformé chacune de leurs découvertes en instrument de destruction ou d'asservissement. Que faire, alors ? Nous traiter en inférieurs ? En éternels mineurs ? Nous confiner dans un statut de soumission et de sujétion ? Ils auraient trahi leurs propres idéaux !"

"Ève, pour l'amour du Ciel, épargne-moi ce discours masochiste ! Est-ce que tu te rends compte de ce que tu es en train de me seriner ? Que ces gens nous méprisent depuis toujours, et à juste titre ; qu'ils n'imaginent même pas pouvoir nous traiter en égaux ; et qu'ils n'ont d'autre choix que de nous soumettre ou de nous quitter. Même si tu me dis ça de ta voix la plus douce, ça ne passe pas ! Tu es en train de m'insulter, et de t'insulter toi-même !"

"Mais il ne s'agit pas de toi et moi, il s'agit de la multitude !"

"Réveille-toi, Ève ! Nous faisons partie de cette multitude !"

“Ah non, pas moi ! Moi je me suis toujours tenue à l’écart, j’ai toujours rêvé d’autre chose. J’ai constamment espéré qu’on viendrait un jour me délivrer de cet horrible tête-à-tête avec les hommes. Et le miracle s’est produit. Mes sauveteurs tant espérés sont venus. Je ne vais pas bouder mon plaisir. Tu n’as pas remarqué à quel point je suis heureuse depuis qu’ils sont avec nous ?”

“Ça, oui, je l’ai remarqué.”

“Grâce à eux, j’ai recommencé à aimer la vie. Tu ne devrais pas me le reprocher !”

“Mais je ne te le reproche pas !”

“Tant mieux !”

Ayant dit cela, elle se jeta littéralement dans mes bras. J’étais assis dans mon fauteuil habituel, elle était debout près de moi, à me vanter la sagesse de nos tuteurs, quand elle se laissa tomber, sans crier gare, comme si mon siège était vide. Je la pris contre moi, et déposai un baiser sur son front, puis un autre sur ses lèvres, en murmurant :

“Gamine !”

L’appellation n’a pas dû lui déplaire, puisqu’elle se serra encore contre moi, le visage enfoui, comme elle avait pu se blottir, enfant, dans les bras de son père. Nous restâmes un moment ainsi, un long moment où il me fut délicieux de respirer à loisir son corsage.

Elle ne pesait d’aucun poids sur ma poitrine. Et quand je me mis debout, en la portant encore, elle ne pesait d’aucun poids sur mes bras. Je compris alors, comme par une soudaine illumination, que mon passage dans le “tunnel de la guérison” avait eu, sur moi aussi, quelques effets réparateurs. Non que j’aie acquis une force herculéenne, mais il me semble que j'ai retrouvé mes muscles et mon souffle d'il y a trente ans, ce qui est pour moi un prodige suffisant.

Étrange que je n'aie pris conscience de ce changement qu'au bout d'une semaine ! Sans doute fallait-il que je fournisse un effort inhabituel pour que les bienfaits du traitement se révèlent. Par ailleurs, je n'ai plus d'étourdissements, plus de "mal de mer", tous ces effets indésirables se sont révélés passagers.

J'aurais été parfaitement capable de monter à l'étage en portant Ève dans mes bras comme une épousée. Mais je l'ai remise sur ses pieds, et nous avons monté les marches ensemble, sa main dans la mienne. C'était le début de l'après-midi, et il régnait dans la chambre du haut une clarté hivernale. Les draps du lit étaient de la couleur des dunes, et les oreillers sentaient le blé moissonné.

En me rendant chez ma voisine, je ne pensais pas que notre conversation évoluerait de la sorte. À l'évidence, nous avions l'un et l'autre besoin de cette étreinte. Nous nous sommes enlacés comme naguère nous avions entrechoqué nos coupes, pour conjurer nos indicibles frayeurs en faisant mine de célébrer des victoires. En cela nous sommes, elle et moi, d'une indéniable mauvaise foi ; mais il s'agit d'une mauvaise foi légitime, et tout à fait estimable, puisqu'elle vise seulement à nous ôter quelques bonnes raisons de mourir.

Comme chaque fois avec Ève, l'échange fut tour à tour enjoué, espiègle, tendre, cynique, subtil et enflammé. Chez elle, l'intelligence ne s'endort pas quand s'éveillent les sens…

Mais trêve de compliments ambigus, qu'il me suffise de dire que je serais resté indéfiniment auprès d'elle si ma filleule ne m'attendait pas seule à la maison. J'ai finalement dû me lever, me rhabiller, partir, et c'était un arrachement.

*

À mon retour chez moi, Adrienne était encore debout, et nous avons parlé jusqu'à l'aube de ceux d'Empédocle et de l'étrange aventure qu'il nous est donné de vivre depuis qu'ils ont fait irruption dans nos vies.

Mon opinion à leur propos est fluctuante, ce qui transparaît forcément à travers ce journal qui, de par sa nature même, privilégie la spontanéité aux dépens de la cohérence. Tantôt je regrette le temps d'avant, lorsque les miens apparaissaient encore comme le plus haut sommet de la Création ; tantôt je me réjouis d'avoir connu cette secousse qui pourrait s'avérer salutaire.

C'est sur ce dernier aspect que j'ai insisté dans ma conversation avec ma filleule. Je ne voulais pas qu'elle nourrisse du ressentiment envers ces gens, alors qu'elle s'apprête à travailler avec eux – s'ils reviennent parmi nous, devrais-je préciser, vu qu'au moment où j'écris ces dernières lignes de la journée, ils ne sont toujours pas revenus, et que les ondes demeurent désespérément muettes.

Lundi 29 novembre

Déjà trente-six heures qu'ils se sont éclipsés. Il m'arrive de penser qu'ils ne reviendront plus, et que je devrais déjà dresser un premier bilan de notre brève rencontre avec eux. Mais aussitôt, je me ravise. À cause des pannes, justement. Le téléphone, la radio, les écrans, et le reste. Je me dis que s'ils continuent ainsi à nous punir, c'est qu'ils n'ont pas encore résolu de nous abandonner.

Ce matin, à l'heure de la marée basse, quelques dizaines d'insulaires ont traversé le Gouay pour venir arpenter la plage d'Antioche. Ils se sont lamentés, ils se sont rassurés les uns les autres, et ils ont scruté l'horizon. Puis ils sont repartis au crépuscule, la gorge nouée. J'ignore ce qui se passe dans le reste du monde, mais j'imagine qu'un peu partout, sur tous les rivages où les navires d'Empédocle avaient jeté l'ancre, des milliers d'hommes et de femmes les attendent en pleurant comme des orphelins.

Ici, sur l'archipel, il y a aussi des inquiétudes d'une autre sorte. Un bateau de pêche s'est égaré en mer. Il s'était dirigé à l'aube vers un secteur appelé Rochebelle, dont les eaux sont réputées poissonneuses ; il aurait dû rentrer au port à la tombée du jour, mais il n'a plus donné signe de vie. Par les temps qui courent, il n'y a aucun moyen de communiquer avec lui, et il n'a lancé aucune fusée de détresse. Les hommes d'équipage, trois frères et le fils de l'un d'eux, sont expérimentés et ordinairement sobres. Comme, de plus, la mer était toute la journée fort paisible, les insulaires sont convaincus que le bateau a été arraisonné par les "compatriotes" du passeur.

Je constate que ces derniers apparaissent désormais, aux yeux des nôtres, tantôt comme des sauveurs, et tantôt comme des prédateurs. Ils ont colonisé notre imaginaire et donné corps à nos peurs ancestrales autant qu'à nos espérances. J'ai déjà eu moi-même l'occasion de les bénir comme de les maudire, et il me semble que je balancerai indéfiniment entre les deux jugements.

Côté bénédiction, je leur sais gré de nous avoir épargné une guerre dévastatrice, et de nous tendre une manière de filet de sauvetage pour rattraper nos démences passées ou à venir. Je ne suis pas non plus insensible aux soins qu'ils m'ont prodigués ; s'ils reviennent parmi nous, j'aurai souvent encore recours à leur science. Ne serait-ce que pour cette raison, je me dois d'éprouver, à leur endroit, de l'estime et de la gratitude.

Côté malédiction, le dossier est moins étoffé, moins facile à plaider. J'en veux surtout à nos "sauveurs" d'avoir réduit notre histoire, avec sa fière cohorte de héros, de conquérants, de saints, de découvreurs, à un épisode mineur de l'aventure universelle, et d'avoir – en un battement de cils ! – ravalé les miens, tous peuples confondus, au rang d'indigènes. Mais il est vrai que nos civilisations ne s'étaient pas embarrassées de scrupules pour agir de la sorte les unes envers les autres. Aussi, je ne me hasarderais pas à prétendre que l'humiliation que nous ont infligée nos tuteurs était imméritée.

Voilà que je tiens, une fois de plus, des propos qu'Ève n'aurait pas reniés ! Je pense être plus nuancé qu'elle, moins provocateur, et aucunement misanthrope ; cependant, ayant mis à profit ces dernières heures pour méditer, il me semble évident que "notre" humanité vient de se voir infliger un supplice qu'elle n'a cessé de pratiquer elle-même, aujourd'hui comme hier.

Depuis que j'ai ouvert les yeux sur le monde, j'ai eu l'occasion d'assister à deux phénomènes qui, en cette journée de pause, m'apparaissent avec plus de clarté. D'abord le triomphe décisif d'une nation devenue, en quelques décennies, l'unique superpuissance, et même, d'une certaine manière, l'unique civilisation ; je parle évidemment des États-Unis d'Amérique. Et à présent, ce triomphe de la "nation" d'Empédocle, survenu de manière bien plus abrupte, et sans que personne s'y soit préparé.

Me revient soudain en mémoire une phrase que m'a rapportée Moro il y a quelques jours, et que je n'avais pas eu l'occasion de consigner. Elle semble avoir un certain retentissement, puisqu'il l'a retrouvée simultanément sur de nombreux sites latino-américains. Elle dit : "*Ahora los yanquis tienen sus propios yanquis*" ce que je traduirais librement par : "Désormais les yankees doivent faire face à leurs propres yankees".

D'ordinaire, les civilisations qui se trouvent déclassées connaissent au préalable une longue décadence, s'étendant souvent sur des siècles ; elles ont donc le temps de s'habituer à leur marginalisation, et de se résigner à leur insignifiance. L'effondrement immédiat, tel qu'il s'est produit du temps des conquistadors, demeure l'exception. Si j'y fais quelquefois référence, c'est parce que les turbulences actuelles évoquent justement pour moi cet épisode de l'histoire. Ce qu'ont connu alors les Aztèques ou les Incas est en train de se passer sous nos yeux pour l'ensemble des sociétés humaines : une dévalorisation brutale de notre savoir, de notre vision du monde, de notre identité, de notre dignité.

Toutes les cartes de l'histoire universelle viennent d'être mélangées, et elles seront forcément redistribuées. Mais, selon que nos tuteurs choisiront de demeurer parmi nous ou de s'éclipser, les cartes ne seront pas réparties de la même manière.

*

Ce soir, pour le dîner, j'ai invité Ève, que ma filleule n'avait pas encore rencontrée. J'ai préparé une soupe avec les derniers poissons que je gardais encore dans mon congélateur. J'espère que la pêche va pouvoir reprendre, sinon les gens de l'archipel vont bientôt manquer de tout – nous, "la population d'Antioche", en premier. Plus aucune denrée n'arrive du continent, le sol ne donne rien en cette saison, et les vieux insulaires commencent à se rappeler les disettes d'autrefois. Mais j'ai compté aujourd'hui dans ma cave cent six bouteilles ; de vin, en tout cas, je ne manquerai pas avant quelque temps !

En présentant ma voisine à Adrienne, je me suis entendu dire : "C'est ma bien-aimée !" Nous avons éclaté de rire tous les trois ; alors j'ai ajouté, sur le même mode : "Nous nous partageons cette île, son domaine est au nord, le mien est au sud. Elle écrit, je dessine, nous nous disputons quelquefois, puis nous buvons à la santé des amis d'Empédocle."

"Une façon de parler", reprit Ève, "car, côté santé, ils n'ont pas besoin de nos vœux. D'ordinaire, je bois à l'abaissement des hommes, et mon voisin trinque avec moi par galanterie. Ensuite nous couchons ensemble pour nous réconcilier avec la condition humaine !"

J'ai rougi. Les deux jeunes femmes m'ont moqué avec tendresse. Jamais, je crois, je ne m'habituerai à la candeur avec laquelle on parle aujourd'hui de certaines choses… Mais par la suite, le vin aidant, chacun de nous trois s'est un peu déshabillé l'âme, sans mise en scène, sans fard, sans pudibonderie, comme si c'était notre ultime rencontre avant la fin des temps.

Je ne me souviens pas d'avoir passé, à quelque autre moment de ma vie, une soirée si chaleureuse, si limpide, si intense. J'ai d'autant moins envie d'en parler dans ces pages. J'aurais le sentiment de rompre le charme.

Mardi 30 novembre

À mon réveil, je partis inspecter la plage de la Roche-aux-Fras, en regardant patiemment vers le large. Je savais que je ne verrais pas les vaisseaux d'Empédocle et, de fait, je ne les ai pas vus.

Hier, je m'accrochais encore à l'idée saugrenue selon laquelle le châtiment qu'ils nous infligent signifie qu'ils s'intéressent encore à nous. À présent, je souris de ma naïveté et de mon aveuglement. Tout porte à croire que la panne ne sert qu'à protéger leur fuite, afin qu'ils puissent, sans être suivis, retrouver la contrée d'où ils étaient venus.

Ève et Adrienne se disent persuadées que nos tuteurs ne vont pas s'absenter longtemps. Elles s'évertuent à m'en convaincre, comme si, en me rangeant à leur opinion, j'allais améliorer les chances de l'événement qu'elles souhaitent. De guerre lasse, je leur donne raison.

Elles sont l'une et l'autre affectées par ce qui vient de se produire, mais pas pour les mêmes raisons.

Ève me donne l'impression d'avoir été réveillée en sursaut pendant qu'elle se trouvait au milieu du plus beau des songes. Elle l'admet, d'ailleurs. "Ce qui arrive depuis trois semaines, c'est ce que j'appelais de mes vœux depuis l'enfance sans oser y croire. Qu'une force, surgie d'on ne sait où, déclare les hommes incompétents et les place sous tutelle ; qu'elle leur confisque leurs bombes, leurs missiles, leurs bases militaires, leurs palais, leurs prisons, leurs usines à gaz, leurs laboratoires, leurs abattoirs… Et soudain, alors que j'étais au plus mal, mon rêve s'est réalisé !" Elle est encore dans l'euphorie ; mais je sens bien qu'elle retomberait dans l'abattement et la dépression si l'éclipse de nos "sauveurs" se prolongeait.

S'agissant de ma filleule, sa foi en leur retour est motivée par tout autre chose : la curiosité scientifique. Elle a toujours été émerveillée par les avancées de la médecine. À ses yeux, "les amis d'Empédocle" apparaissent avant tout comme des savants hors pair, qui ont su accomplir des progrès bien plus prodigieux encore que les nôtres. Elle aurait voulu se mettre avec humilité à leur école, pour tenter de comprendre comment ils ont pu s'élever si haut.

"Pausanias m'a promis de m'initier à leur médecine. Je suis sûre qu'il le fera, s'il en a l'occasion, et j'espère que je me montrerai à la hauteur. En tout cas, je m'y emploierai studieusement, même si je dois y consacrer ma vie entière."

Nous étions assis tous les trois dans mon salon, à boire du thé vert japonais. Le soleil était bas, mais il faisait encore suffisamment clair pour qu'on n'ait pas besoin d'allumer des bougies. La mer avait des reflets rosâtres. Elle était frémissante et complètement déserte. Pas la moindre barque en vue.

Ève demanda à Adrienne si elle avait expérimenté “le tunnel de la guérison”.

“J'en avais l'intention. Mais il y avait constamment de vrais malades qui attendaient. Moi, je suis en bonne santé…”

“Ton jeune et beau médecin sorti des ondes ne te l'a pas proposé ?”

Ma filleule sourit.

“Si, il a même insisté pour que j'y aille cette nuit-là. Mais il était tard, j'avais un peu bu, des dizaines de personnes faisaient encore la queue. Je lui ai promis d'y aller sans faute le lendemain…”

“Et il t'a embrassée ?”

J'ai sursauté. Pas ma filleule, pour qui la question paraissait légitime.

“Non, il ne m'a pas embrassée, nous avons juste parlé. Je lui avais posé une question qui m'intriguait : pourquoi leur science a-t-elle progressé plus vite que la nôtre ? La réponse qu'il m'a donnée était un peu hors sujet. Mais elle m'a aidée à comprendre.

“Il m'a expliqué que, s'agissant des découvertes scientifiques, on avait trop l'habitude de les associer à une époque donnée. Ainsi, la gravitation universelle a été découverte au dix-septième siècle ; mais elle n'est pas *née* au temps de Newton, elle a seulement été *découverte* à un moment donné, parce que les progrès effectués par les savants dans la compréhension du phénomène étaient arrivés à maturité. Les lois de la nature sont évidemment les mêmes depuis l'aube de la Création ; celles de la gravitation, on aurait pu les découvrir mille ans ou deux mille ans plus tôt. Et la chose se vérifie dans toutes les disciplines…

“De ce fait, quand certains hommes parviennent à suivre leur propre route, sans que leur esprit soit ligoté par des interdits ou des préjugés, sans qu'ils aient d'autre préoccupation que de faire reculer l'ignorance, ils peuvent aller beaucoup plus vite que les autres, et se retrouver très loin devant. D'après Pausanias, c'est cela qui explique 'le miracle grec' de l'Antiquité, et c'est cela aussi qui explique l'avancement des siens.”

“Et comment ont-ils fait”, demandai-je, “pour survivre pendant des siècles ? Pour rester à l'abri des regards, pour se protéger des oppresseurs, et pouvoir avancer sur leur propre route ?”

“La mer”, répondit Ève, en regardant au loin par la baie vitrée. “Depuis qu'Agamemnon nous a raconté la trajectoire de ses ancêtres, je ne cesse de me poser les mêmes questions que toi : comment ont-ils pu se préserver ? Comment ont-ils fait pour maintenir vivante et prospère la flamme du miracle antique ? En fuyant sans arrêt ? En se réfugiant dans des grottes ? Non. La réponse est bien plus simple, plus logique, et un jour elle m'est apparue comme une évidence : la mer, bien sûr. N'est-ce pas le plus immense des pays, et celui qui a été le moins dominé, le moins quadrillé, le moins contrôlé au cours des siècles ? N'y a-t-il pas eu, en permanence, des zones côtières où des communautés ont pu vivre discrètement, sans être assujetties à aucune autorité, ni à aucun empire ?”

“S’ils reviennent, je soumettrai le passeur à la torture jusqu’à ce qu’il nous dise toute la vérité”, promis-je en riant.

“Ils reviendront”, décréta ma voisine. “Je n’en doute pas un instant.”

“Dieu t’entende !” fit Adrienne en écho.

Je n’ai plus rien dit. Pour l’heure, toutes les interrogations sont légitimes, et les prières aussi. Je me contenterai donc d’en rendre compte, sans tenter d’apporter des réponses, ni de formuler des préférences.

*

Un mot encore, avant de refermer ce journal, pour signaler que le bateau de pêche dont on était sans nouvelles depuis hier est rentré ce soir à Port-Atlantique, mais avec seulement la moitié de l’équipage. Ils avaient été quatre à embarquer, trois frères et le fils de l’un d’eux. Deux des frères seraient tombés à la mer, seuls le père et le fils ont survécu. Que s’est-il passé ? Un accident ? Une rixe ? Un règlement de comptes ? Les rescapés jurent que leurs compagnons ont été victimes d’un paquet de mer.

Je ne sais pas s’il faut les croire… L’unique certitude, c’est que les amis d’Empédocle n’ont joué aucun rôle dans ce drame. Ni comme naufrageurs ni comme sauveteurs. Ce qui renforce chez moi le sentiment que la parenthèse qu’ils ont ouverte dans notre existence est en train de se refermer, et qu’il faudrait peut-être perdre l'habitude de voir en eux la cause de nos heurs comme de nos malheurs.

Mais il est fort possible que je me trompe complètement. C'est en tout cas ce que me diraient Ève et Adrienne si j'avais la témérité de leur livrer une telle pensée.

Mercredi 1er décembre

Je sais enfin pourquoi "ils" se sont éloignés des côtes, et pourquoi "nous" avons été sanctionnés.

C'est à cause de l'attentat. Il est survenu samedi passé, à cinq heures quarante de l'après-midi, heure de Washington. Ici, il était minuit moins vingt. Nous avions terminé notre dîner avec Pausanias, Adrienne venait de rentrer après l'avoir raccompagné…

En raison du silence des ondes, c'est seulement aujourd'hui que nous avons appris la nouvelle.

La chose s'est produite à l'endroit même où le président Milton avait été soigné, dans un canal situé au sud-ouest de la capitale fédérale. Une explosion massive a pulvérisé le navire-hôpital, tuant des médecins, des patients qu'on soignait, des gens qui se tenaient dans la file d'attente, quelques officiers de police qui montaient la garde, ainsi que diverses autres personnes qui avaient eu la malchance de se trouver dans les parages. Le dernier bilan que j'ai vu dénombre quatre-vingt-huit morts, dont neuf "ressortissants" d'Empédocle, et plus de deux cent cinquante blessés.

La charge aurait été placée sur une embarcation qui se serait approchée de l'hôpital flottant sous quelque prétexte. Mais diverses théories circulent ce matin sur internet, qui parlent de missiles, de drones meurtriers, et de kamikazes.

Tout donne à penser que nos "tuteurs" ont été pris de court par l'attaque qui les a visés. Ils n'ont pas tenté de récupérer l'épave, ni même les dépouilles de leurs frères – mais il n'y avait, semble-t-il, plus grand-chose à récupérer. Leur réaction a été de couper instantanément toutes les communications, et de s'éclipser. Dans les minutes qui ont suivi l'explosion, leurs vaisseaux avaient déjà quitté tous leurs lieux d'ancrage, partout dans le monde, pour chercher refuge en haute mer.

En raison de la "panne" imposée, peu de gens ont appris ce qui s'était passé. La nouvelle de l'attentat ne s'est propagée qu'à Washington, principalement par le bouche-à-oreille. Cependant, des tracts ont été distribués dès samedi soir aux abords du Capitole et de la Maison-Blanche, revendiquant l'acte au nom d'une organisation s'appelant, de manière fort prétentieuse, "The New Founding Fathers", "Les nouveaux Pères fondateurs", par référence aux héros de l'indépendance américaine. Le texte est ainsi rédigé :

Depuis dix-huit jours, le territoire des États-Unis fait l'objet d'une agression sans précédent, qui menace notre indépendance, notre souveraineté, ainsi que la liberté et la dignité de nos concitoyens.

Un gang de pirates et de marchands d'illusions exerce un chantage éhonté sur nos dirigeants, qui n'ont pas eu le courage de lui faire face, et qui sont allés jusqu'à ordonner à nos troupes de se soumettre docilement à ses exigences.

Les forces armées les plus formidables de la planète ne se laisseront pas désarmer !

La nation la plus puissante et la plus prospère que Dieu ait créée ne se laissera pas humilier !

Nous faisons le serment de nous battre, de toutes nos forces, par tous les moyens, et quels que soient les sacrifices, afin de nous montrer dignes de la liberté que nos ancêtres nous ont laissée en héritage.

Dieu bénisse les États-Unis d'Amérique !

Si le texte ne revendique pas explicitement la responsabilité de l'attentat, la signature pallie ce manque, d'une manière subtile, et plutôt inhabituelle, puisqu'elle est rédigée ainsi :

Les nouveaux Pères fondateurs
Washington Channel
Jeudi 5:40 P.M.

Virulent contre les gens d'Empédocle, dont il parle sans déférence, les décrivant non comme une "nation" ou une "puissance intervenante", mais comme un "gang" pratiquant le chantage et l'illusionnisme, le communiqué n'épargne pas non plus les responsables américains, à commencer par le président. Même si son nom n'est pas cité, le seul fait que l'attentat ait eu lieu à cet emplacement, et qu'il ait directement visé ceux-là mêmes qui l'ont soigné, est un message éloquent.

Jusqu'à cet instant, Milton n'a rien dit, à ma connaissance. La seule réaction officielle est une déclaration déplorant les pertes humaines et condamnant l'usage de la violence aveugle. Et elle émane simplement de la Maison-Blanche, sans mentionner le chef de l'État – ce qui est très inhabituel, surtout pour une tragédie de cette ampleur. On aurait envie de demander : "Qui, à la Maison-Blanche ? Le président titulaire, ou le président par intérim ?" Car l'ambiguïté demeure sur cette question. Les médias continuent à désigner Boulder comme "*acting president*". À l'évidence, Milton n'a toujours pas demandé à retrouver ses prérogatives, et il n'a pas démissionné non plus. Je devine que des intrigues se nouent dans les antichambres… Le seul qui aurait pu m'éclairer, c'est Moro, bien sûr. Mais je n'ai pas réussi à le joindre. Ce qui m'intrigue, et m'inquiète. Je lui ai déjà laissé deux messages sur son répondeur, et un autre par courrier électronique, sans recevoir la moindre réponse.

Bien entendu, il doit être débordé, surtout si une partie délicate se joue au plus haut sommet de l'État. Mais ce silence ne lui ressemble pas. D'ordinaire, même quand il est extrêmement occupé, il prend le temps de mettre un mot rapide à ses amis proches. "Je te rappellerai", ou quelque chose de cet ordre.

J'espère qu'il n'a pas eu l'idée d'aller se faire soigner au mauvais moment sur l'hôpital flottant !

Non, cela non plus ne lui ressemble pas, vraiment pas.

Jeudi 2 décembre

J'avais raison de m'inquiéter pour mon ami. Il a été illégalement séquestré pendant cinq jours et cinq nuits, et c'est seulement aujourd'hui qu'il a été relâché.

Ce qu'il lui est arrivé représente un épisode de la lutte acharnée pour le pouvoir qui se déroule à Washington, en partie sur la place publique, en partie dans l'ombre, et dont l'issue demeure, jusqu'à cet instant, complètement incertaine.

C'est samedi dernier, dans la matinée, quelques heures avant l'attentat, que les ennuis de Moro avaient commencé. Il venait de recevoir un appel angoissé de Cynthia, la Première dame, lui disant que son mari avait résolu de démissionner dans la journée, et qu'elle espérait que son conseiller et ami pourrait user de son influence pour lui faire changer d'avis.

Moro n'était évidemment pas étonné de la tournure prise par les événements. Il me l'a redit aujourd'hui lors d'une longue conversation téléphonique.

“Howard s’était mis en tête de quitter le pouvoir dès l’instant où il avait consenti à se laisser traiter par les médecins d’Empédocle. Dans un premier temps, comme tu le sais, il avait décidé de se mettre en état d’incapacité provisoire, alors que la constitution ne l’y obligeait pas ; puis il avait omis de reprendre le plein exercice de ses fonctions. Quand l’un de ses proches lui en parlait, il disait qu’il avait besoin de temps pour réfléchir, et pour vérifier si les soins qu’on lui avait prodigués n’allaient pas provoquer chez lui des perturbations physiques ou mentales.

“Tout cela était, bien entendu, motivé par son sentiment de culpabilité, dû au fait qu’il avait, en quelque sorte, ‘collaboré avec les occupants’ après leur promesse de le guérir. Mais avec lui, il y a toujours, à côté de la préoccupation éthique, un subtil calcul politique. En l’occurrence, il avait envie de présenter son passage par le navire-hôpital comme une entreprise hasardeuse, exigeant de lui une dose de témérité et de dévouement, plutôt que comme un privilège que ‘ces gens-là’ lui auraient octroyé. Il estimait qu’une telle perception, si elle était partagée par ses compatriotes, préserverait sa crédibilité morale et sa légitimité. Il n’arrêtait pas de dire autour de lui qu’il se sentait mal, qu’il avait des vertiges, et qu’il voyait trouble. Pour ma part, je comprenais son attitude. Bien entendu, je lui avais fortement déconseillé de se mettre en état d’incapacité, puis je l’avais supplié de reprendre ses pleines fonctions tout de suite. Mais, en moi-même, je me disais que ce petit jeu n’était pas inutile s’il pouvait lui donner bonne conscience et le dissuader de démissionner.

“Ce qui a considérablement aggravé les choses, c’est le communiqué du docteur Abel. En proclamant de manière spectaculaire que le président était guéri, son médecin l’a mis au pied du mur. Sans le vouloir, bien sûr. Si Abel avait pensé que ses propos allaient avoir des implications politiques graves, il aurait consulté son patient avant de les tenir. Mais il était obnubilé, et je le comprends, par l’aspect scientifique de la chose. Il venait de découvrir que la science à laquelle il avait consacré sa vie ne valait plus grand-chose. Le reste ne comptait pas pour lui…

“Bref, Howard s’est senti obligé de réagir à l’annonce publique de sa guérison. Toute la population allait bientôt demander à être soignée par la médecine des autres, et il ne se sentait pas en mesure de faire face à une telle exigence. Comment pourrait-il priver ses concitoyens malades des soins salvateurs dont il avait lui-même bénéficié ? Ce serait, pour un chef, la faute la plus impardonnable qui soit – Alexandre le Grand n’avait-il pas versé à terre l’eau qu’un soldat lui apportait à boire, parce qu’il ne voulait pas être, de toute son armée, le seul à se désaltérer ? Mais, d’un autre côté, Milton ne pouvait non plus accepter que les gens d’Empédocle prolongent indéfiniment leur présence parmi nous sans qu’il apparaisse comme un traître, un vendu. Ce dilemme l’a miné, et il était persuadé – il l’est toujours, d’ailleurs – que la seule solution honorable pour lui serait de quitter le pouvoir.

“Cynthia m’avait donc appelé, samedi dernier. Elle m’avait passé Howard. Je l’avais supplié de retarder sa démission d’une heure encore, pour que je vienne lui parler de vive voix. Par égard pour nos trente ans d'amitié, il avait accepté. J'étais descendu pour prendre ma voiture. Trois hommes m'attendaient au bas de mon immeuble. Ils ont sorti des badges et m'ont demandé sèchement de les accompagner. Ils ont confisqué mon téléphone, que je tenais à la main. Ils m'ont conduit dans un sous-sol, où ils ont fait semblant de m'interroger. En réalité, ils voulaient seulement me retenir. Peut-être qu'ils pensaient que le président, ne me voyant pas arriver, allait signer sa démission sans m'attendre. Mais ce n'est pas ainsi qu'il a réagi. Voyant que je ne venais pas, et que je ne répondais plus au téléphone, il s'est méfié, il a rangé la lettre dans un tiroir en attendant d'y voir plus clair."

"Qui étaient ces gens ?"

"Des patriotes."

"Ah bon ! C'est ainsi que tu les décris ? Tu n'es vraiment pas rancunier."

"Je n'ai pas envie de me laisser aveugler par mes propres mésaventures, au point de ne plus voir l'image d'ensemble. Ce qui se produit depuis trois semaines est perçu par beaucoup d'Américains comme une menace pour leur pays, pour sa souveraineté, pour son statut de superpuissance. Ils estiment que Howard s'est montré trop mou dans la défense des intérêts de la nation, et qu'il devrait être écarté. Et puisque je me rendais auprès de lui justement pour le convaincre de rester à son poste, on m'a considéré comme un obstacle, et on m'a retiré de la circulation, en quelque sorte."

“Je trouve que tu prends les choses avec bonne humeur…”

“Oui, mais c’est seulement parce que je suis de nouveau libre. En détention, j’étais de moins bonne humeur. Je les ai arrosés d’insultes.”

“Et tu crois que ce sont les mêmes qui ont fait l’attentat ?”

“Je ne sais pas s’ils font partie d’une même organisation, mais ils partagent les mêmes convictions et le même état d’esprit. De leur point de vue, il fallait que ceux d’Empédocle subissent un choc, qu’ils aient très mal, que certains des leurs soient tués, pour qu’ils se décident à partir. Pour une civilisation qui se vante de pouvoir prolonger la vie indéfiniment, mourir déchiqueté par une bombe est insupportable. La méthode s’est révélée redoutablement efficace, d’ailleurs. Dès qu’ils ont eu des morts, ils se sont éclipsés.

“Bien entendu, il y a eu aussi des victimes américaines. Mais nous en avons l’habitude, hélas, nous pouvons les passer par pertes et profits. Eux, apparemment, ne le peuvent pas. C’est leur faiblesse, et leurs ennemis le savent.”

Pendant que mon ami parlait, je me faisais la réflexion que cette différence dans la capacité à “encaisser” les pertes représentait d’ordinaire une fragilité et une vulnérabilité pour les Occidentaux dans leurs rapports avec des sociétés moins avancées. Face aux gens d’Empédocle, “le miroir est renversé”, en quelque sorte. Moro en a évidemment conscience, nous avions déjà évoqué cette question ensemble. Mais je ne le lui ai pas rappelé, je ne voulais pas l'entraîner sur ce terrain. Aujourd'hui, je voulais surtout qu'il me raconte l'épreuve qu'il venait de subir.

"Tu m'as expliqué pourquoi on t'avait séquestré, et ça me paraît logique. Mais pourquoi te garder cinq jours ?"

"Je vois plusieurs explications plausibles. La première, c'est que mes ravisseurs avaient peur d'être poursuivis. Ils avaient agi dans la précipitation. Quelqu'un avait dû écouter ma conversation avec Cynthia et Howard, et ordonner à ses hommes de m'empêcher de me rendre à la Maison-Blanche. Ils avaient agi à visage découvert, et le bâtiment où ils m'avaient conduit, je sais parfaitement où il se trouve. Quand il y a eu l'attentat, quelques heures plus tard, ils ont dû se dire que si j'étais relâché, les enquêteurs n'auraient aucune difficulté à remonter jusqu'à eux. Comme ils ne voulaient pas m'éliminer, ils m'ont gardé jusqu'à nouvel ordre."

"Et pourquoi ils t'ont relâché aujourd'hui ?"

"Parce qu'il n'y aura pas d'enquête sur l'attentat. Bien sûr, on fera semblant d'enquêter, on dira que les coupables seront retrouvés et punis, mais on s'arrangera pour noyer le poisson."

J'étais étonné qu'il puisse me dire aussi candidement une chose aussi grave, surtout qu'il sait à présent que ses communications sont surveillées de près. Puis je me suis dit que mon ami savait parfaitement ce qu'il faisait. Si lesdits "patriotes" écoutaient ses propos, ils recevraient très précisément le message qu'il voulait leur faire parvenir. À savoir qu'ils ne seraient pas inquiétés. Et qu'ils n'avaient donc pas grand-chose à craindre si Milton demeurait à son poste.

Il transparaît des propos de Moro, même s'il ne l'a pas dit clairement, que l'attentat contre l'hôpital flottant n'était pas l'œuvre d'une poignée d'extrémistes, mais une opération menée par ceux-là mêmes qui ont la charge de défendre le pays : les forces armées, ou l'une des agences de sécurité, ou une coalition de plusieurs organismes. L'impression qui prévalait ces derniers temps dans toutes les branches du gouvernement fédéral, c'est qu'il fallait agir, par n'importe quel moyen, pour chasser "les intrus" – dans une de nos conversations précédentes, mon ami les avait appelés, par euphémisme, "*the uninvited*", "ceux qui n'ont pas été invités".

L'explosion meurtrière de samedi dernier va-t-elle suffire à réaliser cet objectif ? On ne peut l'exclure, mais il est encore trop tôt pour l'affirmer. Rien ne permet de dire, à ce stade, qu'ils vont accepter leur défaite, ravaler leur amour-propre, renoncer à leurs projets et se désintéresser une fois pour toutes des événements de la planète.

Il faut avoir la perspicacité d'une autruche pour s'imaginer que, si nous ne voyons plus nos tuteurs, nos tuteurs ne peuvent plus nous voir. Ni nous surveiller de près. Ni se préparer dans l'ombre à intervenir à nouveau quand ils le jugeront nécessaire.

Samedi 4 décembre

Hier, je n'ai pas ajouté une seule page à ce journal. J'y ai juste mis un peu d'ordre, corrigeant quelques fautes d'orthographe, vérifiant la source des phrases citées en exergue, puis rangeant les trois premiers carnets dans un dossier de couleur grise que j'ai provisoirement intitulé "Témoignage" ; quant au quatrième, où je suis en train d'écrire ces lignes et qui n'est rempli qu'au tiers, je pensais le conclure dans les jours qui viennent par quelques paragraphes d'épilogue, avant de le ranger lui aussi pour ne plus y toucher.

Non que cette histoire fût terminée – à mon avis, elle se poursuivra longtemps, sous diverses formes, jamais elle ne s'achèvera entièrement ; mais il me semblait que le rôle de témoin oculaire que j'ai essayé de tenir pendant les dernières semaines n'avait plus sa place depuis le départ précipité de "ceux qui n'ont pas été invités".

Si j'ai changé d'attitude aussi rapidement, c'est parce que l'agitation constatée tout au long de cette journée de samedi me conduit à penser que les événements que je relate dans ces pages appartiennent encore à l'actualité chaude, pas seulement à l'Histoire ; et que le témoignage quotidien que j'apporte conserve, pour l'instant, une raison d'être.

Je fais surtout allusion au bras de fer qui se poursuit à Washington, qui va probablement avoir des conséquences pour l'humanité entière, et qui est en train de prendre des allures de tragédie grecque.

Ce matin, au réveil, tous les médias de la planète relayaient certains propos tenus hier soir par Gary Boulder, le président par intérim des États-Unis, et que je n'avais pas entendus en direct à cause du décalage horaire.

Il ne s'agissait pas d'une allocution prononcée à partir de son bureau à la Maison-Blanche. C'eût été maladroit de sa part d'adopter déjà une posture trop nettement présidentielle. Il a préféré s'exprimer dans un long entretien télévisé, mais son discours avait néanmoins des relents de coup de force.

Ainsi, lorsque la journaliste, Kate Stormfield, lui demanda ce qu'il avait pensé lorsque le président Milton avait consenti à se laisser soigner par les médecins d'Empédocle, il eut des paroles assassines, manifestement préparées à l'avance, et accompagnées d'un rictus de fausse douleur :

“Je me suis dit que Howard, qui avait toujours été un homme honnête et honorable, venait d'avoir un moment de faiblesse et d'égarement. Il a cédé, comme vous le savez, à la pression de ses proches, et je suis sûr qu'il l'a regretté aussitôt, et qu'il en a souffert. Je lui garde mon estime et mon affection, mais je pense que, dans cette affaire, il a manqué de jugement. Il a laissé les considérations personnelles prendre le pas sur les intérêts supérieurs de la nation.”

“N’est-ce pas normal, pourtant, de recourir à tous les moyens pour guérir d’un cancer en phase terminale ?” lui demanda la journaliste.

“Si, bien sûr, il est normal de vouloir guérir. Ce qui n’est pas normal, en revanche, c’est de s’imaginer que l’homme va pouvoir triompher de la mort. C’est là, permettez-moi de le dire, une illusion qui s’est beaucoup répandue dans les dernières semaines. Une illusion démentielle et impie. Dieu seul est maître de la vie et de la mort, et lorsqu’un mortel, quel qu’il soit, pauvre ou riche, humble ou puissant, s’imagine qu’il peut retirer cette décision des mains de son Créateur pour la prendre avec arrogance dans ses propres mains, il commet une impiété pour laquelle il sera inévitablement puni.”

“À vous entendre, on devine que vous n’avez pas été attristé quand les hôpitaux flottants d’Empédocle se sont éloignés de nos côtes…”

“Vous devinez juste, Kate. Tous les arrangements avec ces gens-là me sont apparus, dès le premier instant, comme un pacte avec le diable. Fort heureusement, notre grande nation s’est très vite ressaisie. Elle aurait pu choisir la soumission, la résignation et les promesses trompeuses ; elle a opté pour la résistance, elle a rejeté le choix impie, et elle peut en être fière.”

Interrogé sur l’explosion de samedi dernier, Boulder a soigneusement évité d’en condamner les auteurs, se contentant de déplorer “que tant d’Américains innocents soient tombés", et de formuler l'espoir "qu'ils ne soient pas morts pour rien".

Moro, que j'ai appelé aussitôt pour connaître sa réaction, était sincèrement outré. "Des propos indignes ! Un dirigeant qui ne condamne même pas l'attentat, qui approuve ses objectifs et se félicite de ses conséquences, tu te rends compte ? Il y a un minimum de décence à conserver pour un haut responsable, quelle que soit son analyse politique, ou son ambition, ou son impatience !"

Mais ce n'est pas seulement contre Boulder que mon ami fulminait.

"Rien de tout cela ne serait arrivé si Howard n'avait pas fait l'idiot. Jamais il n'aurait dû se déclarer en état d'incapacité, ni surtout laisser Gary dormir et se réveiller comme président des États-Unis !"

"Mais, si j'ai bien compris, il suffirait que Milton envoie un mot aux deux présidents du Congrès pour qu'il puisse reprendre ses fonctions et mettre fin à cette anomalie, non ?"

"En principe, oui, c'est ça. Et Howard a fini par envoyer cette fichue lettre hier soir. Mais Gary a immédiatement répliqué en adressant lui aussi une lettre aux mêmes destinataires pour contester la décision du président."

"Au nom de quoi ?"

"Il prétend que les raisons qui avaient placé Howard 'en état d'incapacité' demeurent valables, et qu'on ne devrait pas le laisser reprendre ses fonctions."

"C'est légal, tout ça ?"

“Attends, il y a pire : à partir du moment où la décision du président est contestée, c’est le vice-président qui garde le pouvoir.”

“Comment est-ce possible ?”

“C’est aberrant, oui, mais j’ai lu et relu le vingt-cinquième amendement, le texte est un peu confus, mais il semble indiquer que lorsque la décision du président est contestée par le vice-président, c’est ce dernier qui continue à gouverner.”

“Jusqu’à quand ?”

“Jusqu’à ce que le Congrès ait tranché, ce qui peut prendre trois semaines. Je ne sais pas ce que les législateurs avaient en tête lorsqu’ils ont rédigé cet amendement. J’imagine que leur principal souci était d’éviter que le fauteuil présidentiel ne se retrouve inoccupé. En tout cas, ils n’ont certainement pas prévu une situation comme celle que nous connaissons.”

“Et maintenant ?”

Moro m’a répondu évasivement, et j’ai compris qu’il n’avait pas envie d’évoquer au téléphone les diverses options qu’il envisage, de peur de dévoiler sa stratégie à ses adversaires. Je suppose qu’il y a encore divers recours juridiques, et qu’une partie d’échecs très serrée se joue à ce niveau.

Mais le bras de fer se joue également dans les médias, et la voie choisie aujourd’hui par les fidèles de Milton a été de répondre à l’entretien télévisé du vice-président par un autre entretien télévisé, accordé par la Première dame, qui est aujourd’hui, sans conteste, la personnalité la plus populaire des États-Unis.

Dans cette émission, qui a duré une heure, et qui a battu, semble-t-il, tous les records d'audience, Cynthia Milton s'est employée, tout au long, et dès le premier instant, à démolir Gary Boulder, à le discréditer, sans mentionner une seule fois son nom ni ses fonctions :

"J'ai entendu hier des propos insensés et révoltants qui ne sont pas dignes de la grande nation qui est la nôtre. Il paraît que si l'un de vos proches est atteint d'un cancer, ou de la maladie d'Alzheimer, et que vous espérez le guérir, vous commettez un acte d'impiété. Il paraît que si vos parents ou votre conjoint ou vos enfants sont gravement malades, ou victimes d'un accident, et que vous cherchez à les faire échapper à la mort, vous êtes en train de défier le Créateur.

"Ces propos irresponsables vont à l'encontre du bon sens, à l'encontre de la décence humaine, et aussi à l'encontre des lois divines. Laissez-moi vous le dire en toute confiance, et en toute certitude : la pire impiété, c'est de considérer que Dieu n'est que le pourvoyeur des maladies et le gardien de la mort, et qu'en choisissant la vie, on s'oppose à Lui et on Le contrarie.

"La pire impiété, c'est de considérer que Dieu se réjouit de nos souffrances physiques et morales, et qu'Il se sent bafoué quand les êtres que nous aimons échappent à la mort.

"Dans les temps anciens, la moitié des mères mouraient en couches, et la moitié des nouveau-nés mouraient en bas âge. Qui était responsable de leur mort ? Dieu, ou bien l'ignorance des hommes ? Moi je dis que c'est l'ignorance qui tue, et le progrès qui sauve. Ceux qui font de Dieu l'ennemi du progrès et l'allié de l'ignorance sont, à mes yeux, impies. Ils n'ont rien à voir avec Dieu, ni avec la religion, ni avec l'esprit pionnier de notre grande nation.

"J'ai entendu aussi des accusations d'arrogance. Mais quelle arrogance est pire que celle de l'homme qui prétend décider à notre place si nous devons préserver de la maladie et de la mort les êtres qui nous sont chers ? Ceux qui expriment de telles prétentions sont des hommes d'un autre âge qui ne devraient certainement pas se trouver à la tête d'un pays avancé et libre comme le nôtre.

"C'est à nous de décider si nous voulons ou non guérir les personnes que nous aimons. Et ma réponse est oui, nous le voulons, de toutes nos forces, et nous le dirons à voix haute. Nous le dirons par tous les moyens, à la télévision, à la radio, sur les réseaux sociaux, et sur les places publiques. Personne ne nous interdira de soigner et de sauver nos conjoints, nos enfants, nos parents. Nous ferons tout pour préserver leur santé physique et morale le plus longtemps possible. Aucun objectif n'est plus important à nos yeux, aucun objectif n'est plus noble. Et puisque la Providence nous a fait rencontrer des gens qui ont su acquérir un savoir médical hors du commun, nous aurons recours à leur science, sans hésitation, et sans honte. Qu'ils soient les bienvenus parmi nous !

"Ce dont notre nation a besoin aujourd'hui, ce n'est pas d'une bataille pour le pouvoir, ni même d'un débat idéologique. Nous avons besoin d'un sursaut pour sauver les êtres qui nous sont chers. Je me suis battue pour guérir l'homme que j'aime, et grâce à vous j'ai obtenu qu'il se soigne et qu'il guérisse. De cela, je suis fière, c'est même la plus belle chose que j'aie faite depuis que je suis née. Vous m'avez généreusement aidée pour que je gagne ce combat, et je l'ai gagné. Howard était sur le point de mourir, et aujourd'hui il est en bonne santé. À présent, c'est à vous de gagner votre combat ! Oui, c'est à chacun d'entre vous, homme ou femme, jeune ou vieux, de gagner votre propre combat, le combat pour préserver votre santé et celle de tous vos proches, pour éradiquer les maladies et faire reculer la mort.

"C'est le combat le plus beau, le plus noble, le plus juste qui soit, et pour ma part, je vais le mener de toutes mes forces. Que ceux qui m'entendent, que tous ceux qui désirent préserver les êtres qui leur sont chers, se joignent à moi avec confiance, et je suis sûre que nos prières seront exaucées."

Les propos de la Première dame n'étaient pas exempts de démagogie, il faut le reconnaître. Mais si elle cherchait à toucher profondément son auditoire, elle y a magistralement réussi.

Lorsque je me rappelle les réactions passionnées qu'avait suscitées sa précédente initiative, il y a dix jours, je suis persuadé que les Américains, et plus particulièrement les Américaines, seront sensibles à son nouvel appel, et qu'ils voudront lui apporter leur soutien.

Dimanche 5 décembre

J'ai manqué de vision, hier soir.

J'avais compris, bien sûr, que les propos émus et combatifs de Cynthia Milton allaient avoir un retentissement. Mais je n'avais pas vu l'essentiel : cette rage immense qui couvait sous les braises de la planète, et qui aujourd'hui se déchaîne.

Contre qui, ce déchaînement ? Contre un politicien américain passablement usurpateur, et qui a proféré des paroles indignes ? Contre l'attentat meurtrier qui a pulvérisé l'hôpital flottant, et poussé les médecins d'Empédocle à nous abandonner ? Contre tous ceux qui s'arrogent le droit de décider à notre place, pour cette vie et au-delà ? Pas seulement, me dit Ève. Elle tient des propos qui me troublent, et qui m'irritent un peu. Mais plus j'y réfléchis, plus je lui donne raison.

Au commencement de cette journée, j'avais eu l'impression d'assister à une reprise du scénario de la semaine dernière, quand, tout de suite après l'appel lancé par la Première dame, ses compatriotes étaient sortis de chez eux pour aller lui manifester leur soutien sur les places publiques. Cette fois encore, des foules de protestataires se sont formées. D'abord en certains lieux emblématiques, comme Times Square, à New York, où de nombreuses personnes étaient déjà rassemblées pour suivre l'interview sur des écrans géants. Puis dans d'autres villes du pays : Boston, Washington, Chicago, Miami, San Francisco ou Baltimore. En apparence, donc, l'Histoire se répétait, à dix jours d'intervalle.

Mais ce n'était qu'une apparence. Quelque chose de fondamental avait changé dans l'intervalle. Il n'était pas facile de s'en apercevoir tant que les événements ne l'avaient pas révélé ; pour ma part, en tout cas, c'est seulement ce soir que je m'en suis rendu compte, et il me faudra beaucoup de temps encore pour en mesurer toutes les conséquences.

Ce que je viens de comprendre si tardivement, c'est que l'apparition des "amis d'Empédocle", avec leur médecine si avancée, avec leurs hôpitaux flottants, a conduit, partout dans le monde, à un bouleversement des priorités et de l'échelle des valeurs. Puisqu'on peut désormais vaincre la maladie, conjurer le grand âge, faire reculer la mort – et tout cela sans débourser un centime, par la grâce de ce qu'il faut bien appeler un cadeau du ciel… ou de la mer ! –, plus rien dans la vie des hommes n'a la même importance qu'avant, ni l'argent, ni le temps, ni le travail, ni les hiérarchies sociales, ni les rapports de force. Tout ce qui régissait jusqu'ici les sociétés humaines est en train de devenir marginal, anachronique, voire superflu.

Depuis la nuit dernière, on diffuse en temps réel, sur d'innombrables canaux et sites, les images venues des places publiques. J'ai passé des heures à les contempler, en prenant quelquefois des notes.

Ma première constatation, c'est que les gens manifestent aussi bien dans les pays où l'expression a toujours été libre que dans ceux où il était jusqu'ici téméraire, voire suicidaire, d'oser défiler dans les rues. Parce que le désir de guérir est tellement impérieux que "la peur du gendarme" n'opère plus. Et aussi parce que les dirigeants eux-mêmes ont des sentiments mitigés et qu'ils ne cherchent plus vraiment à imposer leur autorité. Bien qu'ils aient des privilèges et des prérogatives à défendre, les puissants de ce monde – rois, présidents, premiers ministres, maréchaux, gouverneurs militaires – ne peuvent oublier qu'ils sont avant tout, ou seront, tôt ou tard, des malades comme les autres, et que s'ils obtenaient le droit de se soigner et de faire soigner leurs proches dans les hôpitaux flottants, ce serait plus vital pour eux que tous les avantages que leur procurent leur rang et leur pouvoir. De ce fait, les manifestants, même ceux qui ont toujours été leurs adversaires, se retrouvent à présent, d'une certaine manière, leurs alliés. C'est sans doute ce qui explique que les vastes rassemblements qui se déroulent sous nos yeux ne soient nulle part réprimés.

La composition des foules est également atypique. Il y a autant de vieux que de jeunes ; il y a nettement plus de femmes que d'hommes ; il y a des enfants que leurs parents tiennent par la main, ou portent dans les bras ; et l'on voit même de grands malades déambuler avec leur perfusion parmi les bien-portants. Des gens de toutes origines et de toutes conditions ont investi les places publiques – le dernier décompte parle de trois mille villes dans cent quarante pays, et de trente millions de protestataires. Ils sont installés sur des couvertures, des caisses en bois, ou des chaises pliantes ; de nuit, de jour, sous la pluie, ou dans la neige. Ils tiennent des pancartes, ils promènent au-dessus de leurs têtes des téléphones qui filment, et ils lancent de temps à autre quelque slogan : “Laissez revenir les hôpitaux !”, “Laissez revenir les docteurs !” ou même, plus simplement, “Laissez-les revenir !”.

L'ensemble de la planète a les yeux rivés sur ces foules. Plus rien d'autre ne se passe, nulle part. Personne ne voyage, personne ne travaille, tout est en suspens. Personne ne parle d'autre chose, ni dans les médias, ni sur les réseaux sociaux, ni dans les maisons, ni dans les cercles du pouvoir. Une étrange révolution est en marche, la plus ample, la plus calme, la plus invincible qui soit.

À écouter Ève, ce qui se déroule sous nos regards, ce n'est rien de moins que l'agonie du vieux monde, c'est-à-dire du monde tel que nous l'avons connu. Sa disparition lui paraît si inéluctable qu'elle en parle déjà comme s'il s'agissait d'un fait établi.

“Les historiens qui se pencheront demain sur notre civilisation diront qu'elle était si vermoulue qu'il a suffi d'une chiquenaude pour qu'elle s'effondre. Le coup de grâce est venu de là où on ne l'attendait pas, mais il allait venir, avant longtemps, d'une manière ou d'une autre. Nous avions inventé des armes meurtrières qui avaient fini par se retourner contre nous. Ce soir même, une machine infernale – nucléaire, bactériologique, ou chimique – aurait pu exploser dans une grande ville, tuant des dizaines de milliers de personnes, et provoquant une panique planétaire. Avec un peu de chance, on aurait pu espérer retarder le désastre d'un an encore, de deux ans, de cinq ans… Mais est-ce que nous aurions pu l'éviter indéfiniment ? Sûrement pas. Les haines ne faisaient que monter, et la technologie leur préparait – parfois en connaissance de cause et parfois en parfaite innocence – les instruments qui allaient leur permettre de se déchaîner, et de tout anéantir. Quelle probabilité avions-nous d'échapper à un cataclysme ? Aucune. C'est pour cela que nos contemporains se sont accrochés de la sorte à leurs sauveurs inespérés."

"Et tu crois vraiment que tous ces gens qui manifestent font la même analyse que toi ?" lui ai-je demandé.

"Peut-être qu'ils n'utilisent pas le même vocabulaire, mais ils se trouvent tous dans le même état d'esprit, causé par la même réalité calamiteuse, et par les mêmes frayeurs."

Pour toute réponse, je me suis contenté d'un énigmatique retroussement de lèvres. Je me sens incapable de dire si ma voisine romancière voit juste ou se trompe. Il est vrai qu'elle a parfois tendance à s'emballer, mais j'ai appris à ne jamais prendre à la légère ses "illuminations".

*

Une autre différence significative entre les protestations d'il y a dix jours et celles qui se déroulent aujourd'hui, c'est que les premières visaient surtout à soutenir le combat d'une femme contre l'entêtement de son époux. Sans doute les manifestants d'alors pensaient-ils également à leurs propres malades, aux retombées bénéfiques qu'il y aurait pour eux si Cynthia Milton obtenait gain de cause et qu'elle établissait un précédent ; mais c'est d'abord pour elle qu'ils s'étaient mobilisés, parce qu'elle avait su les émouvoir. Cette fois, c'est principalement pour eux-mêmes et pour leurs proches que les gens sont dans la rue. Avec, pour tous, où qu'ils soient, quels qu'ils soient, une revendication unique : le retour des hôpitaux flottants.

La Première dame l'a bien compris. Ce soir, dans un autre entretien télévisé, diffusé cette fois sur des écrans géants aux foules du monde entier, à celles de Tien An Men autant qu'à celles de Times Square, elle a lancé un appel qui allait très exactement dans le sens souhaité par les protestataires :

“Je voudrais adresser un message personnel à un homme que j'ai rencontré il y a deux semaines, et pour lequel j'éprouve une grande estime. Démosthène.”

Elle répéta, à voix plus haute : “Monsieur Démosthène !” Elle se tut, et attendit, comme si elle venait de l'appeler pour de vrai et qu'elle espérait entendre sa réponse. Cette attitude théâtrale ne déplut pas aux manifestants, qui respectèrent avec recueillement ces instants de silence. Puis elle reprit, en s'adressant directement au personnage :

"Je ne sais pas quel rôle vous jouez au sein de votre nation, mais c'est vous seul que je connais, c'est à vous seul que j'ai eu affaire quand vous êtes venu, en tant que plénipotentiaire, négocier avec le gouvernement des États-Unis. Vous aviez résidé à la Maison-Blanche, puis vous étiez venu me remercier de l'accueil amical qui vous avait été réservé.

"À cette occasion, vous m'aviez promis de faire votre possible pour guérir Howard, qui souffrait alors d'un cancer des poumons en phase terminale. Vous avez tenu promesse. Aujourd'hui, grâce à vous, mon mari est guéri. Son médecin traitant, le docteur Abel, a pu le certifier. Comme je ne vous ai pas revu depuis, et que je ne sais pas à quelle adresse vous écrire, je n'ai pas pu encore vous dire ma gratitude. Je saisis cette occasion pour vous remercier publiquement, et remercier également tout le personnel du navire-hôpital où il a été traité. Vous avez rendu la vie à Howard, et éloigné de lui la mort qui s'apprêtait à le terrasser. Vos amis nous ont redonné la vie, et en échange, nous leur avons donné la mort. Des individus fanatiques, sans scrupules, à l'esprit égaré, ont choisi de tuer ceux-là mêmes qui ont guéri le président. Je me promettais de remercier une à une les personnes qui ont soigné Howard, et je me retrouve en train de présenter mes condoléances à leurs proches.

"La main criminelle qui a tué d'un même geste vos concitoyens et les nôtres, qui a tué au même instant ceux qui se dévouaient à guérir et ceux qui espéraient être guéris, cette main voulait nous séparer de vous, elle voulait vous éloigner de nous, et cependant, sans l'avoir voulu, elle a mêlé notre sang au vôtre, elle a mêlé votre destin au nôtre. Désormais, nous sommes unis, et nous le resterons, pour le meilleur et pour le pire. Pour le meilleur, j'espère, pour la vie, pour le progrès, nous resterons unis, nous tous, frères et sœurs de tous âges et de toutes origines.

“Cher ami Démosthène, sachez que vous serez toujours le bienvenu dans notre maison. Howard et moi, nous vous serons toujours reconnaissants, nous serons toujours heureux de vous accueillir. Revenez ! Revenez avec vos amis et avec les merveilleux médecins de votre nation !

“Je sais que je parle en cet instant au nom de tous ceux qui m'écoutent, de tous ceux qui sont rassemblés sur les places publiques, en vous disant : Venez ! Revenez ! Vous serez les bienvenus chez nous !”

Lundi 6 décembre

Le bras de fer à Washington s'est subitement terminé à l'avantage du président Milton.

Je ne sais si les propos de son épouse y ont été pour quelque chose, mais les manifestations massives ont certainement joué un rôle. Le vice-président a jeté l'éponge dans la nuit, en s'excusant presque d'avoir voulu maintenir son chef "en état d'incapacité".

Selon les analystes que j'ai entendus à mon réveil, le président par intérim ne s'est rétracté que pour éviter une défaite plus humiliante encore. Le Congrès s'apprêtait en effet à voter aujourd'hui même, à la quasi-unanimité, le rétablissement de Howard Milton dans ses pleines fonctions. Gary Boulder allait être désavoué d'une manière tellement cinglante qu'il aurait difficilement pu conserver la vice-présidence. Il a donc pris les devants, pour sauver sa tête.

L'opinion publique est à présent si massivement favorable au président que les adversaires de sa politique sont contraints de se taire, de raser les murs, en priant le Ciel pour que ceux d'Empédocle, traumatisés par l'attentat meurtrier, choisissent eux-mêmes de ne plus se montrer.

Il est d'ailleurs possible que l'on sache très vite à quoi s'en tenir. Le porte-parole de la Maison-Blanche a annoncé, en effet, dans un communiqué, qu'une cérémonie se tiendra au cimetière militaire d'Arlington mercredi à midi, pour honorer la mémoire des victimes. Le dernier décompte fait état de cent vingt-trois morts, dont quatre-vingt-douze Américains et trente et un ressortissants étrangers, ce dernier chiffre incluant les neuf personnes qui travaillaient sur l'hôpital flottant.

Le communiqué précise que les dirigeants des pays qui ont eu à déplorer des victimes seraient les bienvenus s'ils souhaitaient participer à l'hommage. Le porte-parole s'est écarté du texte qu'il lisait pour dire que le président espérait vivement que les représentants de "la nation d'Empédocle" répondraient positivement à l'invitation. "Ils seraient accueillis chaleureusement par les autorités comme par la population des États-Unis, et le chef de leur délégation serait appelé à prendre la parole au cours de la cérémonie."

Ainsi donc, on "leur" a donné rendez-vous, à une heure précise, en un lieu public sur lequel seront braquées toutes les caméras du monde.

Nos contemporains, à l'exception d'une petite minorité dont j'ai eu la chance de faire partie, n'ont jamais pu poser leur regard sur l'un de "ces gens-là". La curiosité qu'ils suscitent n'en sera que plus ardente.

Viendront-ils ? Combien seront-ils ? Quelle tête a leur dirigeant ? Et quel discours tiendra-t-il à la tribune ?

Ces questions, et mille autres, on continuera à se les poser, partout dans le monde, jusqu'à l'heure dite.

*

Dans l'après-midi, pour tromper mon impatience, j'ai appelé le numéro d'Agamemnon. C'était, de manière quasiment littérale, un coup d'épée dans l'eau.

Après un simple déclic, j'ai eu son message enregistré, que je connaissais déjà. Ce n'était pas grand-chose, mais j'aurais été bien plus déçu si une voix mécanique m'avait informé que le numéro n'était plus attribué. J'ai laissé un message commençant à peu près ainsi : "J'appelais juste pour savoir si nous allions bientôt nous revoir…"

J'étais en train de me demander si je devais ajouter quelque chose quand ma voisine et ma filleule, qui étaient sorties déambuler ensemble, entrèrent inopinément dans la pièce. Alors j'ai lancé à l'adresse de mon correspondant absent : "Ève et Adrienne te transmettent leurs amitiés." Avant de raccrocher.

"Qui c'était ?" demandèrent-elles à l'unisson.

"Le passeur", répondis-je pour les faire sursauter.

Leurs quatre yeux s'arrondirent.

"Où est-il ?"

Je pris mon temps avant d'avouer que je parlais seulement à son répondeur.

“Je voulais juste lui dire que nous l’attendions.”

Les deux jeunes femmes auraient été en droit de me moquer. Elles n’en firent rien. Elles vinrent même l’une et l’autre déposer sur mes joues des bises reconnaissantes.

Mardi 7 décembre

Je croyais que cette journée d'avant la cérémonie d'Arlington allait se passer pour moi dans l'attente et la contemplation. Mais il était dit qu'elle marquerait ma vie d'une tout autre manière. J'en suis encore tout secoué, et je le serai, me semble-t-il, pour longtemps, pour très longtemps encore.

Les médias n'avaient cessé d'énumérer, depuis hier, les nombreux dirigeants de la planète qui allaient se trouver aux côtés du président Milton. Quelques-uns seront présents pour rendre hommage à des compatriotes tués dans l'attentat, mais la plupart feront le voyage par pure curiosité, pour voir de près les envoyés d'Empédocle et leur serrer la main.

Mais de cela, nous n'avons pas beaucoup parlé aujourd'hui, Ève et moi. J'ai passé la journée entière avec elle. Nous avons déambulé, je lui ai montré la pierre plate où je m'assieds parfois pour lire. Elle m'a fait visiter la crique attenante à sa maison ; là où, l'été, elle se baigne nue. Il est amusant que, dans une île si minuscule, il y ait encore des recoins que, après tant d'années, l'un de nous deux ne connaît pas encore.

Puis nous nous sommes rendus, comme des pèlerins, à la plage de la Roche-aux-Fras ; pour constater qu'elle est redevenue complètement déserte. Mais il est vrai que la mer était haute, que le Gouay était submergé, et qu'il n'y avait donc aucun visiteur en dehors de la maigre "population locale".

À un moment, dans notre conversation, je me suis montré étonné que nous ayons pu résider, elle et moi, depuis si longtemps, à quelques centaines de mètres de distance, et sans aucun autre habitant à la ronde, en n'établissant entre nous aucun lien, pas même celui du bon voisinage. Il aura donc fallu ces étranges événements…

Mais ceux-ci n'ont pas seulement été une circonstance favorable, ni seulement un catalyseur, m'a dit Ève, candidement. "La vérité, c'est que j'étais devenue, ces dernières années, une insupportable misanthrope. Ce qui vient de se produire m'a réconciliée avec le monde entier, même avec les hommes qui habitent trop près de moi."

Pour toute réponse à sa taquinerie, je pris sa main dans la mienne, et la gardai. Elle poursuivit :

"Le monde n'était plus, ces dernières années, qu'un champ de bataille pour les avidités et pour les haines. Tout était devenu frelaté : l'art, la pensée, l'écriture, l'avenir, le sexe, le voisinage… Et soudain, le tableau est effacé, d'un puissant coup de torchon, l'Histoire recommence à zéro, notre planète retrouve son innocence. À ton avis, comment devrions-nous l'appeler ?"

"Notre planète, tu veux dire ?" lui demandai-je nonchalamment.

"Non. Je veux dire : notre enfant."

Ces mots, du ton où ils ont été prononcés, retentiront longtemps encore dans ma tête.

"Notre enfant", avait dit Ève ?

Aussitôt, elle s'était assise sur une pierre, au bord du chemin. Je vins m'asseoir tout près d'elle, en la dévisageant. Riait-elle ou pas ? Par jeu, elle se mit à regarder ailleurs, mais avec un sourire en coin. Alors j'ai prononcé à mon tour les deux mots :

"Notre enfant ?"

Pour toute réponse, elle prit mes mains dans les siennes, et posa sa tête contre mon cœur.

J'avais des larmes plein les yeux.

Mercredi 8 décembre

On pensait qu'ils viendraient, cette fois encore, par la mer, et qu'ils accosteraient – pour le symbole – non loin de l'endroit où avait eu lieu l'attentat contre l'hôpital flottant ; ou alors qu'ils arriveraient par les airs, et débarqueraient d'un hélicoptère sur la pelouse enneigée du cimetière d'Arlington. Mais ils ont choisi d'entrer par une porte dérobée, si l'on peut dire : en se mêlant discrètement aux limousines noires du cortège présidentiel. Et c'est au tout dernier moment, en les voyant sortir d'un véhicule et se diriger vers les tribunes officielles, que l'on a compris qu'ils étaient là.

Leur délégation ne comptait que deux membres : en tête marchait Démosthène, que les services de sécurité ont reconnu, ce qui a évité aux représentants d'Empédocle d'avoir à décliner leur identité ; derrière le négociateur, une femme, qui était manifestement son chef.

La reine Électre.

Hier encore, nul ne connaissait son nom ni son visage, nul ne soupçonnait même son existence ;

aujourd'hui, elle est la personne la plus célèbre, la plus photographiée, et sans doute la plus puissante de la planète.

La reine Électre.

C'est ainsi qu'on l'a surnommée d'emblée, bien qu'on ne sache point, à vrai dire, quel titre elle porte réellement, ni même si le système politique qui régit “la nation intervenante” possède à sa tête un monarque, un président, un premier ministre, un satrape ou un archonte. On finira bien par le savoir, mais peu importe. Aujourd'hui, on avait besoin de voir un visage, et on en a vu un.

La reine Électre.

Les caméras avaient du mal à s'en détourner. Elle était constamment sur les écrans, soit au centre de l'image, soit de côté, dans un cadre à part, comme s'il ne fallait pas qu'on perde un instant de sa présence parmi nous – pas un de ses regards, de ses mouvements de tête, de ses sourires, de ses rictus, ou de ses battements de cils.

Je ne me hasarderai pas à lui donner un âge, ni une origine. Elle pourrait avoir quarante ans, ou le double, et ses traits la rattachent à tous les continents et à toutes les races : sa chevelure est blonde, sa peau est cuivrée, ses pommettes sont saillantes, et ses yeux bridés. N'avais-je pas dit d'Agamemnon qu'il semblait issu des amours de Sitting Bull avec une walkyrie ? La même observation vaut pour Électre, qui pourrait être sa fille, comme dans la légende antique, ou en tout cas quelqu'un de sa famille. J'avais également dit qu'il m'était parfois difficile de détacher mon regard de lui. La chose est encore plus vraie de sa “souveraine”.

Seule une invitée comme elle pouvait disputer la vedette à Howard Milton. Car si la présence d’Électre était un prodige, celle du président ne l’était pas moins. Dans ses dernières apparitions publiques, il avait un teint de masque mortuaire, et la voix sépulcrale qui allait avec. Rien de cela ne subsiste. L’ami de Moro est redevenu jeune. Scandaleusement jeune. La peau, le regard, l’allure. La manière de se lever, ou de s’asseoir. De se pencher à l’oreille d’Électre, à sa droite, ou de Cynthia, à sa gauche. Heureux de se trouver au centre d’une telle trinité. Rayonnant, serein, superbe, triomphant.

Il faut s’habituer à l’idée que, lorsqu’on est soigné par la médecine d’Empédocle, on n’est pas guéri d’un mal, mais de tous les maux, visibles et invisibles, y compris ceux du vieillissement. “Refait à neuf”, on peut recommencer à vivre comme si les années déjà passées ne comptaient plus. Je l’ai éprouvé moi-même depuis mon passage dans leur fameux “tunnel” ; je l’ai observé avec ravissement chez Ève ; et à présent l’humanité entière a sous les yeux un exemple éloquent. Comment pourrait-on revenir au temps d’avant ? Comment diable pourrait-on revenir à l’époque où la maladie et la mort étaient omnipotentes ?

Quand Milton monta à la tribune, j’étais si fasciné encore par son teint, par son allure, et par le timbre de sa voix, que je dus faire un effort pour me concentrer sur ce qu'il disait. Ce n'était pourtant pas un discours anodin.

"Cette journée est à la fois triste et providentielle. Triste, parce que les cent vingt-trois personnes dont les cercueils sont alignés ici n'auraient pas dû mourir ainsi, elles n'auraient jamais dû être prises pour cible ; elles désiraient vivre, elles avaient le droit de vivre, et rien ne permet d'excuser l'acte cruel qui les a privées de ce droit.

"Mais cette journée est également providentielle, parce qu'elle nous permet de sceller une rencontre inespérée avec un rameau précieux de notre humanité. Nous avions perdu ces frères et ces sœurs, et nous nous étions perdus nous-mêmes. Cette journée devrait nous amener à réfléchir, et à nous poser, nous tous, qui que nous soyons, de quelque nation que nous venions, un certain nombre de questions fondamentales : Qui sommes-nous ? Où allons-nous ? Que voulons-nous devenir ? Quel monde voulons-nous construire ? Et en nous appuyant sur quelles valeurs ?

"Il est peu habituel que nous nous posions de telles questions. Nous sommes accaparés, d'ordinaire, par nos propres soucis quotidiens, ou, pour les responsables comme moi, par la gestion quotidienne des affaires publiques. Mais cette rencontre avec nos frères inattendus devrait être pour nous l'occasion de faire le point, de voir en quoi nous faisions fausse route, et comment redresser la barre."

Le président évoqua ensuite certaines des victimes de l'attentat, notamment l'un de ses jeunes collaborateurs, tué en même temps que sa mère qu'il avait emmenée à l'hôpital flottant pour la faire soigner. Avant de s'adresser directement à ceux d'Empédocle :

"*Jusqu'ici, nous avions cheminé séparément ; désormais, nous devrions cheminer côte à côte, en nous respectant les uns les autres, en apprenant les uns des autres, et en nous sentant, pour toujours, proches et solidaires les uns des autres.*

"*Sachez que vous serez toujours les bienvenus parmi nous, et que nous ferons de belles choses ensemble.*"

Puis ce fut le tour d'Électre. Elle monta à la tribune, posa ses mains à plat, l'une au-dessus de l'autre, tout en haut de sa poitrine, quasiment à la naissance du cou ; une posture peu habituelle, qui m'est apparue comme un signe de respect pour les victimes ou pour l'assistance ; mais ce n'est qu'une supposition... La silhouette ainsi produite était, en tout cas, sculpturale et gracieuse ; il n'est donc pas exclu que l'effet recherché fût d'abord esthétique.

Elle se mit ensuite à parler, en anglais. Avec un léger accent, dont je ne me sens pas capable de déterminer l'origine géographique. Peut-être la Suède, ou les Pays-Bas... Si elle n'avait pas de texte, elle ne semblait pas non plus improviser ; elle donnait plutôt l'impression d'avoir mémorisé son allocution, ou de la lire sur un prompteur invisible.

Contrairement aux usages, elle ne mentionna, au début, ni le président des États-Unis ni personne d'autre dans l'auditoire, commençant directement par le corps du discours.

"*Quand l'antique Empédocle s'est trouvé sur le mont Etna, et qu'il a senti monter des entrailles de la terre les vapeurs de soufre et la lave incendiaire, il aurait pu se mettre à l'abri comme la sagesse le lui commandait. Mais il a continué à avancer, et il s'est approché dangereusement du cratère.*

"Il savait qu'il s'exposait ainsi à la mort. Nous aussi, qui sommes ses lointains disciples, nous savions qu'en nous approchant de la fournaise, qu'en défiant ses flammes de nos mains nues, nous pourrions rencontrer la mort. C'est notre vieille ennemie, la mort. Nous la combattons comme personne avant nous ne l'avait combattue. Quelquefois nous la terrassons, quelquefois c'est elle qui nous terrasse.

"C'est notre ennemie, ai-je dit ? Je devrais préciser : notre seule ennemie. Car lorsqu'on acquiert la sagesse et le savoir qui permettent de faire reculer la mort, on n'a plus d'autre ennemi qu'elle. Jusqu'à la fin des temps, il n'y aura plus d'autre ennemi qu'elle, aucun autre combat ne mérite d'être mené.

"Pour nous, les amis d'Empédocle, la cause est entendue. Et pour vous, frères retrouvés ? Êtes-vous prêts à considérer que la mort est votre seule ennemie ? Oui, la mort, la mort seule. Pas les puissances rivales, pas les autres peuples, pas les autres races. Pas nous. Uniquement la mort. Le seul ennemi qui mérite d'être combattu, pourchassé, vaincu. Êtes-vous prêts à reconsidérer vos priorités, et à ouvrir une nouvelle page, avec nous, et entre vous ?"

Ayant prononcé ces mots, elle se tut, comme si elle attendait une réponse. Et son silence se prolongea. Au point que le président Milton en vint manifestement à se demander s'il ne devait pas se lever pour répondre. On le vit regarder autour de lui, perplexe, et quelque peu désarçonné. Mais Électre reprit, avec un sourire légèrement espiègle :

“*Nous n’attendons pas de réponse aujourd’hui. Les dernières semaines ont été mises à profit pour neutraliser les instruments d’anéantissement les plus dangereux. De ce fait, nous pouvons tous réfléchir dans la sérénité plutôt que dans l’urgence. Prenez donc le temps qu’il faudra pour parvenir à une décision, mais n’oubliez jamais que vos amis sont là, qui vous contemplent et qui vous attendent.*”

Ayant dit cela, elle quitta la tribune et regagna sa place, à la droite du président.

Comme des milliards de mes contemporains, sans doute, j’avais tout du long les yeux rivés sur la cérémonie. À mes côtés, Ève et Adrienne, tout aussi attentives et recueillies. Nous avions le sentiment de vivre un événement sans pareil, et nous ne voulions rien dire qui puisse entacher la solennité du moment.

C’est seulement lorsque “la reine” se tut que ma filleule s’autorisa à parler. “Je croyais que c’était nous qui les attendions. Apparemment, ce sont eux qui nous attendent”, observa-t-elle judicieusement. Avant d’ajouter : “Mais je n’ai pas bien compris ce qu’il faudrait que nous fassions.”

“Que nous devenions enfin adultes”, lui répondit Ève, comme si elle était mandatée pour répondre en “leur” nom. “C’est leur condition pour revenir.”

“Ou une manière de dire poliment qu’ils ne reviendront pas”, commentai-je à mon tour.

Je m’attendais à des réactions véhémentes de la part des deux jeunes femmes. Mais aucune d’elles ne protesta. Quoi qu'elles aient pu dire ces derniers jours, elles sont manifestement résignées à ne plus jamais “les” revoir. Et c'est seulement pour crâner que ma voisine finit par dire :

“Ils resteront proches de nous, comme la mer est proche.”

Elle demeura un moment pensive, à regarder en direction du large.

Quand Adrienne se leva pour aller dans sa chambre, mon amante me dit, comme si elle prolongeait la conversation de la veille :

“Si c'est une fille, nous l'appellerons Électre.”

N'arrivant pas encore à m'habituer à l'idée d'avoir un enfant, je lui demandai, en la regardant de biais, comme pour vérifier son degré de sérieux ou d'affabulation :

“Tu es absolument sûre ?”

Elle haussa les épaules.

“Je ne vais pas t'expliquer les détails de mon calendrier, mais la réponse est oui, je suis absolument sûre. Notre enfant naîtra l'été prochain, et les amis d'Empédocle seront déjà revenus parmi nous.”

Jeudi 9 décembre

Cela fait exactement un mois que cette histoire a commencé – et ce journal de même. Plus d'une fois, j'ai songé à le lâcher ; puis quelque chose se passait, qui m'incitait à le poursuivre.

Aujourd'hui, je le referme pour de bon, n'ayant plus aucune raison de le tenir. Si mon refuge avait pu devenir, pour quelque temps, un poste d'observation, il a désormais cessé de l'être. Qu'il y ait ou non un rebondissement, qu'ils reviennent ou pas, ce chapitre est clos, et mon rôle s'achève. Je reprends aujourd'hui même mes pinceaux et mon encre de Chine.

Je me dois d'ajouter cependant, en guise d'épilogue intime, que les événements des trente derniers jours n'ont pas seulement métamorphosé le vaste monde, et remis à zéro les compteurs de l'Histoire ; ils ont également chamboulé cette île. Elle avait été jusqu'ici une forteresse des solitudes, et à présent elle est tout autre chose pour Ève comme pour moi.

Tiendrons-nous bientôt dans nos bras notre propre reine Électre ? Jamais je n'aurais cru qu'à mon âge, et avec mon mode de vie, je pourrais encore être père. Pour ma bien-aimée, la chose était encore plus improbable. Mais nous y voilà. “La nation intervenante” nous a, en quelque sorte, fait présent d’un enfant ; et aussi des nombreuses années qu’il nous faudra pour le voir grandir.

Ne serait-ce que pour cette raison, je me dois de bénir nos frères inattendus après les avoir si souvent maudits.

Table

Du même auteur :

Aux éditions Grasset

LE PREMIER SIÈCLE APRÈS BÉATRICE, 1992.
LE ROCHER DE TANIOS, 1993 (Prix Goncourt).
LES ÉCHELLES DU LEVANT, 1996.
LES IDENTITÉS MEURTRIÈRES, 1998.
LE PÉRIPLE DE BALDASSARE, 2000.
L'AMOUR DE LOIN (livret), 2001.
ORIGINES, 2004.
ADRIANA MATER (livret), 2006.
LE DÉRÈGLEMENT DU MONDE, 2009.
LES DÉSORIENTÉS, 2012.
DISCOURS DE RÉCEPTION À L'ACADÉMIE FRANÇAISE, 2014.
UN FAUTEUIL SUR LA SEINE, 2016.
LE NAUFRAGE DES CIVILISATIONS, 2019.

Aux éditions Jean-Claude Lattès

LES CROISADES VUES PAR LES ARABES, 1983.
LÉON L'AFRICAIN, 1986.
SAMARCANDE, 1988.
LES JARDINS DE LUMIÈRE, 1991.

Le Livre de Poche s'engage pour l'environnement en réduisant l'empreinte carbone de ses livres. Celle de cet exemplaire est de :
350 g éq. CO_2
Rendez-vous sur www.livredepoche-durable.fr

Composition réalisée par PCA

Achevé d'imprimer en septembre 2022 en Espagne par
LIBERDUPLEX
Dépôt légal 1re publication : octobre 2022
Librairie Générale Française
21, rue du Montparnasse – 75298 Paris Cedex 06

34/5769/5

AMIN MAALOUF
NOS FRÈRES INATTENDUS

Alec, dessinateur d'âge mûr, et Ève, qui avait connu une éphémère célébrité pour avoir écrit un livre culte, sont les seuls occupants d'un îlot de la côte atlantique. Ils ne se fréquentent pas, jusqu'au jour où une panne inexplicable de tous les moyens de communication les contraint à sortir de leur jalouse solitude. D'où vient ce black-out ? La planète a-t-elle été victime d'un cataclysme, d'un conflit nucléaire ? Grâce à son vieil ami Moro, devenu l'un des proches conseillers du président des États-Unis, Alec parvient à dénouer peu à peu le fil du mystère.
La rencontre tumultueuse de nos contemporains déboussolés avec des « frères inattendus » est si étrange que l'Histoire ne pourra plus jamais reprendre son cours antérieur...

Amin Maalouf suscite la réflexion sans jamais altérer notre plaisir à lire un roman à suspense.

Le Point.

L'académicien humaniste aborde des thèmes fort sérieux sans jamais pontifier.

L'Express.

34 / 5769 / 5
ISBN : 978-2-253-10388-2

texte intégral

livredepoche.com

7,90 € TTC France

9 782253 103882